禁城

死の沈黙の武漢で、本当に起きたこと

Deadly Quiet City: True Stories from Wuhan / Murong Xuecun

「禁城：武汉传来的声音」慕容雪村

ムロン・シュエツン

クライブ・ハミルトン 編　森孝夫 訳

飛鳥新社

禁城　死の沈黙の武漢で、本当に起きたこと

禁城　死の沈黙の武漢で、本当に起きたこと　目次

はじめに

本書の米国版が書店に並ぶ頃には、世界は一定の正常さを取り戻していることだろう。大部分の人が、新型コロナウイルスに常におびえることはなくなり、街を歩き仕事に行き、勉強し親類を訪ねるようになる。

唯一の例外は中国だった。一三億人以上の人口を抱えるこの国は三年以上にわたる計画的なロックダウンに苦しめられた。中国の多くの人々は、ウイルスはまだ致命的であり、世界中に止めどなく広がっていると考えていた。だから中国は規制を緩めることができなかった。数カ月前、北京の友人が言った。「アメリカのような先進国でも、一〇〇万人以上が死んでいる」「中国を見よ。アメリカのように手を抜いたら何人死ぬか」

私の友人は無知でも偏見を持っているわけでもない。彼は、多くの中国人と同じ間違いをしているだけ――政府を信じているのだ。過去三年、政府はひたすら「世界は非常に危険であり、あなた方を守ってくれる政府に感謝すべき」という物語を繰り返してきた。

洞窟に閉じ込められた子供のように、一三億の国民は外で野獣が吠えていると聞き、恐怖で震え上がる。立ち上がり、外で何が起きているのかたずねる者はほとんどいない。そんなことをすれば、あっという間に、もっと暗く閉ざされた洞窟に入れられてしまうだろう。

慈愛深くない中国政府がコロナで巨大な利益を得たのは明らかだ。習近平が三期目の権力獲得に成功するのに、それほど時間はかからなかった。今後何年間も、中国国民は彼の圧政に服従するほかない。「収穫を待つネギのように」という中国の慣用句が示す、不正な株価操作ですべてを失うカモなのだ。

上海のような大都市でも、人里離れた山間部の集落でも、人々はいつでも「沈黙の状態」に追い込まれる。水槽から出られない鮮魚店の魚のように、適切なときに医療を受けられず、食べ物を買うため家を出ることもできない。規則を破ろうとする者、声を上げる者には、防護服を着用した警官がすぐに現れる。違反者には暴行を加え、木に縛りつけて恥さらしにすることも辞さない。

真夜中に自宅ドアがノックされる恐ろしい音を聞いた中国人は多い。それは近隣や住む街で感染者が出ていることを意味し、たとえ無症状でも、たった一人の感染者が出ただけでその地域全体、あるいは街全体が感染扱いされる。

何十万人もの人々が、真夜中のノックで目を覚ますと、母に抱かれた乳児や重い病気の高齢者も家を離れるよう強制された。寒い冬、蒸し暑い夏、豪雨に耐えながら、親は子供を抱え、病人や老人を支え、警官が割りあてたバスによろよろと乗り込み、まるで商品か家畜のように、厳重に警備された隔離センター（強制収容所と呼ぼう）に運ばれたのだ。

東は上海から南は貴陽《きよう》までの広大な土地の何億人もの中国人が、仮釈放中の犯罪者のように自分の居場所と状況を政府に報告しなければならない。地下鉄に乗り、レストランに入り、スーパーマーケットで買い物をするとき、誰もが個人用ＱＲコードをスキャンし、感染しておらず合法な行動だと証明する必要がある。プライバシーや人権など、中国ではとっくの昔に消滅しているので、もう誰も気にしない。

人を蔑《ないがし》ろにする新型コロナ政策は続き、もはやパンデミックでなくなっても、習近平はＱＲコードによる統治を手放さないはずだ。なぜなら、人々の動きを逐一《ちくいち》報告するＱＲコードは、必要に応じて「陳情者」や反体制派、教会の信徒の正義を求める行動を完全に抑え込むことができるからだ。これはジョージ・オーウェルでさえも想像しなかった、人々をコントロールする高度な技術だ。

数日おきに、不平を言わない「ＱＲコード市民」が、人や、時にロボットのいるブースに並ぶ。しゃがんで口を開け、人またはロボットが喉や鼻に綿棒を突っ込んで一日か二日間有効の「ＰＣＲ検査ビザ」を取得するのを待つ。そうして初めて、彼らは合法的に家を出ることができる。しかし、すぐにまた費用を払って新証明書を申請しなければならなくなる繰り返しだった。検査しなければ叱責《しっせき》される。宇宙飛行士のような防護服を着た警察官が、あなたの家をノックするだろう。

この屈辱的な道のりには、あまりにも多くの死体が横たわっていた。病弱な高齢者が治療を受けられずに自殺し、失業中の若者が絶望のあまりビルから飛び降り、産科病棟への入室許可を待つ母親の胎内で胎児が死亡した。二〇二二年九月一八日未明、隔離施設に向かう人々を乗せたバスが道路脇に転落し、二七人が死亡した。

自宅から連れ出され、バスに押し込められる前、彼らは私たちと同じように夢を持ち、借金も、お気に入りのレストランも、愛する人もいたはずだ。だが全体主義の支配下の中国で暮らしていたために、彼らは家を離れてバスに乗せられ、谷底で悲劇的な死を迎えることを余儀なくされた。

この事故以来、隔離施設への移送が決まった人は、宣言書に署名することが義務づけられた。その文言はたいてい難解だが、要旨はいつも同じで、「私は隔離されることに同意し、もし死亡しても政府には関係ありません」というものである。

「もし、私が同じ建物にいたら、どうやって死を免れられただろう?」と、ある作家がネットに投稿した。「隔離施設に送られるのを回避できたか? あのバスに乗らずに済む方法はあったか。不条理な政策に反対して立ち上がる勇気を持てたか。何度も自問自答するが、答えはいつも『ノー』だ」

「拒否すれば逮捕される。反対して立ち上がれば、私の家族や子供たちが苦しむ。だから、私には服従する以外の選択肢はない。従順に家を出て、従順にバスに乗り、従順に死へ向かって突っ走るしかないのだ」

「これが私の運命だ。しかし友よ、これは私一人の運命ではない」。この投稿は数分後に消えた。おそらく作家は警告を受けたか、あるいは熱心な検閲官が何らかの危険を察知して、「法律に従って」投稿を削除したのだろう。しかし、作家の疑問は消せない。

彼らは答えを待っている。一度は世界の工場になり、無数の高層ビルや高速道路を有する世界第二の市場になった中国が、なぜこのような事態に陥《おちい》ったのか。今回の奈落の底に滑り落ちたとき、どんなチャンスを逃したのか。

私たちは腕まくりをして、独裁者に向かって「ノー！」と叫び、バスが崖に突っ込むのを防ぐことができたか？　そして、独裁者が中国全土を破滅行きのバスに押し込んだその瞬間、世界はバスに乗っている何百万もの家族を救うために何かできただろうか？

＊

本書はこれらの質問に答えられないが、読者を大災害が始まった場所に連れて行き、中国の巨大なプロパガンダマシンが送り出す耳障りなノイズに、声をかき消されてしまった人々を訪ねることはできる。読者は恐怖で声を上げられなかった市井の人々の内なる声を聞き、彼らの苦悩を共有することになる。

彼らの悲劇は、さらに大きな悲劇の始まりにすぎなかったことを心に留めて欲しい。

＊

二〇二二年七月二七日、オーストラリアで生活するようになった私は新型コロナに感染したが、同胞と違って恐怖や不安は感じないで済んだ。それどころか、安堵《あんど》した。

　私は武漢について本書を執筆し、新型コロナに関する多くのエピソードを詳しく紹介したが、実際に自分がこの病気を経験したわけではなかった。そのことが、私の心に引っかかっていた。「もう大丈夫だ」と自分に言い聞かせることができた。「ようやく、どんなものか分かったぞ」

　私の症状は、微熱と筋肉痛を伴う軽い風邪のようなもので、とても軽かった。すぐに回復したが、オーストラリアの規則で、私は一週間自宅に隔離され、電話で政府に状況を報告しなければならなかった。長くて複雑な電話だった。電話口に出た女性は、私にいろいろな質問をしながら、とても辛抱強く対応してくれた。政府は薬を無料で提供し、看護師まで派遣してくれると言ってくれたのだ。その後、私はかなり長い間、呆然としていた。ただの滞在者なのに、どうしてこれほど大切に扱われるのだろう？

　私は社会主義の祖国に四七年間住み、多額の税金を納めてきたが、無料の公共サービスを享受《きょうじゅ》したことは一度もない。数年前、当時九二歳だった母方の祖母が転倒し足を骨折した。彼女はとても質素で、しきりに「治療には行かない。死んだら死んだでいい」と言い続けた。私がどうしてもと説得し、彼女はしぶしぶ病院へ行った。手術代は四万人民元（約七八万円）で、全額を私が負担した。彼女は二〇二〇年春、九八歳で亡くなった。新型コロナの予防のため、慌ただしく簡素な葬儀をしただけだった。彼女が安らかな眠りについたことを祈る。

　いま、オーストラリアという何もかも不慣れな国に滞在する私は、無料で治療や介護を受けることができる。まるでおとぎ話のような気分だ。その一方で、何百万人もの社会主義者の同胞が、いまだに残酷な監禁状態に置かれている。

もし中国で、私のような遠方からの訪問者が感染したら、事態はたちまち悪夢と化し、しかも長引くだろう。家族、隣人、同僚、顔見知りが家から引きずり出され、食事もままならない隔離施設に入れられる。感染者は長期間、差別され冷遇される。完治しても、しばらくは仕事も旅行もできなかった。

そして、誰もが携帯するQRコードで、出会う人すべてに注意が促される。「危ない！　危険な感染者がすぐ近くにいる」と。

中国国外で、習近平の「ゼロコロナ」政策は少なくとも二〇二〇年にはウイルスの蔓延《まんえん》を抑え込むことに成功したと賞賛する声を聞く。私はそれに賛成できない。私の見るところ、この三年間に中国で起こったことは、「猫背を治す」という古代のたとえ話に似ている。

野蛮な医者が猫背の患者を二枚の板で縛り、その板の上で激しく飛び跳ねる。患者の悲痛な叫び声は息が絶えるまで続く。家族が医者を探し出すと、医者は淡々と主張する。「彼は猫背を治しに来たのです。私は猫背を治療しました」

＊

本書が提示するのは、この二枚の血まみれの板と、板の狭間から発せられた悲痛な叫び声である。二〇二〇年の習近平の「成功」は、それらの叫びを消すのに十分ではなかった。中国全土は二枚の板の間に縛られ、その上で習近平と白い防護服を着た護衛たちが手荒に飛び跳ねてきた。

中国国内でも世界でも、そろそろ習近平への賛美は終わりにしよう。新型コロナの大惨事は冷静な教訓を与えてくれる。中国政府の初期の意図的な隠蔽《いんぺい》工作と誤解を招く情報提供の間に、武漢の疫病が急速に世界中に広まったことを忘れてはならない。また、ウイルスの起源を公開調査しなかったために、その出自が解けない謎となったことも忘れてはならない。

今日に至るまで、このウイルスがどのように始まり、どのようにヒトの間に広まったか分かっていない。これからも分からないかもしれない。これから世界はこの不誠実で無責任な政府をどう見るだろうか。今後、国際条約を批准《ひじゅん》し、協定に署名しても、中国政府は義務を果たすだろうか？　中国政府の約束は信用できるのか？　新型コロナのような災害がまた起きたら中国政府は誠実で責任ある行動をとるのだろうか？　本書はこれらの問いには答えられないが、いま一度、深い考察のきっかけとなることを願う。

新型コロナウイルスの発生は武漢市から始まった。宇宙から見ると蟻塚《ありづか》のような都市から、毎日数多《あまた》の小さな姿が現れては散ってゆく。その様子は、まるで忙しい小さな働きアリのようだ。道路は小さな金属の箱で混みあい、それに乗った働きアリたちが動き回り、不協和音をまき散らす。夕暮れ時には灯がついて明るい色の車列になり、夜通し明かりを届ける。そして人類の創った壮大な文明を飾るのだ。しかし二〇二〇年の春、アジアの陸塊の東南部にある大都市には、全く異質な光景が現れた。小さな生物と小さな金属箱は消え失せ、残ったものは何段にも重なる沈黙の構造物だけだった。賑《にぎ》わっていた街頭には誰もおらず、物音一つしなくなっていた。

　二〇二〇年一月二三日、習近平は直々に、一一〇〇万人が住む都市を完全にロックダウンする命令を下した。すべての交通網は遮断《しゃだん》され、数百万人が自宅に閉じ込められた。七六日間におよぶロックダウンの間に、多くの人が無言のまま死んでいった。生き残った者も日夜、恐怖に苦しめられた。彼らが感じたのは、不安、怯《おび》え、そして怒りだった。悲しみの中で声を上げ、食糧と薬を求めたが、その声は武漢の外には届かず、聞くものは誰もいない。数百万の「囚人」が何を経験し、この破局の中でどのように生きていたかを知る者はいなかったのだ。

　ここに、本書の意義がある。以下の各章で、著者は読者をロックダウン中の武漢に招待し、けたたましく鳴り響いていた政府の語りにかき消された、現地の人々の声を紹介していく。

　彼らの語るそれぞれの物語を聞いていただきたい。

　そうした物語を集めるのは、容易な仕事ではなかった。中国では真実の探求は犯罪行為とされることが多い。私より先に、最も危険で困難だった時期の武漢へ赴《おもむ》いた者もいた。その人たちの名は、方斌《ファンビン》、陳秋実《チエンチウシ》、李沢華《リズエフア》、張展《ヂァンヂャン》である。彼ら市民ジャーナリストは真実を探求しようと、あらゆることに挑んだ。しかし全員が間もなく逮捕され、沈黙を強いられてしまった。

　武漢滞在中に何度も考えた。「彼ら市民ジャーナリストに起こったことは、自分にも起こり得る」と。光の届かない陰鬱《いんうつ》な地下牢に閉じ込められ、独り監禁される。絶え間ない尋問、拷問と残虐な取り扱いの後、法廷に連行され、威厳を正した判事が明らかにする自分の罪を聞かなくてはならない。それは恐ろしい光景だが、珍しいことではない。過去八年間で三六人の私の友人たちが逮捕された。彼らは弁護士、ジャーナリスト、教授など。みな親切で正直な人たちだったが、単に政府にとって都合の悪いことを口にしただけで、国家の敵とされたのだ。

私も同じような発言をしてきた。習近平が権力の座につくまで、私は売れっ子作家だった。しかし彼の国家主席就任後は、私の著作の出版は禁止され、数百万人のフォロワーがいたSNSのアカウントも消された。私は犯罪容疑者、監視すべき人間となったのだ。秘密警察が頻繁《ひんぱん》に自宅に訪れた。彼らは礼儀正しいこともあれば、凶暴なこともあった。ある種の行動へ私が参加することを禁じ、ネット上に書いたものを消去するよう強制した。暴力で脅迫することもあった。「お前なんて、ちっぽけなもんだ」と、一人の秘密警察官は悪意ある笑みを浮かべて言った。「どれだけ殴れば音を上げるかな?」

新型コロナウイルスが流行する直前の、寒さ厳しい夜、二人の警察官がドアをノックし私を警察署に連行した。尋問は数時間も続き、彼らは詳細な調書を作成した。私を収容所へ叩き込むぞと、その内の一人は何度も脅迫した。覚悟はできていると私は思ったが、実際そのとき、私は恐怖で震《ふる》えていた。

本書は、恐怖に震える本だということもできる。武漢に到着したときも、私は恐怖の中にいた。真実を探して人々にインタビューしている最中も、恐怖を感じていた。原稿を書いているときも恐怖の真っ只中にいた。本書を出版するため、私は恐怖を感じながら自国から亡命した。持ち物はスーツケース一つ分だけ。四七年間の人生で築き上げ、積み重ねてきたものすべてを中国に置いてきた。いまは彼らの手の届かない場所、ロンドン北部のコーヒーショップに座ってこれを書いている。しかし過去一年間、恐怖に震え続けていたことを思い出すと、いまでも気が滅入《めい》る。恐怖の苦い味を感じるからだ。

＊

疫病が発生したとき、私は武漢に行くことは考えていなかった。北京五環路の外側にある小さなアパートに住んでいて、それからの二カ月でアパートを離れたのは三回だけだった。パニックになった全中国人と同じく、私も感染するのを恐れた。しかし私がもっと恐れていたのは中国政府のパンデミック対策だった。交通網を遮断し人の移動を制限し、情報をブロックする——こうした対策が自由の喪失を意味すると憂慮《ゆうりょ》する人は少なかった。憂慮していても、その意見を表立って口にする人は皆無《かいむ》だった。

私の居住地区で感染例はなかったが、地方政府は出入り口が一つしかないフェンスを建てて、地域を封鎖した。出入りのたびに小さな赤いカードを警備員に見せるよう求められた。それが私の外出許可証であり、帰宅許可証だった。フェンスの外側にある北京の大通りに車はほとんど通らず、通行人もいなかった。人気《ひとけ》のない中で信号は変わり、誰にも気づかれないまま花が咲いていた。

こんな北京の光景を見たことは、それまでなかった。一二〇〇キロ離れた災害の爆心地である武漢はどうなっているのか、私は思いを寄せた。

二〇二〇年四月三日、クライブ・ハミルトン教授から電話がかかってきた。私が長らく強い尊敬の念を抱いてきた人である。教授は私がどこにいるか尋ねた。私が北京だと答えると、彼は少し驚いたようだった。「武漢にいると思っていたのに」

その質問は突然だったが、天啓《てんけい》や神託のような効果を持っていた。即座に私は衝撃を受けた。「そ、そ、そ、そ、そ、そ、そ、そ、その通りだ。どうして私は武漢に行かないのか？」

電話の後、即座に、進むべき道が見えた。ロックダウンされた都市へ行き、世界から遮断された人々に会わなければならない。そして彼らの本当の暮らしぶりを知り、彼らの物語を聞くべきだと私は思った。「お前がすべきことは、これだ」と自分に語りかけた。「とにかく、やるんだ。その先どうなるかは考えるな」

その日の午後、私は北京郊外の離れた場所で、親友と長時間話し込んだ。今回の旅で起こり得る危険について話し合い、セキュリティが保証されたメールのアカウントの準備手順と、資料を安全に送る方法を友人は教えてくれた。最も重要だったのは、厳しい口調での彼の警告だった。「誰にも話すんじゃないぞ！」

私は列車のチケットを買い、武漢のホテルを予約した。そして大量のマスクと消毒液を購入した。四月六日の昼、こっそり鉄道駅に行った。誰とも目を合わせないよう、そこら中にある監視カメラから逃れるために、ずっと俯《うつむ》いていた。何が待つかを知らないまま、暗闇の洞窟に入ろうとする冒険家のように、人のいない列車に私は乗り込んだ。

武漢に到着するまで、私が乗っていた車両には誰も乗ってこなかった。奇跡だと思った。それまで経験した数百回の旅行では、どの列車も混雑し、うるさかったのに。こんなに中国の列車が空いていて平和なことがありうるとは思いもしなかった。

誰にも邪魔されないまま旅を楽しんでいたとき、予感はあったが電話がかかってきた。知らない電話番号からで、私は緊張した。こうした電話は数え切れないほど受けており、どうすべきか熟知していた。電話には出ず、呼び出し音が止むまで眺めていた。数分後に同じ番号から再度かかってきたが、相手は気短になっていたようで数回呼び出し音が鳴っただけだった。別の携帯を使って電話番号のスクリーンショット（画面写真）を撮り、友人にシェアした。「中国では誰も隠しごとはできない。彼らはすべて知っている」というコメントを付け加えて。

「彼ら」とは中国の秘密警察のことだ。私は時に彼らを「カスタマーサービス職員」と呼んでいる。知らないことはないように思える人たちだ。私の行動を追跡していたのはあり得ることで、私の警戒と気苦労は無駄だったことになる。見つからないように私が取っていた対策を、彼らは嗤《わら》っていたかもしれない。同時に、はっきり分かったことがある。もっと深刻な結果を引き起こすのだから、こうした電話は軽く見てはいけない。そのとき私は「遅かれ早かれ、起こることは起こる。どうしようもないのだ」と考えた。

武漢滞在中、私は常に緊張していた。新華路《シンホワルゥ》にある五つ星の武漢錦江国際大酒店に宿泊した。

それは数少ない営業中の施設の一つだった。この本のインタビュー取材の大部分はホテルの私の部屋で行った。ときには夜遅くの長江河岸や、周りに誰もいない静かな通りへ歩いて行ったこともあった。

ある夜遅くインタビューをまとめていると、廊下から柔らかな口調の声が突然聞こえてきた。即座に私は警戒して立ち上がり、照明を消すと、慎重にドアへ這《は》いよった。廊下で何をしているか、ドアの覗き穴から目を凝《こ》らしたが、何も見えなかった。私は不安でどうしようもなかった。闇の中で何度も、静かな廊下を覗《のぞ》き見た。彼らがドアを破って入ってくると想像し、心臓の鼓動《こどう》が早まった。三〇分かそこらで落ち着くことができたが、掌《てのひら》は汗まみれだった。

過剰反応だったが、理由のないことではなかった。方斌が姿を消す前、SNSに動画を投稿していた彼は、フォロワーに「彼らは近くにいる」と呼びかけていたからだ。若き市民ジャーナリストの李沢華は、SNSで生中継をしている最中に逮捕された。「攻撃を受けています。私は攻撃を受けているのです」が、彼の最後の言葉だった。そして生中継は唐突に終わった。あの肌寒い春の夜、私は神経質になって闇を見つめていた。そこに私は方斌と李沢華の顔と運命を見て取ると同時に、私自身の運命も見えていた。

同じホテルの部屋で、娘を亡くした母親の楊敏《ヤンミン》がひどく心配そうに質問してきた。「この部屋は盗聴されている?」。私も同じ疑いを持った。尾行や監視の存在、盗聴を度々感じていた。それは事実ではなかったかもしれない。しかし、そう考えざるを得なかった。私にできたことは、全データのバックアップを取って、消去することだけだった。

　インタビューを終えた直後、私は全資料を海外の友人に渡した。このプロジェクトについて友人と話し合ったとき、何度も強調した。「もし私が逮捕されたら、資料はハミルトン教授に渡してくれ。そうすれば教授が、この本を完成させてくれる」と。西側での出版は、監獄での私の暮らしをさらに悲惨なものにするだろう。しかし、どんなに悲惨でも、悪夢の日々はいつか終わるとも思っていた。まだ十分に若いから、うまくやれると考えていたのだ。

　友人が私の様子を聞くため電話をかけてくると、毛布に隠れて小さな声で話し、外をうろつく野獣の虎口《ここう》から逃れるようにした。最新の出来事について話さないようにしたのは、危険だったからだ。食べ物や天気の話をするのがせいぜいだった。友人に熱心に言ったのは、「いまSF小説を書いているんだ」。それは嘘で、ジョークのつもりだった。しかし真っ赤な嘘でもなかった。この本に出てくるシーンの中には、シュールすぎて本当にSF小説の内容としか思えないものがあるから。

　インタビューを承諾しない人もいた。ある地方公務員は私に言った。「すまない、インタビューに応じるのは規則で禁止されているから、従わないといけない」。自らの経験を語ってくれると期待し、何度も電話した大病院の医師は、最初は「考えさせて欲しい」と言ったが、数日後、丁寧な口調で断りを入れてきた。

　あの終わりが見えない春、その医師は病気だったのに勤務を続けた。新型コロナウイルスに感染していたのだ。彼が多くの遺体を見てきたことは間違いない。何度も涙したことだろう。彼が誰かに心中を語りたかったのは確かだが、真実を明らかにすることを様々な理由から怖がり、何らかの理由ですべてを心の中に葬ることを選んだのだ。「兄弟」と彼は言った。「ずっと懸命に考えたが、無かったことにしてくれ。分かってほしい。本当に不都合なのです」

私は彼に告げた。「よく分かりました。いつの日か経験されたことや感じたこと、見聞きされたことすべてを先生が語れるようになるのを願うのみです」

彼は黙り込んだ。「僕も、そう願っています」。穏やかな口調で彼は言葉を返してくれた。

＊

恐怖は累積《るいせき》する。特に二〇二〇年の武漢では。長く滞在すればするほど、恐怖は強く、鋭くなっていった。

私が急遽《きゅうきょ》、武漢を離れたきっかけは、謎の電話だった。五月四日、北京訛《なま》りの男が単刀直入に尋ねてきた。「武漢で何をしているんです?」。大した理由もなく、色々調べているだけだと、私は答えた。「ならばよく気をつけた方がいい」とその男は言った。深く憂慮しているようだった。「ひどいことになるから。あなたも感染したくはないでしょう」

いまでも男からの電話の真意は分からない。純粋に心配してくれたのかもしれないし、新たな警告かもしれなかった。お前がどこにいるか、こっちは分かっているし、何をしているかも知っている、と。

それでもなすべきことはあった。武漢ウイルス研究所を再度調べることだ。もっと多くの人に私はインタビューしたかった。その頃、張展はコロナの犠牲者遺族が司法に訴える手続きの手助けをしようとしていた。彼女の活動を観察し記録できると思っていた。しかし謎の電話によってこの計画は諦《あきら》めざるを得なかった。すでに十数人にインタビューし、百万語以上を記録しており、これが重荷になっていた。さらに多くの人にインタビューすれば、重荷はさらに増す。それらすべてを危険に曝《さら》したくなかった。

不安を感じながら、私はさらに二日間、作業を続けた。五月七日の列車のチケットを購入した。最初に行ったのは、揚子江の対岸の岳陽《がくよう》市だった。北京へ帰らなかったのは、監視されるからだ。どう見ても北京で原稿を書くのはリスクが大きすぎた。岳陽から山間の地である四川省へ飛行機で行き、山深い小さな町で、この危険な本の原稿を書き続けた。

八日後、張展が逮捕された。

この本を書き上げるのに一〇カ月もかかったのは、多くの中断を余儀なくされたためだ。最初の中断は張展の逮捕後に起こった。警察は彼女と接触した多くの人を尋問した。ある友人は五月初旬に私が参加した集会の写真を送ってきた。写真に映っている人間は全員、すでに尋問を受けており、おそらく次は君だろうと警告した。

私は電話を切り、呆然《ぼうぜん》としながらコンピュータ・モニタの草稿を見つめた。何かあったらどうする？　この本を完成できなかったら、なんと悲しいことか。時間が欲しい。そうすれば原稿を完成できる。

さらに二回、謎めいた電話がかかってきた。最初のものは二〇二〇年の一一月で、二回目は二〇二一年の一月だった。電話してきたのは別々の男性だった。気さくなおしゃべりやただの挨拶のように、口調は穏やかだった。しかし私はパニック状態になった。電話のたびにコンピュータ上の全データを削除し、資料を安全な場所に保管して、無言で訪問者を待ったが、誰も来なかった。秘密警察も感染を恐れていたためかもしれなかった。

草稿は二〇二一年三月に完成し、ある友人に引き渡した。最後に書いた言葉は「私がどうなろうとも、この本は出版しなければならない」だった。

わが親友は言葉を返してくれた。「分かった」

謝辞

まずクライブ・ハミルトン氏に御礼を申し上げたい。同氏は本書に結実した種子を植えると同時に、非常に貴重な助言を私に授けた。

匿名を希望する翻訳家にも感謝したい。

英語版を出版してくれた、ハーディーグラント社のジュリーとスタッフたちにも御礼を申し上げたい。彼らのプロ精神と勇敢さには多大な恩義を負っている。

今回の執筆で中国と世界中を旅するにあたって手を貸してくれた多くの人々に感謝を。それが自分のことだと、皆おわかりだと思う。全員に大変感謝している。

最後に本書に登場する、自分の物語を世界に知って欲しいと思った人々に感謝する。皆さんの声は一聴に価するのだから。当著に登場した人たちの多くは、安全を守るために仮名になっている。

ロンドンにて　二〇二二年一月

第一章　私は感染源になった医者

1

林晴川《リンチンチュワン》は患者の舌をヘラで抑え、かがみ込んで扁桃《へんとう》を観察した。患者は反射的に咳《せ》き込んだ。林は顔に息が吹き掛かるのを感じ、半ば無意識に後ずさった。一〇分後、林は喉に異変を感じた。「泉のように痰《たん》が湧き出して止まらなかった」。そして乾いた咳が始まった。二時間後には体全体が弱ってきたのを感じ、喉が少し痛くなった。別の医師に彼は「まるで悪性の風邪のようだ」と語った。「悪い報《しら》せだ。大当たりだよ」

当時「新型コロナウイルス」という単語は使われていなかった。友人向けのSNS投稿で「SARSプラス」に感染したかもしれないと彼は告げた。武漢市第一医院（病院）の医師である友人は、「ぐずぐずしないで、すぐに来い。入院できるよう手配するから」と言った。

林晴川は友人の申し出を断った。発熱はなく症状は深刻ではなかったので、その日は様子を見ることにした。二四時間後、胸に痛みを感じ始めたが心配はしなかった。次の日、痛みは激しくなった。放射線科でレントゲン写真を撮影すると、右肺の下部にウイルスが感染していることが分かった。すぐに彼は先の友人の医師に連絡を取った。「本当に済まない」とその医師は言った。「私たちの病院の医師の分でさえ、もう病床を確保できないんだ」

それは二〇二〇年一月二一日のこと。二日後に武漢はロックダウンされ、七六日間にわたる試練と苦痛のときが来た。政府の情報秘匿《ひとく》と欺瞞《ぎまん》は、武漢の一一〇〇万人がウイルスについて、ほとんどなにも知らないことを意味した。春節の祭りが近づき、家庭は休日の準備の買い出しに忙しかった。しかし林晴川と同僚たちの懸念は日増しに大きくなった。ウイルスが市民の間で拡大していることを分かっていたのだ。しかし、あえて公言する者は少なかった。「自衛に徹して、秘密はしゃべるな」、林は一月に家族へ、そう告げた。

林は武漢の小さな市立病院の医師だった。彼によると通常、この病院では毎日二〜三件の風邪や発熱を治療していた。しかし二〇一九年一一月中旬になると、件数が急激に増加し始めた。「八時間勤務で一人の医師が二五人から三〇人の患者を診察していました。その半分以上が発熱し、多くは子供だったのです」

中国政府は状況を把握していた。A型インフルエンザの警報を発令し、多くの学校で休講を命じた。しかし、それ以上の情報を提供することはなった。医師たちはSNS上の友人や同級生、同僚のグループで、発熱の症例が爆発的に増加していることを話し合い、症状と病因についての討論を慎重に始めた。一二月八日に武漢協和医院もしくは同済病院の検査施設が、非定型肺炎の同定に成功したと林は知らされた。

その日から林晴川はマスクの着用を始めた。クリスマスの頃には手袋と防護用のゴーグルも着けた。悪いニュースの噂は日が経つにつれ増えて、ほぼすべての病院で感染した患者が見られるようになった。林は友人たちに大規模な流行が発生しつつあると話したが、信じる者は少なかった。林は食材と野菜の備蓄を始めた。年老いた両親のために三〇〇枚のマスクを購入した。その頃マスクはまだ安くて一枚一三分（約二円）の値段だった。それで十分だと彼は考えた。「私たちは皆、非定型肺炎ウイルスだと考えていました。このような大惨事になるとは、誰も想像していませんでした」

一二月三一日、武漢市衛生健康委員会は「状況通知」を発令した。その内容は二七件の「ウイルス性肺炎」が発見されているが、「明確なヒトヒト感染」はないというものだった。また「この疾病は予防可能で制御下にある」とも述べていた。

同じ日に同じ組織が、内部向けに全く異なる「緊急通知」を発令していた。そこでは「ウイルス性肺炎」は「原因不明の肺炎」になっていた。委員会は病院に感染データを集めるよう求めた。林は、この通知をSNSに投稿した。「みんなマスクを着けて下さい、何らかの『否定形』肺炎が流行しています」というコメントを付けた。彼は意図的に「非定型」を書き間違えて政府の検閲を避けようとしたのだ。四時間後に「賢明ならマスクを買いに行くべきだ」と加えた。夕方にはマスクの写真を投稿し、外出時には必須だと強調した。

林は、こうした投稿は大きなリスクになると分かっていた。「流言を広めた」として、八名の医師が警察に処分されたのを彼は見ている。しかし真実を語る義務が自分にはあると感じた。「たとえ一人でも聞いてくれるなら、それだけの価値はあることになります」

一月三日に香港で初の症例が見つかったとき、これがどんな種類の肺炎なのか香港が解明できることを願うと林晴川はＳＮＳに書いた。「銭文家」と呼ばれる中国の「政府の虚言専門家」に、彼は完全に失望していた。ご主人様が吹きまくれと望めば、何であろうと吹きまくる連中だ。林は心の中で「良心は痛まないのか？」と問うた。

一月初旬、武漢が歓喜と調和を絵に描いたような雰囲気だった時点でも、林の不安は増していた。微信《ウェイシン》（訳注・中国のメッセンジャーアプリのウィチャット）の医師向けのグループで、複数の病院が開発した治療計画を彼は見た。しかし、そうした計画は公式に推奨されていなかった。複数の死亡例のニュースも耳にした。一月中旬のある日、林の友人の家族全員が感染した。彼らは武漢市中心医院に入院したが、そこは患者があまりに多かったので友人が林に相談してきたのだ。その友人によると一部屋に一二人の患者が収容され、一晩で二名が死亡したという。

その頃には、ほぼすべての医師が口コミや自ら目撃して死亡例を知っていた。親戚、友人、隣人……多数が死亡し、速やかに遺体を運び出す手段はなくなった。しかしメディア報道や政府発表は死亡例に触れなかった。パニックになるなという、市民向けの毎日の警告だけだった。「ヒトヒト感染が確認された症例はない」。この疾病は「予防可能で制御下にある」。

一月一一日になり、政府はようやく不承不承《ふしょうぶしょう》、最初の死亡例を発表した。林晴川は怒りのあまりＳＮＳで友人向けメッセージを投稿した。「顔を三尺上げろ。そこに神はいる」。つまり「人がしていることを天は見ているんだぞ」という意味だ。一週間後、彼は政府の無謀な決断を鋭く批判した。「公の場に医師を出向かせて人々の体温チェックをさせている。しかし高度に警戒し、周囲に警戒を悟られないことを医師に望むと言い、個人用の防護具を配給していないし着用を許可していない。われわれ医師を何だと思っているんだ？」

私的な場でも政府への怒りを隠さなかった。林は言う。「人々が毎日死んでいくのが分かっていた」「しかし死者はいない、死者はいないと政府は繰り返すだけだ。われわれ医師は、もう政府を全く信頼できなくなった」

数カ月後に当時の状況を思い起こすとき、林晴川は複雑な思いだった。不安と怒り、言いようのない恐れを感じた。一月初旬以降、林の親しい友人である同済病院の医師は家族に抗ウイルス剤を服用するよう求め、後には強制した。しかし、その医師は服用の理由を家族に説明しなかったのだ。後から林が初めて知ったのは、恐怖の的である共産党中央規律検査委員会と病院の役員陣が医師に、真実を外部に暴くのを禁止していたことだった。「恐怖のあまり、その医師は自分の妻にさえ真実を告げられなかったのです」と林は語った。「夫婦が小声でしゃべったことなんて、本当は誰にも分からない。しかし彼が口をつぐんだのは、もし発覚すれば職も収入も……全部終わるからです。それくらい恐ろしいことだったのです」

2

林晴川は「大当たり」になった最初の医師ではなかった。一月二一日、彼の小さな病院の八名の医師と看護師がウイルスに感染した。その後、感染者数は一四名、一八名、二二名と急激に増えた。最前線にいる医師と看護師の全員が感染した。誰もウイルスから逃れられなかった。「最後には、誰も残っていないので、会計の職員が業務を引き継ぎました」

一月二三日は武漢がロックダウンされた日だった。林は自宅で一日を過ごし、自分で治療を開始した。「経口ペニシリン一グラムを服用すれば、三日から五日で治癒《ちゆ》するだろう」と彼は友人に語っていた。彼は楽天的だった。「九日経っても死ななかったら、もう死ぬことはないよ」

翌日は旧暦の大晦日(訳注・春節の前日)だった。林は質素な食事をとった。青椒肉絲《チンジャオロース》とご飯だった。彼は意気消沈《いきしょうちん》していた。義務を怠《おこた》ったと、SNSで政府を厳しく批判していた。「感染した患者が隔離されていない。環境消毒が行われていない。もっと悪いことに、医療従事者に個人用の防護具が支給されていない。われわれの病院には防護服が一切ない」。数時間後、彼は嘆願《たんがん》した。「この戦いは我々の肺で勝負しているんだ。お願いだから防護用のゴーグルやマスクを支給してくれ」

一月二五日の夜、林晴川は病院から通告を受けた。全職員は職務に復帰しなければならないという。「私はいまも他人に感染させる恐れがあるんだ」と病院の責任者を説き伏せようと試みた。「こんな状態で、どうやって患者の治療に戻れと?」。病院の責任者は選択の余地はないと告げた。「命令は上層部から来たもので、公式の診断がない限り職務に復帰しなければならない」と。

友人は病院に戻らないようにと言ったが、林晴川は同僚について考えていた。「もし私が戻らないと、同僚の仕事が増える。私は医者だが、感染源でもある。何という屈辱だ」

それからの数日間、林はロックダウンの混乱や物資不足、癒《いや》しようのない悲しみに直面した。彼の小さな市立病院には、たった一箱の解熱剤しかなく、抗炎症剤はほぼない状態だった。防護用のゴーグルやガウンは全くなかった。四〇枚のマスクがあるだけで、体温計すら不足していた。医師と看護師は全員が「感染の疑い例」か「感染者との濃厚接触者」だった。しかし政府の厳しい命令によって、死を覚悟しつつ突撃せざるを得なかった。

林の症状は悪化していた。一月二八日、外来で夜勤をしていると、胸が痛み始めた。「いわゆる『終末期』の痛みというやつでした」。彼は非常に神経質になった。同僚に相談した後、ある女性医師がレボフロキサシンという薬が効くかもしれないと述べた。症状緩和に使ったことがあるのが理由だった。彼は自分のために五包分のレボフロキサシンを処方した。様々な抗生物質を静脈点滴で投与し、翌日には夜勤に戻った。

政府の規制で、林の市立病院はトリアージと健康状態の診断しかできなかった。発熱患者の場合、どんなに深刻でも患者が武漢普愛医院に自力で行かなければならなかった。その病院は新型コロナの患者向け指定を受けており、林の市立病院から数キロ離れた場所にあった。政府が車の使用をすべて禁止しているため、大部分の患者は大規模病院へ歩いて行くしかなかった。「若い人は歩く体力がありますが、ほとんどの老人は病院へ歩いて行った後、二度と戻ってこなかったのです」

武漢普愛医院の光景はカオスそのものだった。一月末には救急医療部全体が新型コロナによって壊滅《かいめつ》させられたと、林晴川は知った。誰も勤務できなくなり、内科や整形外科、神経科の医師が外来診療に異動させられた。患者がなだれ込み、病院中を埋めつくしたと林は聞いた。「人々はロビーにうつ伏せで横たわり、玄関ドアにすら入れない人も多くいた」。普愛医院へ行く救急車を呼んでくれるよう、林晴川に頼み込む患者もいた。林は何度も電話をかけたが、対応できる救急車は一台もなかった。「救急の電話番号一二〇はパンクしていました。ある日は七〇〇名が通話中だと私は告げられました」

この時期、不安に満ち絶望した表情の人を数え切れないほど林晴川は見た。あまりにも多くの嘆きや懇願を聞いた。しかし助けの手を差し伸べることは不可能だった。使用できる薬はなく、政府は林の病院が治療することを許さなかった。一月二八日の夜、患者の娘が電話をかけてきた。七〇歳の父親が意識を失いかけているという。彼女は必死に林に助けを求めた。勤務している医師は一名だけだったので、彼は病院を離れられなかった。数時間後、彼女は再び電話をしてきた。父親が意識を失い、呼吸は浅く脈が弱まっているというのだ。「先生、お願いです。とにかく誰かに父を車に乗せる手助けをしてほしいんです。そうすれば、私が父を病院へ連れて行けます。私は自分一人で父を車に乗せられないんです」

それが武漢の最悪のときだった。何カ月も経ったいまでも、林はその光景を思い出したくない。「私たちは医師なのに、なすすべもなく患者が死んでいくのを見ているだけだった……」。彼は言葉を詰まらせた。「私たちは本当に役立たずでした」

次の日の朝、疲れ果てた林晴川は病院の外来を出て、自分への静脈点滴を再開した。昨夜の女性からまた電話がかかってきた。その声は絶望していたが、静かだった。「父が亡くなりました。もう、どうすればいいか分からない」

3

終わりがないように思えたその春、林晴川は数多くの死亡診断書に署名した。中には「直ちに火葬」と明記したものもあった。多くの場合、死因の欄に「呼吸器不全」「心筋梗塞《しんきんこうそく》」などと記入した。「肺炎」か「肺への感染」と書いたケースは非常に稀《まれ》だった。一月に林は「上層部」から、ある指示を受けた。死亡診断書で肺炎について触れてはならないというのだ。この指示は電話で伝えられたが、それは文書の漏洩《ろうえい》を一切避けるためだったのだろう。政府は伝染病流行情報ネットワークを立ち上げ、各病院に接続した。その第一の目的は、感染症例と死亡例についての統計を集めることだった。

二月一一日、林は微信内の自分の病院のグループで、ある命令を見た。死亡診断書を出す医師に「状況を確かめる」よう指示するものだった。その命令は、「死亡した者の名前が政府の流行情報ネットワークに記載されてない場合は肺炎死因として記録してはならない」というものだった。命令の一部には感嘆符が添えられていた。「この非常時に、死亡診断書で死因を肺炎や肺への感染とする際には多大な注意を払わなければならない!!　死者に他の病歴がある場合は、その疾病を死亡診断書には記録するように！」

　そうした眠れない夜に、林晴川は遺体が冷たくなっていくのを見守り、心が捻《ね》じ曲げられるような嘆きの声を聞いた。爆発的な感染拡大で物資や薬剤の供給は干上がった。ある朝、林はSNSのグループに形の崩れたマスクの写真を投稿した。「これは私が一週間着けていたマスクだ。本日、名誉除隊した。心配はいらない。供給は適切で、まだ薬局には抗炎症剤がゼロ、ゼロ、ゼロ、ゼロ箱もある」

　医療物資の供給が深刻な不足に陥ったため、治療を受けられない人の中には、正気を失った者もいた。彼らは病院のロビー中に痰《たん》を吐き散らした。他の人に向かってわざと咳き込んだり、唾液や痰をそこら中に塗りたくる者もいた。少数ではあるが人混みに入ってウイルスを拡散すると言い出す者すらいた。

「そうした人たちは絶望したか狂ったかのいずれかです。多くの人は完全に壊れてしまう寸前でした」と林は語った。

　レボフロキサシン五パックを点滴で入れると、林の症状は改善した。しかし、それでも咳は多く、胸は痛んだ。その上、肺の痛む部位は変わり続けていた。「肺門で痛むこともあれば左肺上部のこともありました」。一月三〇日に彼は武漢普愛医院に駆け込んでCTスキャンを受けようとした。しかし彼より前に待っている人が多すぎて諦めた。そのころ林の同僚の一四名が感染していたが、それも不完全な数字だった。彼は病院の閉鎖とスタッフの隔離が最善の策と考えた。

しかし多くの医師と看護師が「病気になりながらウイルスと闘っている」ため、それは不可能だった。「彼らは昼間は患者を治療し、その後に自分自身を治療していました」と彼は語る。しかし支援はなかった。政府は彼らに宿泊場所も移動の手段も何も与えなかった。「政府は医師と看護師に移動の手段を与えると言いましたが、実際のところ車を見つけるのは不可能でした。ホテルも手配すると言いましたが」、林は侮蔑《ぶべつ》するように言った。「真っ赤な嘘でした」

二人の若い看護師が林に深い印象を残した。彼らの自宅は病院から六キロ以上も離れていた。定刻通りに仕事を始めるには、夜明け前に徒歩で出発しなければならず、一日の仕事が終わると歩いて帰らないといけなかった。「あの看護師たちは気の毒でした」と林は語る。「月給はたった六〇一人民元（約一万一〇〇〇円）で、帰り道は直線距離でも一二キロ歩くことになるのです」

林晴川の病院、そして中国のすべての病院で、看護師の低報酬は通例だ。その窮状《きゅうじょう》は人生の一部でしかない。そうした看護師は通常「契約労働者」と呼ばれ、一時的な雇用を意味している。彼らは安い給料で、危険で厳しい作業をする。困難な状況ではシフトを代わりに受けて、二四時間またはそれ以上連続して働き、二日か三日休む。疲労を招く勤務スケジュールのために、看護師は感染しやすくなっていた。林は微信に度々書き記した。「今日また別の看護師が感染した。悲しい」

二月七日、慟哭《どうこく》の夜。武漢市民は、新型コロナウイルスで悲劇的な死をとげた若き内部告発者、李文亮《リィウェンリャン》医師に深い哀悼の意を表した。林晴川は断続的に乾いた咳をくりかえし、胸には鈍い痛みがあった。李文亮の死を考えると感情が昂《たか》ぶった。林はＳＮＳに詩を投稿した。

この封鎖された都市では
英雄とは悲劇的な言葉だ

同僚たちは死ぬ
光が見つけられない
導きの声もない
みんな、言葉もなく運命を待っている

人々にとって救い主は
医者じゃない
薬でもない

4

林晴川は一九七〇年代生まれで、未婚だ。小さな病院には三人の共産党書記と二人の主任がいて、林は医療チームの主要メンバーだ。友人は彼のことをユーモアのセンスがある、楽天的で強い人間だと思っていた。しかしロックダウンの後は、行き場をなくし絶望した人々に涙することが度々あった。自分が電話で聞いたすすり泣きや嘆願、そして民衆からの心に染みる差し入れに林は泣いた。

一月二七日の寒い晩、外来から退勤した林は一人の浮浪者が苦しんでいるのを見かけた。その浮浪者はボロボロの綿入れ姿で道の真ん中にうずくまっていた。林は彼の体温を測り健康状態を診た。彼は動くこともできず弱々しく呻《うめ》いていた。「寒い、寒い、寒い……」

その浮浪者の名前も、どこから来たかも、誰も知らない。眼鏡をかけていたので、多くの書物を読んだ人かもしれない。その寒い夜、浮浪者は解決不能の問題だった。林は数カ所に電話したが、進んで浮浪者の治療をする病院も、面倒を見ようとする救護所もなかった。結局、林ができることは、近所のガードマンに引き渡すことだけだった。「それから彼を見かけたことはありませんし、生きているかどうかも分かりません」

三日後、林は三花《サンホア》と名付けた迷い猫と出会った。おそらく一歳未満で、首に小さな鈴をつけていた。懇願するような眼で通りすがりの人間を見つめ、助けを求めるように泣いていた。林は段ボール箱で三花の家を作り、毎日食べ物をあげた。彼は友人に三花が妊娠していること、実に可愛らしいことを話した。それはまるで自分の小さな娘について語る父親のようだった。

二月九日、林は市立病院から非常に忙しい隔離ステーションに異動になった。そこでは患者が一般社会から隔離されていた。三花の面倒をみる時間はなくなり、あの小さな生きものがどうなったかは分からなかった。恐らく死んだのだろう。その惨めな春、武漢では住宅や路上で多くのペットが死んだ。誰も気にかけなかった。

林は三日ごとに二四時間体制で勤務しなければならなかった。彼はステーションを漏斗《ろうと》に喩《たと》える。「病院が大量の発熱患者の面倒を見られなくなると、ここに送り込むのです。病床が空いたら、その病院に一番重篤《じゅうとく》な患者を搬送するわけです」。薬剤がなくステーションでの治療は禁止されているので、林ができることは検診と検温、患者の慰めに最善を尽くすことだけだった。領班《リインバン》（訳注・小組の責任者）は林晴川に命じた。「患者が精神的に安定するように、なだめなければならない」

二月一三日、ある患者が隔離ステーションに戻ってきた。全身が痒《かゆ》くなり、喉が腫れていた。林晴川は予診を行い、彼女が投与された薬に急性のアレルギー反応を起こしていると診断した。

彼は階下にいる隔離ステーションの领班のところへ駆け込んで事情を話し、彼女を病院の救急医療科に運ぶための車を要請した。隔離ステーションの責任者は共産党のプロパガンダ担当者で、林に「その女性、一人で病院に行けないの?」と尋ねた。それは無理で、症状が切羽詰まっており、いつ死んでも不思議ではないと林は返した。领班は厳しい表情で彼を見つめた。「書面にしてくれるかな」。林はペンと紙を手に取って怒りながら乱暴に説明を書き記した。领班は一瞥《いちべつ》し眉をひそめて言った。「読めないな。コンピュータを使ってよ」

林は机に走り、説明文をコンピュータに打ち込んだ。そしてプリンタに出力して领班に手渡した。领班は一読すると、ゆったりと電話を取り上げて上司に指示を請うた。「もしもし、ええ、ちょっと、問題が起こりまして……」。林は返事を立ち聞きしていた。「こういうのは私の責任じゃないです。そうでしょ?」

林は苦悩で苛立っていた。彼は领班とその上司に言った。「簡単なことです。車をよこして下さい。その病院は近所ですから、患者の女性を連れて行くのに五分もあれば十分です」

しかし実際は簡単ではなかった。その日の夜遅く、林は苛立ちながら女性患者の病状を確認した。「先生、息ができない」。领班が責任逃れで次から次へと電話をたらい回ししたことに彼は呆然《ぼうぜん》とした。処長から主任へ、主任から部長と、責任者の階層のさらに上の階層は、入れ子細工のマトリョーシカ人形のようだった。彼らは強大な権限を持っていたが、簡単な問題は解決できないのだ。数え切れないほど電話をした後、林の目の前の責任者は数枚の書類を手渡して言った。

「色々と検討した。この文書の指示に従うのだ」

林晴川は書類を確認して泣きそうになった。「ああでもない、こうでもないと一時間もやりながら、すべて最初の問題に戻っていました。医師は現場の問題に責任を持ち、上司が車の手配を行うというのです」

その患者は幸運だった。責任者が延々と責任を押しつけ合って電話している間に身体がアレルギーを克服し、喉の腫れは治まり呼吸は正常に戻った。決まりが悪くなった林は文書を领班に返して言った。「忘れて下さい。もういいです」

「誰も思い切って責任を取ろうとしませんでした」と林は頭を振りながら言った。「文書にサインするよりは患者を死なせるほうがマシだったのです。サインしてしまえば責任を負うことになるからです。結局、誰も決断しないことになるのです」

林はSNSのページに怒りをぶちまけた。「われわれ医師は人命が最優先だ。しかし連中にとって人々の命は厄介物にすぎない」。このカフカの小説のような話は中国政府がどのように動いているかを暴いているが、共産党のプロパガンダは「われわれの制度の優越性」を誇っている。われわれの制度の優越性のおかげでウイルスに勝利したと。しかし彼らが触れない一つの事実がある――あの患者は、その優越性のせいで死にかけた。優秀な制度のせいで、制御可能な疾病の流行は一〇〇年に一度のグローバルなパンデミックという痛ましい事態になったのだ。

林がいた隔離ステーションは冴《さ》えない灰色のビルで、元は急きょ転用されたホテルだった。窓はすべて密閉され数人の警備員が玄関を厳重に閉鎖していた。ステーションの外に停まっている車の中では、上級幹部が平然と座っていた。さらにその先の司令所では大ボスが休暇中のような顔をしている。そこで二カ月にわたって勤務した林晴川が司令所に入ったのは一度だけだった。職員は足を組んで座り、お茶をすすっていた。

「それが彼らの言う最前線でした」と林は皮肉っぽく語った。

責任者たちは医療について何も知らず、患者に会うこともほとんどなかった。しかし彼らは患者の移動の権限を持ち、生きるか死ぬかを決めていた。後に彼らの多くは昇進し表彰を受けた。しかし病気に苦しみながら二四時間体制で勤務した林晴川には何も与えられなかった。

隔離ステーションには一〇〇以上の病床があったが、たびたび満杯になった。多くの搬送患者は新型コロナウイルスに感染していると後から診断されたが、中には別の病因で隔離された者もいた。林は高熱を発し、約一週間隔離された若い女性を見かけた。その後に彼女は水痘《すいとう》と診断された。彼女の退院を責任者に認めさせるのに丸二日かかった。「あなたたちは私をここに閉じ込めているけど」と若い女性は言った。「もし私がコロナウイルスに感染したらどうしてくれるの？」。彼女は激怒していた。「私が死んだら、責任を取ってくれる？」

隔離ステーションには消毒装置がなく、汚染区域と清潔区域の間の仕切りもなかった。医師や看護師や清掃員と患者が混ざり合い、汚染された淀《よど》んだ空気を呼吸していた。林はシフトのたびに個人用防護服を一セット支給されたので、食事や洗濯、トイレに行くときも防護服を身につけていた。彼は防護服を着用したまま一階から五階まで上り下りした。エレベータは患者用に割りあてられていたからだ。各部屋を巡回するときはマスクを上げて患者の症状を検診し、面と向かって話すようにしなければならなかった。自分は欠けた瓶のようなものだから、少しくらい欠けた部分が大きくなっても大した違いはないと思った。「仕方ないです、私はもう感染していたのですから。さらにウイルスを浴びたとしても……」、彼は頭を振った。「仕方のないことでした」

一日の勤務が終わると、林晴川は疲れ果てた。疲労のあまりしゃべる気にもならなかった。また疲労感は、症状が改善されないことも意味していた。二月一七日、レントゲン写真を撮るために、元の勤務先の病院へ戻った。感染は右肺の下部から中部へと移っていた。自分向けにレボフロキサシン三包分を処方した。後にそれを語るとき、彼は罪の意識を感じているように見えた。まるで生き残ることが恥であるかのようだった。「私の病院は少しだけ薬剤を持っていたのです。なんとか自分たちが助かるための分だけ」

三月七日に武漢市政府が「感恩教育《かんおん》」を実施し、ウイルスの流行と闘った市共産党のリーダーシップに、市民が感謝を表明するようにした。林晴川は張《ジャン》という名の救急車の運転手に出会った。張は五〇代だった。武漢のロックダウン後、家族に告げることなく他の省から武漢にやって来て、林の病院でボランティアをしていた。ロックダウンの翌月、彼は武漢の街を数千キロも忙しく走り回り、危篤《きとく》状態を含む数百人の患者を搬送した。感染を防ぐため、張は車の中で寝起きしていた。三月六日、張の肺に腫瘍《しゅよう》が見つかった。林と同僚は治療の手配を整え、義捐金《ぎえんきん》を集め始めた。

その額はすぐに三万人民元（約五八万円）を越えた。義捐金を張に持っていったが、彼は固辞し受け取ろうとしなかった。「武漢に迷惑を一切かけたくない」からだという。林は深く感じ入った。「張さんと向きあうと、私は本当に恥ずかしくなりました。恥ずかしく謙虚になりました」

八カ月後、張は自宅で死去した。「彼の病状は、それほど悪くなかったと思います。まさかと思って……」林は微信に書いた。「私は泣きました」

あの苦難の七六日間、張のような多くの人々が家庭から離れ、リスクをかえりみず最善を尽くして皆を助けようとした。そして名声も報奨も求めず家庭に戻っていき、誰にも知られないまま消えた。党の大表彰会に彼らの来賓《らいひん》席はなかった。中国では名誉は指導者のためのものなのだ。

5

　林晴川は二〇年間、医師をやってきたが、コロナ禍で実施された馬鹿げた手順をいまでも理解できないでいる。隔離ステーションでのＰＣＲ検査の結果は機密文書扱いにされていた。玄関の警備員には閲覧可能だったが、医師は見られなかった。林は何度も警備員に、ある患者のＰＣＲ検査結果を尋ねた。警備員は責任者のように振る舞った。「機密だ。答えられない」

「カオスそのものでした」と林晴川は言う。「多くの患者はカルテがありませんでした。われわれは情報を求めて、あちこち探し回らなければいけなかった」。医師たちは「院内向けＰＣＲ情報共有用微信グループ」を作った。情報を求める者は院内ネットワークで検索すれば、こっそり情報共有できる。スパイ映画の情報工作員のように、コソコソと機密情報をのぞいて、患者の病状に関する情報を手に入れるのだ。

　しかも「ＰＣＲ検査は極端に不正確で、抗体検査の方が信頼できました。それは政府も分かっているのに、なぜわれわれはＰＣＲ検査だけを実施し、抗体検査をやらなかったのでしょう？」。林晴川は自答した。「数値データの見栄えを良くするためです」

三月になると政府は医師を一名、隔離ステーションに派遣してきた。その医師は患者の様子を見ることもあったが、主に林晴川とオンラインで連絡を取った。この頃、隔離ステーションにいた患者の数は約七〇名だった。林は回復した患者のカルテを、その医師に送った。その医師の合意と、さらに責任者の承認によって、患者は隔離状態から解放されるのだ。

その医師に林が好印象を持ったのは、彼が注意深くて責任感を持っていたからだった。その医師と協力して、患者の一部は家族の元に帰ることができた。しかし隔離ステーションにいる患者は依然として多く、政府は不満げだった。新聞は熱心に対ウイルス戦での中国の勝利を称賛していた。政府によると、三月一八日以降、新規の症例はゼロとなっていた（一日あたり一件の確認例があった三日間を除く）。人々はロックダウンの解除を熱望していた。政府は人々の期待に応えるために、数字を良く見せたいのだ。

「政府は私たちにできる限り早く、患者を隔離ステーションから叩き出してほしいと思っていました」と林晴川は語る。しかし林は、そんなことをすれば、結果がどうなるか明確に分かっていたので同意を拒否していた。派遣された医師も同じだった。そのため、その医師は更迭《こうてつ》され、代わりに新たな二名がやってきた。一名は放射線医学者で、もう一名はどこか他の部門の人間だった。この二人組は、いわゆる「専門家チーム」だった。

「いや凄いものでした」と林は語る。「彼らは午後四時にステーションに到着し席に着くと、肺に感染した患者のレントゲン写真を見始めました」。すると「この患者の肺炎は縮小している」

と言っては次のレントゲン写真を手に取り「こっちも縮小だ」として、すぐに四〇名以上の患者を追い出しました。林は実に軽率《けいそつ》な診断を見た思いだった。「そうした患者には病変が残っていましたし、炎症も完治したわけではありません。そして他者に感染させる可能性も残っていました。恐ろしいことです」

それでも政府は隔離者の数字に、まだ満足していなかった。すぐに新たな専門家チームがやって来て、さらに二〇名の患者が帰宅させられた。林晴川が「きわめて重症の高齢者（老大難）」例と呼ぶ、危篤状態の患者のみが残された。「症状が明らかな患者を退院させるなんて、誰でも当惑しか感じません」

しかし政府は、そうした当惑に無関心だった。そのため別の三人組チームを送り込んできた。彼らと林が対面することはなかった。林が二日間勤務を離れていたからだが、三日目に復帰すると重症の高齢患者も全員が帰宅させられ、隔離ステーションには一人の患者もいなかった。林は救いのなさに溜息をついた。ＳＮＳで友人向けに注意喚起を書き込んだ。「何名かの恐ろしい患者、感染性が高い患者が野放しになった。みんな我慢して家に籠《こ》もっているのが一番だ」

こうした危険な手順を林は、「政治的治癒」と呼ぶ。彼はＳＮＳに書き込んだ。「医療の問題が政治化されると、われわれ医師は恐怖から逃れられなくなる。そして正常な社会からほど遠いものになる」

隔離ステーションは閉鎖された。林晴川は元の小さな病院での勤務に復帰したが、恐ろしかった。この種の「政治的治癒」が破滅的な結果をもたらすことは分かりきっていたからだ。そして恐れていた通り、四日後に隔離ステーションは再開された。そして退院させられていた患者が再び搬送されてきた。

それは予定されていた武漢でのロックダウン解除のわずか数日前だった。街の桜の花は、ずっと前にしおれていた。新聞は、もう何日も新たな症例はないと報道していた。誇らしげな称賛の声が、これまでにないほど鳴り響いていた。どのリーダーも、偉大なる勝利を迎える準備の中、興奮して地に足が着いていない状態だった。

林晴川は吉報が真実ではないと分かっていた。「隔離ステーションは再開して、ウイルスが盛り返してきたことを示していました。ああした患者が帰宅後に多くの人間に、家族全体に感染させたのが実際のところでしょう」と何度も繰り返した。「家族全体に感染させたのです」

「自宅で死亡したり病院に来られなかった人は、確実に政府統計から外されていたのです」と林は言う。「私自身のことを考えてみましょう。私は確実に感染していましたが、正式な診断を受けていません。だから私は含まれなかったのです。私たち医師の間で政府のデータを信じる者は一人もいなかったと言い切れます。あれは全くの嘘です」

ロックダウンが終わると武漢の街には徐々に生気が戻ってきた。市民は以前のように外出し、ショッピングを始めた。ときには笑い声すら聞こえた。しかし多くの人の心に深く刻み込まれた傷は生々しいまま、癒しがたいものだった。「何度も、ちょっとしたことで泣き出しました」と、ある女性は微信に投稿した。多くの人が同じ気持ちを抱いていた。

街頭で聞いてみても、政府統計を信じる人は少なかった。「少なくとも二倍は（感染者が）いたね」。非難するようにある若者は言った。「この政府が正直だったたって、いつのこと？」。政府を絶対的に支持する人ですら、虚偽の統計には用心深くなり、信用しない。「二〇〇〇人以上なのは間違いないわ」と女性の商店主は語った。「状況が混乱していたので、ちょっとした食い違いがあったのは仕方ないでしょ？」

林は、隔離ステーションの数や彼が署名した死亡診断書の数から、正確かどうかは請《う》け合えないが、本当の死者数を公式発表の約一六倍と推定している。

6

五月、林晴川は微信に写真を何枚か投稿した。それは自分が物乞いのようなポーズをとり、顔を両手で覆《おお》って道端にうずくまっているものだった。手前には何枚か硬貨の入った段ボール箱が置かれていた。「今日は自分のためだけでなく、難関に立ち向かっている同僚のためにも、お恵みを乞《こ》う」と彼は書いた。

林は何カ月間も給与を支払われていなかった。看護師たちも同じだ。ウイルスが猛威を振るっているとき、医師と看護師は「白衣の天使」と国営メディアでは呼ばれた。しかし猛威が過ぎ去ると、誰も天使たちにちゃんと食べられているか聞かなくなった。

林晴川の給与は三〇〇〇人民元（約五万八〇〇〇円）以下だった。武漢のような都市では、その額では食べていくのがやっとだ。市立病院は「公的福祉サービス提供施設」に分類される。政府が給与の一部を支払う一方で、残りは病院が患者から徴収していた。あの終わりのない春、医師と看護師はウイルスとの闘いに没頭していたが、その労働に対し、病院は患者から料金を取っていなかった。そのため病院の収入はほぼなくなり、政府からの支出は常に遅れていた。林が道端にうずくまる頃には、病院の債務は三六〇万人民元（約七〇〇〇万円）となり、破産寸前に追い込まれた。

中国の医療保険制度は複雑で、詐欺《さぎ》のような設計になっている。患者に病気になる余裕はない。一方で医師と看護師は最低限の生活を手に入れるのがやっとだ。すべての病院は営利企業で、医師の収入は販売した薬剤の量と執刀した手術の数を基準にしていることが多い。医師であると同時にセールスマンなのだ。時には詐欺師でもある。患者から賄賂《わいろ》を取る医師も多く、まるで家畜のように「患者を屠殺《とさつ》する」と言われることもある。

二〇一九年一二月二四日、ウイルスが静かに武漢市民の間に拡がっていた頃、北京である患者の親戚が、医師を刺し殺した。こうした事件は中国の多くの都市で発生していて、多くの人が高い診察費と不十分な治療に怒っていた。多くの医師が刃物で殺されていて、中国の新聞やテレビの報道番組は「凶暴な襲撃犯」を非難していたが、人々が感じていたこうした絶望や怒りにまで掘り下げた記事は稀だった。ましてや「医師を殺す」医療制度には触れなかった。

林の物乞いは一種のパフォーマンスだった。彼は政府の無能と浪費に抗議したのだ。感染爆発の直前、武漢市は世界軍人競技大会を主催した。多数の競技場が建設され、膨大な労働力と一四〇〇億人民元（約二兆七〇〇〇億円）が必要だった。習近平は直々に開会式へ出席し、「重要な指示」――「軍人大会は中国のイメージの表出である」と述べた。数カ月後になると習主席の言葉は辛辣《しんらつ》な皮肉のように思えた。

華やかなスポーツイベントが生んだ利益はほぼゼロで、武漢市の債務を増やしただけだった。そのため、その後の予算不足はますます深刻になった。こうした理由で、林晴川は道端で食料を物乞いするパフォーマンスを投稿する羽目になったのだ。

隔離ステーションが再開すると、林晴川は再び患者のケアを始めた。その頃にはウイルスとの戦いに勝利したことを祝うため、政府は多くの表彰式を開催し、無数のトロフィーと賞状を授賞していた。林は相変わらず心配し、決して他人と握手せず、自宅を出るとすぐにマスクを着用して外さなかった。「政府が耳に心地良いことを言うほど、私は神経質になるのです」と彼は語る。

林は非科学的なプロパガンダと煽動《せんどう》にも神経質になった。中国には「中医学（漢方）」と呼ばれる神秘主義に基づく医学理論がある。中医学では、宇宙も人間の体も同じ構造をしていて、互いに制約しあい、生かしあう五つの元素、金属、木、水、火、土からできていると考える。心臓は火の元素からなり、腎臓は水の元素、コロナウイルスに感染した数百万の人の肺は金属である。

この伝統医療は紀元前にさかのぼり、二〇〇〇年以上の歳月をかけて、複雑で難解な神秘主義を構成していた。近年は多くの知識ある人々が中医学を非科学的だと批判している。しかし中国では数え切れないほど多くの人々が、この「先祖伝来の知恵」を信じ込んでいる。その中には習近平も含まれる。習主席は中医学を度々称賛し、国の内外で奨励している。こうした医学上の神秘主義は彼の治政下での八年間で、かつてないほど助長された。二〇二〇年五月に中国政府は、「中医学への中傷や非難」を事実上犯罪化する法律の草案をパブリックコメントのために発表している。

全世界的なパンデミックの間にも中国政府は中医学を奨励し続けた。六月七日に発表された白書によれば、湖北省では確認症例に漢方薬が投与されたケースの九〇パーセント以上で効果があったとされた。こういった統計に林晴川は困惑した。「こうした数値は不正確とは言い切れないのです。毎日、様々な漢方薬が隔離ステーションに届けられます。それは毒ではないし、患者は好きなだけ服用してよかった。だから患者の九〇パーセントが漢方薬を実際に試したという統計は正しいのです。しかし治療で本当に効能があったかどうかは、天だけが答えを知っているようなものです」

隔離ステーションには三種類の伝統薬があったという。一つは陳皮（ミカンの皮）や桑葉、蘆根を含む六つの成分からできていた。林は見下すように鼻を鳴らした。「最低の医学部の学生でも、そんなものをウイルスの予防や治療には使いませんよ。紙を燃やして水に混ぜて飲ませるようなものです」。彼はこうした薬を嘲《あざけ》る狂歌を書いた。

童子尿，黑狗血　子供の尿と黒犬の血
喝下不怕尿湿鞋　それを飲んでしまえば靴が尿に濡れても恐れることはない
你有科学　君には科学がある
我有神功　私には魔法がある

把牛吹上外太空　牛だって宇宙へ一直線だ

「この災厄《さいやく》は、まだまだ終わりません」と林晴川は言う。ウイルスが再び爆発的な感染拡大を起こすことを恐れていた。もう一つの恐れは、将来の経済不況だった。しかし一番恐れているのは中国の政治環境と、自由への差し迫った脅威だった。「共産党はウイルスへの対抗手段を知りませんが、人々を統制する方法は知っているのです」

武漢の七六日間にわたるロックダウンで、林は身をもって共産党と国家の権力を知った。「むかし網格員（訳注・政府の臨時職員でネットに関する管理業務を行う）の噂を聞くことはあっても、実際に目にすることはありませんでした。今回のパンデミックでは、彼らは自らの存在を公然と誇示《こじ》していました。今後、彼らから自由になるのは難しいと思います」

林が言う社区網格員（訳注・社区はコミュニティを意味する住民組織）は、中国政府が大衆を管理する手段と位置づける重要な一部門だ。社区は複数の碁盤目に分割され、それぞれを赤い腕章をつけた係員が監督している。眠らない虎のように常に住民を監視しているのだ。パンデミックの間に彼らの権力は強化され、ますます傲慢《ごうまん》で理屈の通らない存在になった。

四月一六日、二人の赤い腕章をつけた男が林晴川の病院にやってきた。目的は「職務への復帰と生産の再開」を査察することだと述べた。ある看護師が答えた。「職務を止めたことはありません」。それは嘘偽りのない答えだったが、二人は怒り出し、粗暴な口調で彼女を警察署に連行すると断言して脅した。林晴川は間に入った。彼は憤《いきどお》った。「よくもまあ赤腕章が看護師を警察に連れていくなんて言えるな。警察を何だと思っているんだ？」

林が隔離ステーションで勤務したのは、六月までだった。自分が完治したか確信できなかったが、咳は止まり普通に動けるようになった。ただし疲れると胸に痛みを感じた。林は強い人間でユーモアもある。勤務中もよく笑う。しかし笑い終わると、あの悲劇的な春と、涙と血、死んでいった嘆き悲しむ無力な患者のことを考えざるを得ない。

それらのイメージで涙が頬を流れ落ちることもよくある。彼にとって二〇二〇年春の経験は、決して癒《い》えることのない傷だ。死ぬまで彼にまとわりつくだろう。

六月、林晴川はSNSの自分のページに書き込んだ。「すいません責任者さん、だれか未払いの給料を支払ってくれませんかね。われわれ医療従事者は飯を待っているんです。奴隷だって食べないといけないんです」

第二章　あなたも私も、お互い生きていてほしい

1

金風《ジンフォン》は、どうやって死のうかと考えながら、とぼとぼ歩いて帰宅した。金の夫、夏邦喜《シアバアンシィ》は夜勤に行く準備をしていたが、家を出ようとしたとき、妻が帰ってきた。彼は即座に異変を察知した。夫にしつこく問い詰められた末、金風は本当のことを話した。彼女は新型コロナウイルスに感染したのだ。金風は夫と息子の夏磊《シアレイ》を部屋から追い出しドアを閉めると、静かに泣き出した。彼女は一番マシな死に方を考え続けていた。

夫の夏邦喜は部屋のドアをそっと開けた。「テレビでは、その病気は治療できると言っているよ。どうして治そうとしないの？」

「もう、独りにしておいて」。金風は、きつい口調で言った。夏邦喜は彼女が考えていることが分かった。彼は告げた。「分かった。それなら、俺は仕事に行かない」

それは一月二九日の夜遅く、武漢がロックダウンされて七日目だった。金風はその晩一睡もせず、夏邦喜も同じだった。彼はドアの前を行きつ戻りつして、妻から目を離そうとしなかった。夜が明ける頃、彼は金風に告げた。「大丈夫だよ。俺が全部面倒をみるから」

六四歳の金風は武漢市中心医院で清掃婦をしていた。彼女はコロナウイルスのことを前から知っていた。病院のエレベータや医師のロッカー室で、彼女はSARSより深刻な武漢の感染症について話を聞いていたからだ。「怖くなっちゃって」と金風は言う。「だから働いているときは、いつもマスクを着けていました」

その頃、中国政府は新型コロナウイルスを深刻に憂慮しておらず、パニック防止に大きな関心を寄せていたため、医師は防護衛生具の着用を禁止されていた。だから金風のような清掃婦の防護具着用は、もっと許されないことだった。

その病院で金風は二年以上も働いていたのに、正式なスタッフではなかった。彼女を雇用していたのは珠江《チュウジアン》管理という不動産管理会社だった。典型的な「不可欠なのに余剰な要員」である彼女は、床を拭き、ゴミを棄て、医師の手術着や靴の洗濯までしていた。それらは血液がついたり汚れていることが多かった。過去二年間で彼女は多くの医師や看護師と出会ったが、彼女の名前を知る者はあまりいなかった。

一月二九日、金風は早朝から晩まで働き、病院の多くの階でたくさんの部屋を掃除し、建物中に消毒剤を撒《ま》いた。勤務時間が終わる頃、気分が悪くなってきた。「熱っぽくて体中が怠《だる》くて」、彼女は下の階の外来患者受付に行った。検査のために採血してもらい、CTスキャンを受けた。スキャン結果を渡すと、看護師はためらいなく彼女に告げた。「感染した可能性が高いです。すぐに、医師の治療にかからないと」

金風は武漢市中心医院の南京路《ナンジンルゥ》分院で働いていた。パンデミックの間、その分院は診断だけを行っていた。そのため治療を受けるには、彼女は七キロ離れた后湖《ホウホウ》分院に行かなければならなかった。診断が出た頃は午後一〇時を過ぎていて、彼女の職場のロビーは発熱患者で溢《あふ》れかえっていた。病院の外の通りには誰もおらず、市全体から洪水に沈んだ村のように人影が消えていた。金風はゆっくり歩いて病院を出た。「もういいわ」と彼女は思った。「治療には行かない」

「この病気は感染《うつ》りやすい」と金風は自分に言い聞かせた。「私はもう六〇歳を超えていて、多くの人たちは治らなかった。なのに、どうして私が治療を受けるの？」

自殺は簡単な選択肢ではなかったが、一月二九日夜の時点で、彼女は他に良い解決策を考えつかなかった。治療費はなかったし、自宅隔離も無理だった。「家族を危ない目にあわせたくなかったんです」と彼女は言った。「あの人たちに感染したくなかった」

鄱陽街《ポウヤンジェ》二二号は武漢の中心部に位置し、揚子江の川べりのすぐ近くだ。そこは武漢市中心医院の社宅で、古くて老朽化し、埃《ほこり》っぽいアパートが何軒も並んでいる。ペンキの剝げた壁は偽の身分証明書とトイレの詰まり解消サービスの広告でまだら模様になっていた。中の空気には下水や煮物、そして腐った食べ物の悪臭が立ちこめている。六角形の練炭が群生する毒キノコのように積み上げられた建物で、金風と家族は暮らしていた。同じアパートに住む別の家族と、台所とトイレを共用し、床はまっ黒なコンクリート。「そんな所で、どうやって隔離などできますか？だから死んだ方がいいと思ったのです。私さえ死ねば、みんな安全になりますから」

夏邦喜があらゆる説得をした結果、ようやく妻は自殺を思いとどまった。一月三〇日の夜が明けた頃、金風は上司の袁《ユエン》という名の女性に電話して助けを求めた。「その病院で俺も働いているんです」と夏邦喜は言った。「とにかく病院に助けてほしかった」

上司の袁は金風に「とにかく病院に行きなさい。行けば誰かが治療してくれるわ」と告げた。

金風と夏邦喜の息子、夏磊はこうしたことを全く記憶しておらず、両親を手助けする術《すべ》も持ち合わせていなかった。現在四〇歳の夏磊は、二〇〇七年の交通事故で頭部に重傷を負った。いまの彼の知能は小学生くらいで、記憶力はもっと悪かった。ほとんど何も覚えることができず、一つの文章を明確に話すのも難しかった。金風のインタビュー中、夏磊は傍《かたわ》らに静かに座り、母が語る過去の困窮を聞いていた。「このクズみたいな病気、ほんとにおそろしい」と呟《つぶや》き、何度も口を挟もうとした。

その日の午前一〇時、社区居民委員会（訳注・近隣住民の自治組織）が自動車を差し向けて、金風と夏邦喜、そして他二名の感染者を后湖分院へと連れて行った。彼らを出迎えたのは、膨大な「感染者市場」――治療の列に並ぶ感染力を持った人々の長い行列だった。座り込む者もいれば、床に寝転ぶ者もいた。ロビーは走り回り叫ぶ人たちの不協和音でいっぱいだった。遺体を運ぶ車が常に行き来し、遺族が哀れな嘆きの声をあげていた。金風の傍《そば》で、屈強な若い男性が医師の前に跪《ひざまず》き、親戚を治療してくれるように懇願していた。金風は言う。「あれほど多くの人が死んで行ったのです。お医者さんでも、どうしようもありませんでした」

金風と一緒に到着した二人は「いいコネ」が病院にあったので、すぐに病床を与えられた。しかし貧しい清掃婦でしかない金風には、そうした特権的な治療は受けられなかった。「どの医師からも話を聞いていません」と責任者は言った。「ですから、どうやって当院で働いていると証明できるのですか？」

夏邦喜が妻のために懇願しても、返答は冷たかった。「あなたは当院で働いていると言いますが、あの人も同じことを言っています。本当に当院で働いているかどうか、どうやって証明できますか？」

金風は高熱を発し、きちんと座ることもできなかった。夏邦喜が彼女を抱きしめている間、妻は再度、上司の袁に電話をかけた。答えは「もう病院の幹部には電話したわ。それで手配できないのなら、もう私にできることはないのよ」

金風は尋ねた。「私はどうすれば？」

袁は答えた。「何もないわね。とにかく何か言ってくるのを待ちなさい」

誰も、何も言ってこなかった。金風は夫に寄りかかり、少しずつ前に進む人の流れに従うしかなかった。やっと受付を済ませ様々な検査が終わると、廊下に座り、点滴を待った。空腹だったが、午前二時まで病院を出ることはできなかった。その日は凍りつくような冬の夜で、タクシーはなく警察もおらず、彼らを帰宅させる自動車を病院が手配することもなかった。金風と夏邦喜は二人で一台のレンタル自転車に乗り、帰宅しなければならなかった。体が弱っている金風は一〇分毎に立ち止まり、しばらく休んだ。それから夏邦喜は彼女を持ち上げて自転車に乗せた。お互いにしがみ付き、空腹で目眩《めまい》を覚えながら、刺すような寒風の中でペダルを踏み、のろのろと自宅へと帰っていった。

それが最初の日で、二日目、三日目も同じことが続いた。どの日も少しでも早く病院に到着するため、夏邦喜は朝四時に起床して金風にお粥を作り、食事が終わるまで妻に付き添った。そして簡単な食事と牛乳ボトル、少しの果物を荷物に入れた。自転車に乗って走っては停まり、ずっと息を切らしながら病院へ向かった。道のりは七キロもなかったが、たどり着くのに三時間以上もかかることが多かった。

病院に着くと行列に並び、ただ点滴のために五、六時間も小刻みに前へと歩くのだった。これは夏邦喜にとって危険な日課だったが、妻の病気を治すと誓ったからには苦にならなかった。「大丈夫だよ」と彼は妻に言った。「もし病気がうつっても、お前を命賭けで助けてみせる」

彼らが治療待ちの行列の中で少しずつ前に進んでいた頃、李文亮医師がまさに同じ病院で亡くなっていた。金風と夏邦喜はジャーナリストが洪水のようにやって来て、花輪が表玄関に積み上げられるのを目にしていた。しかし彼ら夫婦はほとんど関心を払わず、李医師の死が中国と世界にもたらす反響について考えなかった。彼らは自分たちが生き残ることで精一杯だったのだ。

李文亮医師が亡くなった二月七日の晩、大勢の人が無言のまま死んでいった。名前もなく番号だけ書かれた彼らは、白い布に覆われ、火葬されて灰色の粉の山になっていった。

拡大し続ける「感染者市場」で金風が再び治療を待っている間、夏邦喜はいつも彼女の横に付き添い、彼女を支えるため腕を貸していた。目は充血し、何度もマスクの中で咳をするようになっていた。「あの人がどこで新型コロナウイルスに感染したのかは分かりません」と彼女は語った。「あの人は、とても注意深かったんです。ビニールのレインコートを着て、マスクを三重にしていました。それでもなぜ、彼は感染したのでしょうか?」

夏邦喜の病状は急激に進行し、発熱が始まった。二月九日になると吐血《とけつ》も始まったが、無理をして朝四時に起床し、金風にお粥を作り、一緒に病院へと向かった。彼らはPCR検査を受け、金風は陰性だった。夏邦喜の検査結果は陽性だったが、やはり病院には空きベッドはなかった。点滴が終わると、悪戦苦闘の末に自宅に戻った。「その頃、私は全く歩けませんでしたし、夫も同じでした」と金風は言う。「他にどうすることもできなかったので、社区居民委員会へ行かなければなりませんでした」

鄱陽街二二号は感染流行で特に大きな被害を受けた地域だった。「発熱家庭」を示す赤い紙が、そこら中に貼られていた。どの建物にも少なくとも一人は感染者がいた。金風は自分の職場の南京路分院で二二六名の医師と看護師が感染したと耳にしていた。死者数は不明だったが、少なくとも五人の教授クラスが亡くなった。

流行が爆発的に拡がると、それを利用して中国政府は統制強化に乗りだした。患者が自分で治療を受けることは許されなかった。治療に関する意志決定は草の根レベルの政府機関、つまり社区居民委員会が行うとした。この委員会は、感染の統計の照合や食料配給、輸送手配、つまり全部のことに責任を負うとされた。二月九日の晩に吐血した夏邦喜を金風が社区居民委員会に連れて行ったとき、誰も関心を寄せず、責任者は二人に言い放った。「もう遅いから今日は何もできない。明日、もう一度来なさい」

翌日は寒く、曇りで雨も降っていた。夏磊は父の夏邦喜を引きずりながら階段を降り、金風が支えながら社区居民委員会を再訪した。そこで目にした光景に、彼女は絶望した。「委員会の人たちは、私たちのことを目にするやいなや、逃げ出しました」と金風は言った。「みんな隠れてしまったのです。ずっと隠れていました。残ったのは一人だけでした」

社区居民委員会の事務所の外には黄色い境界線があり、越える権利は金風と夏邦喜になかった。雨の中で二人が震えていると、夏邦喜は激しい咳をして時々血を噴き出した。椅子を動かして夫が軒の下で座れるようにしたが、彼には座れるだけの体力はなかった。「夫を座らせようとしましたが、椅子からずり落ちるだけでした」。金風は一人だけ残っていた社区居民委員会の人に必死に頼み込んだ。「夫を見れば分かるでしょう。血を吐いているんです。お願いだから、どうか夫を助けて下さい」

他の共産党組織と同じく、社区居民委員会はパンデミックに際して責任回避が得意だった。「何を言っても意味がないのです」と金風は言った。「ありとあらゆる言い訳をしてくる。とにかく私たちを病院へ連れて行きたくなかったのです」

夏邦喜が入院できなかったのは、社区居民委員会が夏の氏名を上部組織に報告しなかったためだ。それは彼がＰＣＲ検査の結果を委員会に提出しなかったからだが、そもそも病院側が電話で検査結果を通知したため、書類がなく、提出できなかったのだ。

懇願と拒絶の押し問答は何時間も同じ調子で続いた。正午になってようやく、委員会は自動車の手配に合意した。金風はホテルへ、夏邦喜は隔離ステーションへ連れて行かれた。「そこは病気を治療する所ではありませんでした」と金風は語った。「委員会は私たちを隔離したのです。夫の病状は深刻でしたが、治療の手配はしてくれませんでした。ただ隔離するだけでした」

夏邦喜の病状は悪化する一方だった。金風は夫の携帯に何度も電話をかけた。彼女が聞いたのは、「治療どころか世話してくれる人も全くいない」と言う、夫の弱りきった声だった。水も食べ物もなかった。「あいつら俺たちを閉じ込めて、ここで死なせるつもりなんだ」と、夏は喘ぎながら言った。

金風は狂ったように社区居民委員会に再び電話をかけた。委員会は彼女に、「私たちのせいじゃない。あなたの夫は隔離ステーションにいるんだから、そこの医者に言って下さい」

ステーションの医師と話ができるまで数時間が必要だった。医師は返答した。「ここには薬剤はありませんし、患者の治療は禁止されています。だから社区居民委員会に話をするのが一番ですよ」

絶望と無力感に閉じ込められ、システムの罠《わな》から逃れる術はなかった。金風は親戚や友人のすべてに連絡を取り、市長や社区居民委員会、メディア、そして少しでも権力をもつあらゆる組織に電話してくれるよう頼み込んだ。こうした電話はある程度の圧力になるだろうと金凰は感じていたが、夫を入院させるには力不足だった。

その頃、政府は表向き、新型コロナウイルス患者を一人残らず治療すると約束していた。しかし医療資源の不足で、夏邦喜のような多数の感染者が見向きもされずに死を待つばかりとなっていた。彼らは自宅や病院の廊下、また絶望に満ちた都市の街頭で、ただ死んでいくだけだった。

その孤独な冬の夜、金凰は彼女の世話をすると誓った夫の忘れがたい言葉を思い出していた。「お前を命がけで助けてみせる」。彼女は涙が止まらなかった。わびしい雨音を一晩中聞きながら、金凰は泣きながら必死に電話をかけ続けた。武漢市の反対側にある隔離ステーションで、彼女の夫は死につつあった。

翌日の昼、金凰はホテルを出て、息せき切って社区居民委員会の事務所に駆け込んだ。膝を突いて崩れ落ちながら、職員に叫んだ。「どうして私たちの名前を上（の組織）に伝えなかったの？一銭もかからないことでしょう。ちょっと言えばいいだけだったでしょうに。どうしてしなかったの？」と彼女は問いただした。「あなたたちに親御さんはいないの？　子供はいないの？　私たちが農民工だから名前を報告してくれないの？」

張という名の職員が言い返してきた。「訴訟を起こしたいのなら、ご自由に」

そのやりとりを金凰が思い出すとき、数カ月が経過した後でも、彼女の怒りは収まらなかった。

「あのときはまだ私も病気で体調が悪く、膝をついて、息切れして、涙が止まりませんでした。もう死んでしまいたかった」

息子の夏磊も、その光景を完全には忘れていなかった。「あのクズども、あそこで母さんが膝をついて泣いていたのを見ているだけだった」

こうした光景は当然のことながら、中国のテレビで放送されることはない。あの苛酷な春、妻であり母である六四歳の女性が、泥だらけの床に膝を突いて世界中に夫を助けてくれと泣いて懇願していたことを覚えているのは、金風と夏磊以外にいない。彼女は本気で死ぬことを考えた。「夫を入院させてくれないのなら」、彼女は声を上げて泣いた。「ここで私は死ぬ。お前らの目の前で死んでやる」

二月一一日の午後四時になって、社区居民委員会はついに、二人の名前を上部に報告し、金風を隔離ステーションに送るワゴン車を差し向けた。これで彼女は夫を病院へ連れて行けるのだ。その頃には夏邦喜の体力は、ほとんど尽きていた。彼はワゴン車のドアにつかまって座席に倒れこもうとしたが、自分の体を引き上げるだけの体力はなかった。金風が後ろでかがんで夫の脚を両腕で支え、肩に乗せて後ろから押し上げた。ゆっくりと夫を座席へと持ち上げると、ワゴン車の反対側に行って自分も乗車した。夫をしっかり抱きしめ、全力で夫が座席から崩れ落ちないように支えた。

「あなたは私に生きていてほしいし、私もあなたに生きていてほしい」

2

夏邦喜は一九五三年生まれ、習近平と同じ歳だ。二六歳のとき、仲人が金風を紹介した。すぐ二人は結婚した。当時の多くの結婚と同様、生活を取り巻く苛酷な状況の中で、少しずつ愛は花開いていった。一緒になって稲や綿、サツマイモを植え、鶏や家鴨や豚を育てた。いまも金風は、二人で穀物の種を蒔《ま》き、植え、脱穀《だっこく》したことを思い出す。「私たちが作った作物は本当に美味しかった」と彼女は思い出しながら言う。「時には夜通し働いて、昼間の仕事に遅れが出ないようにしました」

凄まじく貧しい時代だった。二人は雨漏りのするレンガ造りのあばら屋を借りた。地主の棺桶《かんおけ》が玄関口に置いてあった。立派な葬式を必ずできるように、玄関口に棺桶を置いておくのだ。

夏磊が生まれると、一つ一つレンガを積んで自宅を建てた。いつも貧しかったが、仲のよい温かい家庭だった。夏磊は両親が喧嘩したり怒ったりするところを見たことがなかった。「父さんも母さんも本当に穏やかでした」

金風は愛という言葉を使ったことがなく、説明するとき少し困っていた。「私たちは四一年間、夫婦でした。いつだって夫は私の面倒を良く見てくれました」

彼らの故郷は武漢から六〇キロ離れた、龍王墩《ロォンワンドゥン》という小さな村だ。村には数十戸の古い家屋しかなく、中には空き家となり雨風で傷み、徐々に崩れ落ちていくものもあった。その村で夏邦喜は人生の大半を過ごした。二〇年以上にわたって、彼は村の共産党支部の書記を務めた。いつも温かい笑顔を浮かべ、誰であろうと助けようと最善を尽くした。

金風は高校を卒業していたが、それは毛沢東時代には頭抜《ずぬ》けた業績だった。当たり前のように彼女は学校の教師になった。寂《さび》れた村の学校で、彼女は二〇年以上にわたって教えた。生徒の中には大学に進学した者もいて、その中の一人はなんと米国に留学した。それは彼女の大きな誇りとなった。彼女は輝くような笑顔を浮かべた。「あの子たちは本当に賢かった」

公式書類では、金風は地元の資金で運営される非政府の学校の教師でしかなかった。「非政府で雇用されている教師」とは難解な言葉の一つで、金風は「教師ではなく」「臨時教員」ということになる。そのため彼女には昇進の可能性はなく、年金や雇用・医療保険といった都市の教師が与えられている福利厚生には与《あずか》れなかった。

二〇〇二年、二二年間も勤続した「臨時教師」は解雇された。補償金はわずかだったが、金風は不服を言わなかった。当然のことだとさえ感じた。「新しい先生は若く、いい教育を受けています。だから本当に私には資格がないんですよ」

解雇後、金風は一年間ほど畑で働いた。作業は苛酷で耐えがたかった。「私は背が低く、運ばないといけない稲の茎と同じくらいの背丈でした」

その頃、息子の夏磊がひどい交通事故に巻き込まれた。医療費のせいで元から苦しかった家計は完全に破綻《はたん》した。金風は農作業を諦《あきら》め、皿洗いや掃除の単純労働をするため武漢へ向かわなければならなかった。そうした仕事の報酬は農業より少しは良かったのである。

歳を取るにつれ、収入は減っていった。二〇一四年の彼女の給与は三一〇〇人民元（約六万円）だったが、二〇一七年には二六〇〇人民元になっていた。六二歳になった二〇一八年、彼女は汚染された手術室の清掃も担当する清掃作業者として雇われたが、月給は二二五〇人民元になっていた。

五〇歳になると、夏は党書記の座を解任された。手当をもらったが少額で、タダ同然だった。生活のため、妻に続いて武漢市へ行かざるを得なかった。糖尿病のために重労働は無理で、金風が感染する直前まで夜警として働き、月に二六〇〇人民元（約五万円）を受け取った。

多くの中国人と同じように、金風と家族は、社会の不条理や不正に、諦観《ていかん》をもって耐えていた。愚痴《ぐち》をこぼさず、怒ることも稀だった。ただ真面目に働き、めぐってくる小さな善意から力を得ていた。二〇一六年、金風が四川料理店で皿洗いをしていたとき、母が亡くなった。上司に二週間の休みを申し出た。彼女が職場に戻っても、上司は給料を減らさなかったことに、彼女は深く感動した。「あの方は本当に良い人でした」と彼女は言った。「本当に感謝しています」

一家は武漢市に住んでいたが、住民登録は農民だった。武漢には「農民工」として居住していたのだ。農民工とは共産中国では二級市民を意味する言葉だが、それでも彼らは、状況を受け入れていた。いまでも共産党を崇拝し、中国政府を信頼している。毛沢東と習近平に言及するときは、毛主席や習主席という敬称を用いていた。政府のパンデミック対応も、もろ手を挙げて称賛した。「母にとって政府の政策はすべて正しいんだ」と夏磊は述べた。「しかし父は……」と、社区居民委員会に不満が向けられた理由は、地方組織が「共産党中央の政策を適切に実施しない」からだった。

3

夏磊は死期が迫る父に会うことができなかった。二月一一日の夕方、ワゴン車が夏邦喜を武漢市漢口医院へ連れて行った。医師と看護師が数人がかりで車椅子に乗せ、手術室へ運んだ。その様子を金風は胸一杯の希望と感謝の念をもって見守っていた。「お医者さんたちには感謝しています。あんな危険な事態になっているのに、夫を救おうとしてくれたのです」。彼女は柔らかな口調で言った。「あの人たちが一〇〇歳まで生きられるように、心の底から祈りました」

翌朝、金風はこっそり手術室へ入った。夫は目を閉じて、身動きせずベッドの上に横たわっていた。彼女はベッドへ歩み寄り、夫の額に触れ、優しく手を握った。夏邦喜は目を開けるのもやっとの状態だった。金風は「諦めないで。ここは病院だから助かるチャンスはあるわ」と夫に語りかけた。夏邦喜は唇を震わせながら、ほとんど聞き取れないほどの声で話した。「自分のことに気を遣《つか》うんだ。お前も病気なんだから。ちゃんと食べないと」

涙が流れたが、金風は声を上げて泣かなかった。胸が一杯で、息ができなくなりそうだったが、それでも夫を励まそうとした。それは昔、教室で生徒を励ましていたのと同じだった。「自信を持って。絶対お医者さんたちが治してくれるから」

夏邦喜は妻の手を取り、辛うじて最後の言葉を告げた。「栄養注射をしてもらいに行きなさい」同じ病院の別の場所で一夜を過ごした金風は、ほとんど眠れなかった。二人が共に過ごした喜びと苦難の四一年間に思いを馳《は》せていた。二月一三日の午前五時過ぎの夜明け前、医師が「重態通知」を手渡してきた。金風の気持ちは沈んだ。

さらに二時間が経って数人の医師と看護師が手術室から出てきた。一人の医師が彼女に告げた。

「夏邦喜さんは助かりませんでした。亡くなられました」

そのときの気持ちを何と形容すればいいか、金風には分からなかった。眼に苦悶《くもん》の色を浮かべながら、彼女はすすり泣いた。「城牆《じょうしょう》（訳注・城の垣）が崩れ落ちたようでした」

それから三日間、金風にできたのは泣くことだけだった。何も食べられなかった。しかし彼女自身はすでに重態ではなくなったとされ、漢口医院の二人部屋に収容されていた。相部屋の患者に迷惑をかけないよう、彼女は横になって声を殺して泣いていた。「一つのことしか考えられませんでした――あの人と一緒に逝こう。生きていたくない」

病院は金風を慰めようと人と会わせた。その中には二人の心理学者さえいた。彼らは金風のベッドの傍《かたわ》らに座って言った。「この災厄は世界規模のものです。多くの人が感染し、多くの人が亡くなりました。ご主人だけじゃないんですよ」

もちろん彼らは「共産党と政府は非常に憂慮して、事態を真剣に考えています」と言うのも忘れなかった。

金風が悲しみのどん底に沈んでいたとき、武漢で桜の花が咲き、しおれていった。それは同地の一番美しい季節で、一人で家にいた夏磊は舞い散る花びらを見ていたかもしれないが、彼は覚えていなかった。

「ちょっとどころか、とても難しいです」と後に金風は窓際の夏磊を見やって言った。携帯電話のアプリで会計すると混乱してしまう彼は、買い物に行くのも難しかった。一度酒を買おうとしたが、彼が手にしていた現金を店主は怯えながら見て、店から追い出した。「あのクズ野郎は僕のカネを受け取ろうとしなかった！」

金風は溜息をつき、柔らかい声で言った。「近所の人の手助けがないと、この子は生きていけないのです」

三月五日に金風は治癒《ちゆ》を告げられ、一四日間の隔離のため方艙《ファアンツァアン》医院（訳注・移設可能な臨時病棟）に移された。この種の病棟はパンデミックで中国政府が実現した「重要な発明」の一つだった。実際には病棟というより片側に男性患者、もう片側には女性患者を収容した巨大な倉庫のようなもので、全体で二〇〇床が設置されていた。

金風は気分がよかった――他の患者が非常に親切で、食事は美味しかったからだ。「一日三食が出て、魚や肉もあって」、時には『没有共産党就没有新中国（共産党がなければ新しい中国はない）』や『社会主義好（社会主義は好い）』といった歌を皆で合唱した。歌って嬉しくなった患者は優雅にダンスを始めた。金風も数回加わったが、すぐに踊りから離れるのが常だった。「多くの家族、夫が、奥さんが、兄弟姉妹がいるのを見ました」と彼女は語った。「そんな人たちを見ていると、いつもあの人のことを考えてしまうんです」

金風は何度も夏邦喜の夢を見た。夢の中の世界は美しく、コロナウイルスは存在しなかった。ある夢で、二人は手をつないで通りを歩いていた。買い物に出ているようだった。夏邦喜が「お金をちゃんと持ってきた？」と聞いた。金風は持ってきたと言った。ポケットはお札で一杯だった。屋台に立ち寄り、彼女はポケットに手を入れてお札を出そうとしたが、取り出せるのは何も印刷されていない紙切れだけだった。何度も出したが、ただの紙切れが出てくるだけだった。

彼女は泣きながら目覚めた。その頃ほぼ毎晩、夢の中で彼女は泣いていた。彼女の啜《すす》り泣きで他の患者は目を覚まし、集まってきて彼女を慰めようとした。「夫は私に言いたかったんです」と彼女は同じ病室の患者に話した。「夫のために冥幣《ミィンビィ》を燃やさなかったから、あの人は私からお金を欲しがっている」

「あの人は私を独りにしなかったと思いました。何かしていても時々、ふと振り返って、夫がそばにいると思うことがあるんです」と金風は言った。

金風の一四日間にわたる隔離生活は、三月一九日に終わった。そして社区居民委員会が差し向けた車で自宅へと戻った。息切れしながら階段を登り、ドアを開けた。夏磊が玄関口に立っていた。

「やっと戻ってきた」夏磊はそう言って、泣き出した。金風は息子の姿を見て呆然とし、目がくらむようだった。たくさんの感情がこみ上げて、何を言えばいいか分からない。壁に寄りかかり体を支えると、息子と一緒に泣き始めた。

4

臨時病棟を出ても、金風には一四日以上の自宅での隔離が義務づけられた。コロナウイルスの深刻な後遺症が残っていた。何度も体全体が痛み、耳鳴りがして、手を頭より上の位置にあげることが難しくなっていた。医師によれば内臓に損傷があるとのことだった。

近隣地区のロックダウンはなお続き、夏磊に頼んで食料の買い物に行ってもらう必要があった。この大人の顔をした子供は何度も道に迷い、間違ったものを買ってきた。赤身肉を頼んだのに脂身を買い、キュウリの代わりにジャガイモを買った。しかし息子の気に病んでいない様子を見て、金風の心は休まった。彼はいつも幸せだったから。

社区居民委員会は金風に、頻繁に電話をかけてきた。夏邦喜の遺灰を斎場から持ち帰るよう伝えるためだ。彼女は怒った。「あの人が生きている間に、何をしてくれたんですか？　治療を求めたとき、必死になって逃げていたくせに。あの人が亡くなったのに、なぜあの人のことを気にかけるんですか？」

「夫の死は全く筋の通らないものでした」と金風は言う。「社区居民委員会が夫を隔離せず、もっと早く入院させていたら、死なずに済んだかもしれません」。しばらく間をおいて、彼女は付け加えた。「委員会が心配しているのは、私がもめごとを起こすことでした」

中国では災害が発生すると必ず、国営メディアは淡々とした口調で「遺族は平静を保っています」と報じる。まるで犠牲者の死は些細《ささい》なことで、遺族には感情や情愛がないかのように。だが実際には山岳の下に溜まった溶岩のように、荒れ狂う血と涙が騒がしく沸き立っているのだ。

武漢での災厄の直後、政府当局は賄賂、脅迫、監視、身柄拘束の手段を使って、悲嘆と怒りに満ちた人々が抗議活動をしないようにした。社区居民委員会は金風に食料を届け、夫の遺灰を持ち帰り埋葬するよう、穏やかな口調で懇願した。政府はコロナウイルスの死者全員に三〇〇〇人民元（約五万八〇〇〇円）の慰謝料を支払っていたが、金風がそれを要求すると「まず遺灰を持ち帰って下さい。お金はそれからです」と委員会は一週間にわたり、毎日返答してきた。

慰謝料を受け取ることで彼女は夏邦喜の死を認め、あらゆる責任から政府を免責することになる。賠償《ばいしょう》を求める権利を放棄し、「遺族は平静を保っている」ことになるわけだった。

四月三日、彼女は社区居民委員会の懇願と脅迫への抵抗を諦め、夏邦喜の遺灰を取りに行った。「もう精根尽き果てて、あの人たちとこれ以上言い争うのが嫌になりました」と金風は言った。「それに他人に寛容であることは、実は自分自身にも寛容になることなんです。だから私は放っておくことにしました」

漢口殯儀館《ビンイーグァン》（訳注・葬儀場）には様々な種類の骨箱があった。金風は白い骨箱を選んだ。白色がかわいいと思ったからだ。骨箱に写真は貼られておらず、夏邦喜の生年月日と逝去の日付だけが書かれていた。箱は赤い布に包まれ、黄色の房が布の四面に縫いつけられていた。彼女はその赤をいい色だと思った。骨箱を抱きしめて、ゆっくりと斎場を出た。「夫とはずっと一緒に暮らしましたが、あの人をこうして（軽々と）持ち上げられたのは初めてでした」と、後に彼女は語っている。

金風に武漢市内で墓所を購入する金銭的余裕はなかった。彼女は夫の遺骨を故郷の村に連れ帰り、二人で耕した畑に埋葬した。武漢は二人の本当の故郷ではないし、彼女も村に最終的には帰るものと考えていた。そうすれば夏邦喜はいつでも彼女に会える。夏邦喜の母はいまでも故郷の村で暮らしていた。九〇歳を過ぎた彼女に、息子の死を告げることを金風は恐れた。年老いた身体が息子の死の悲しみに耐えられないのではないかと心配したからだ。

二人が耕していた畑は長いこと放置され、腰の高さまで伸びた雑草に覆われていた。金風は小さな丘になっている場所に埋葬することにした。パンデミックの最中なので葬儀は簡単なものだった。冥幣を燃やすことも宗教的な儀式もなかった。

村人は金風がウイルスを持ち込むことを恐れた。そのため彼女が村に入るどころか、葬儀に参列することも許さなかった。そのため金風が近所に停めた自動車の中で座っている間に、夏磊が骨箱を墓に入れて土をかけて埋めるのを村人が手伝った。村の領導《りょうどう》（訳注・指導的な立場の人間）が、夏邦喜の貧しくも勤勉だった、村の共産党書記としての暮らしを言葉少なに追悼した。夏磊は黙って見ていたが、何が起きているか実際には理解していなかった。

夏邦喜の墓に墓石はなかった。その地方の習慣では、不慮の死を遂げた人の墓石は死後三年経ってはじめて設けられる。自分がそれまで生きていられるか、金風は訝《いぶか》った。

数日後、彼女は夫の夢をまた見た。夢では夏邦喜は元気で堂々としていた。金風が麻雀が好きなことを彼は知っていて、「さあ行って打とう」と彼女を誘った。しかし彼女は行きたくなかった。夫と一緒に居たかったからだ。夏邦喜は笑って軽く背を押した。「疲れているんだよ。ちょっと遊ぼう」

金風は目覚め、竈《かまど》から上がる煤《すす》で黒ずんだ壁を見た。そして、果てしなく続く夜の中で小さな自分自身を見つめた。静かにすすり泣くしかなかった。「あの人の言いたいことは分かっています。私が幸せに暮らすのを望んでいるのです」と彼女は自分自身に言い聞かせた。

5

武漢のロックダウンが解除された後、何人かのジャーナリストが金風にインタビューをした。そのときマクドナルドでお土産を買ってきてくれた。取材に向かう途中、マクドナルドで買い物していくことは、ジャーナリストたちにとって特別なことではない。しかし金風たちは非常に質素な暮らしをしていて、滅多に外食をしたこともなく、夏磊はとても興奮した。「今日は珍しいご馳走で、美味しい」と夏磊は言った。「四〇歳になってマクドナルドを初めて食べた」

ジャーナリストたちは自動車を借りて、金風と夏磊を夏邦喜の墓へと連れて行った。あいにく大雨の日で、泥沼になった野原を苦労して進み、雨中で花火に火をつけて冥幣を燃やした。金風は小さな塚の前で跪《ひざまず》き、声が枯れるほど叫んだ。「あなた、私を捨てたのね……あなた、私は一緒にいたいのに」

市民ジャーナリストの張展《ヂァンヂャン》も金風に取材して話を聞いた。金風を四月一七日に訪ね、その話に心を動かされた張が珠江管理に電話すると、すぐに領導が金風のところにやって来て、二〇〇〇人民元を慰謝料として手渡した。彼女の賃金を減らさないと約束し、できる限り早く仕事に戻るべきだと告げた。金風は戸惑った。「仕事に戻ったら、上司には私を解雇する理由ができます。そうでしょう？　私は年寄りで体の具合が悪いのです。ちょっとしたミスで……」

それから四カ月、金風と夏磊は武漢で暮らした。八月になると家賃が払えなくなり、故郷の村に帰る決心をした。夏磊は母を手助けして古い布団やボロボロになった服、使い古された家具と調理器具を荷造りした。ワゴン車を借りて、みすぼらしい家財を故郷へと運んだ。質素に暮らして、なんとか生き延びられるよう願っての帰村だった。

「どうしようもなかったんです。病気になったので、武漢では生きていけなかった」と彼女は溜息をついた。「どうしようも、どうにもなりませんでした」

苦難と闘い続けた金風の人生だが、災難はまだ終わってはいない。六〇年前に少女だったとき、中華人民共和国大飢饉による飢餓を経験していた。歳を取っても、恐ろしい飢餓がまためぐってくるのではないかと恐れている。

武漢のあの長い春、彼女は何度も死にたいと思ったが頑張り抜いた。「未来」とは美しい言葉だが、金風にとっては使い道のない、贅沢《ぜいたく》なものだ。「私のような人間に、どんな未来があると？」そう彼女は訊いてきた。「私にはもう、生きていく力は残されていないのです」

彼女の最後の望みは、政府が夏磊に障害者証明を出してくれることだった。そうなれば、彼女が死んだ後も、息子は生きていける。「私くらいの歳でこんな体調だと、息子より先に私は必ず死ぬでしょう。夏磊に障害者証明さえ出してくれれば」

彼女は言葉を止めて長い溜息をついた。「簡単ではないことは分かっています。分かっているのです」

第三章　逆風を走りぬいたバイクタクシー

1

「命がかかってるんだ」と、李《リィ》は交差点で車を降りるとき言った。「そうでなきゃ、こんな時期に誰が客をバイクに乗せていくもんか」

漢口駅近くの道路で、李は目立たぬようにしていた。背が低く痩《や》せて、暖《だん》を取るため帽子を被《かぶ》っていたが、それは顔を隠すためでもあった。近くまで歩み寄ると、帽子の下に見える顔には常に油断なくあたりを警戒する様子が窺《うかが》えた。

李は非合法に人を運ぶ、武漢の「白タク」バイク乗りの一人だ。二〇二〇年の厳しい春、彼はバイクで、武漢の高速道路や裏通りで医師や看護師、そしてコロナウイルスの患者を搬送していた。「ロックダウンの初めから終わりまで」、李は明らかに誇りを持って語った。「俺は毎日、自分のバイクに乗っていた。止まったことはなかったよ」

李は現在、六〇代だ。武漢郊外の小さな村に生まれた。高校卒業後、家族と武漢市に引っ越し、雲呑《ワンタン》の屋台を始めた。当時屋台の仕事は合法でも非合法でもなかった。村に「農民工料」として、月に約六〇人民元（約一一〇〇円）を支払わなければならなかった。支払うことで村を合法的に立ち去ることができるが、それは合法的に武漢市に移り住めることを意味しない。市当局――警察と城管《じょうかん》――との駆け引きは油断できないものだ。城管は地方政府の法執行職員で、他の地方職員と同じく政府と結びついている。彼らは屋台の前に突然現れた。はした金を受け取ることもあったが、それは穏健な場合だった。あまり穏健ではない扱いの場合は罵倒《ばとう》と殴打、そして追い払われた。屋台は引っくり返され、鍋やどんぶり、竈《かまど》を壊された。

一九八〇年頃、李は一家で仕事していたワンタン屋台をやめて、漢正街《ハンヂョンジュ》で輪タクの運転手になった。近年の漢正街は衣料品からデジタルガジェットまで、日用品を売るショッピングモールとして有名だ。しかし昔は、無秩序で騒がしい露天市場だった。道は狭く泥まみれで、建物は荒れ果てていた。太陽に焼き焦がされる夏の武漢の風景の中で、上半身裸の若き日の李は猛然と輪タクを走らせていた。あまり目立たない腕と胸をさらけ出し大汗をかきながら、商人を貿易商のところへ運んでいた。「その頃は免許を持ってたんだ」と李は言う。「政府が俺に発給した、ちゃんとした免許をね」

一九九二年、武漢市政府は輪タクを禁止した。李は六〇〇〇人民元（約一一万円）の補償金をもらい、輪タク運転手の仕事をやめた。それが正式な免許を持ってやれた、彼の唯一の仕事だった。

武漢市は再開発中で、すぐに李は解体業者の仕事を見つけた。彼は地方から来た労働者を集め、ハンマーとバールで建物を解体させた。そして瓦礫《がれき》の中から回収した物を手当たり次第に売り払った。仕事は危険だった。安全を保護するような器具は持ち合わせず、負傷や事故死は当たり前だった。しかし収入は良く、李は裕福になった。

ギャンブル中毒にもなった。「真っ当な人間とは友達にはならなかったね」と李は明かす。「誰だったかがカジノへ連れて行ってくれたんだ。最初は小さな金額だったけど、面白くなってね。そうなると抑えが利かなくなって、賭ける金は増える一方で損した金も増えていったよ」

一九九二年から二〇一二年まで、李はギャンブルにのめり込んだ。マカオにも行って大酒を飲み、ギャンブルをして、自分でも語りたがらないようなことをした。人民元で数百万も溶かした。こうした高潔とは言えない暮らしですべてが変わった。解体業は右肩下がりとなり、商売を止めざるを得なかった。妻は離婚を求め、李も合意した。もっとも関係が絶えたわけではない。二人はいまも近所に住んでおり、李は元妻へ定期的に生活費を渡している。コロナウイルスによる大災厄の前に、李は元妻に再度プロポーズした。それを彼女は受け入れなかったが、拒絶したわけでもなかった。「もっと観察期間が必要ね」と彼女は言うだけだった。実際、李がギャンブルという悪癖《あくへき》をやめたことは事実だった。自分の息子について、李は語った。「昔は本当に仲が良かったんだが、ギャンブルのせいで……」と溜息をつく。「でも息子が悪いわけじゃない。俺の自業自得さ」

解体業の廃業後、李はしばらくアパートに窓やドア、配管を据えつける仕事をしていた。李は五〇歳を越えていて仕事はきつく、給料は生活費がやっと払える程度だった。

李は利口だし、自分でもそう考えていることは確かだ。何枚ものクレジットカードを申し込み、カードごとに次々と借金を申し込んでは、続けて返済していった。ちょっとしたネズミ講のようなものだ。そうやってひねり出したカネをギャンブルにつぎ込み、運を変えようとしたが、借金が嵩《かさ》むだけに終わった。「俺は頭が良すぎて自分のためにならなかった」と、悔やみながら溜息をつく。「クレジットカードは本当にひどい」

二〇一六年、昔は部下だった上司に、李は解雇された。躊躇《ちゅうちょ》せず仕事を変えた。年齢そして貯蓄と借金のバランスのせいで、迷っている暇はなかったのだ。「年寄りだから、キツい肉体労働はできない。清掃夫はできるが、給料が安すぎる」。「命がかかってるんだ」と李はもう一度言った。

そこで李は、中古の電動バイクを一〇〇〇人民元（約一万九〇〇〇〇円）で買った。鉄道駅の近くの街頭に行き、通行人を品定めしながら注意深く声をかけた。

「俺は大金と広い世界を見てきた」。輝かしい放蕩《ほうとう》の日々の歓喜に思いを馳せて、自己満足を滲《にじ》ませながら李は言った。しかし、すぐに溜息をもらし、「悪魔に魅入《みい》られていたよ」と愚痴をこぼす。「最初から手元にカネはあったし、使いまくった。いまこの歳になってバイクタクシーを運転しなきゃならない。本当のところ、すごく惨めだ」

李の乗客の大部分は武漢市で働く農民工だった。彼らは法外な値段のタクシーは嫌だが街のことは分からないので、進んで非合法のバイクタクシーに乗るリスクを取った。

李の仕事で正直さは重んじられない。通常、彼は高額な料金、二〇人民元を請求した。相場を知っている者は大いに不服だった。「なんで、二輪のほうが四輪車より高いんだ?」。そして八元から一〇元まで値切ってきた。李が異議を唱えなければ、乗客は後席に跨《また》がり、李の肩をつかんで街へ走り出す。安全のためのヘルメットなど求める乗客は誰もいなかった。李自身も着用しなかった。彼にとって安全は特に重要なものではなかった。「命がかかってるからな」

中国では、作家、アーティスト、パフォーマーも含むあらゆるビジネスで政府発行のライセンス取得が必要だ。しかし、李は例外だ。彼は運転免許証も持っていない。なぜなら政府は毎年、免許更新の手続きを課しており、もちろん手数料がかかる。李は払いたくないし、どう考えても手続きに合格するわけがない。

李は武漢市に四三年間も住んでいるのに、法的には武漢の住民ではない。李の住民登録は出身地の地方のままで、その地方の退職年金は最近でも一月に三〇〇人民元（約五八〇〇円）程度だ。「たったそれだけじゃ武漢では何もできない」。しかし彼は政府に感謝している。「良い政策だよ。昔は何もなかったからな」

二〇二〇年のコロナの悲劇以前、李は一日一〇〇人民元を稼いでいた。生活に必要なものを買い、元妻の暮らしを助け、借金を返済する収入があった。政府は李の仕事を非合法とし、バイクタクシーを捕まえ、バイクを押収する専門の係を設置した。係はだいたい三カ月に一度くらいの頻度で李を捕まえた。そしてバイクを差し押さえ、「不法な業務の実施で、三〇〇〇人民元（約五万八〇〇〇円）の罰金だ」と通告を出す。李は罰金など無視した。「三〇〇〇元」、李は不遜《ふそん》なことを言う。「それだけありゃあ、バイクが二台買える。なんで罰金なんか払わんといかんのかね？」

市の押収係は罰金を取れないと、差し押さえたバイクを「関連会社」に売却した。その会社はバイクに新たな塗装をして色々と小綺麗にして、李などのバイクタクシーの運転手に売るのだった。四年間で李は十数台のバイクを買う羽目になった。確かなことは言えないが、その内の何台かは、もともと自分のものだったかもしれない。「一台か二台は見慣れたものに思えたけど、違ってるとこもあってね」

小さい頃に李は『鉄道遊撃隊』という映画を観た。この映画は共産党が自らを讃えるために制作したもので、鉱夫や流れ者が共産党の指導で鉄路をロビン・フッドのように移動しながら、侵略者の日本人と彼らの補給物資に奇襲をかける。そして最後には、かつてないほどの勝利を収めるストーリーだ。

それから数十年が経ち、李は自分のことを遊撃隊員だと思った。争いごとを自分から始めたことはないが、武漢の通りや路地を走るときは当局の眼を逃れ、猫の巣に忍び込むネズミのように姿を隠した。いつも恐ろしい警察や抜け目のないバイク押収係を警戒していた。運転免許は必要なかった。実際、それは頭痛の種だった。政府は免許を持つ者の年次評価を行う。当然ながらそれには手数料が発生する。そんなものを李は支払いたくなかったし、どんなものであれ李は試験など合格したことはなかった。

　ということで彼のバイクタクシーと同じく、李自身が非合法な存在かもしれなかった。「俺は法に反しているし、俺のバイクも法に反してる」、李は快活に笑い、しばらく黙り込むと、低い声で言った。「法律か……とにかく性に合わないな」

　李は新型コロナウイルスについて早い段階で耳にしていた。少なくとも、そう記憶している。彼の居住地は華南海鮮卸売市場から遠くなかった。中国政府の最初期の説明で、ウイルスの発生源とされた市場だ。二〇一九年一一月以前、彼と仲間のバイクタクシーの運転手は頻繁に市場の商人を乗せていた。魚や海老、蟹といった商品を運ぶのを手伝うことは度々あったし、中には様々な種類の野生動物も入っていた。ただ、コウモリを運んだことがあるかは思い出せなかったし、食べた者が実際にいたか疑っている。「コウモリはヤバい。誰が食うんだよ？」と彼は言う。「（コウモリを）見かけたことはなかったたな」

　二〇二〇年一一月中旬、李の仕事仲間の一人である王《ワン》が「治療のために連れて行かれた」。李によると、王は非常に歳をとっており、おおよそ七八歳だった。「あいつは昔は兵隊で、華南海鮮卸売市場の近所で三〇年以上もバイクタクシーを走らせていた。病院に連れて行かれた後、俺たちは奴が新型コロナウイルスにかかったと思ったね」。「奴がどうなったかは知らない。治ったのかもしれないが、治らなかったのなら、もう死んでるだろうな」

　李の記憶には大きな空白がある。どのように武漢市が一歩一歩パニックに陥っていったか思い出せないのだ。それから数カ月、自分が何をしていたか思い出せない。「バイクに乗って、食べて、寝て」。ゆっくりと彼は語る。「特にハラハラするようなことはなかったなぁ」

この頃、新型コロナウイルスは密かに中国全土へ、そして全世界へと拡がり続けていた。こうした展開に李は気がつかなかった。ただ中古のバイクタクシーに乗って自宅から鉄道駅へ、そして武漢市の全域を走るだけだったのだ。乗客の中に感染者がいたのは間違いない。しかし李は恐れることなく、決してマスクを着けようとはしなかった。「お客は後ろに座ってて、俺は前に向かって運転してるから、風が吹き飛ばしてくれたんだ」

李は宿命論のような人生観を持っていた。「俺がコロナにかからなきゃならないなら……もっと多くの人間がかかったはずだ。なぜ俺がかからなきゃならん。俺がかかるようなら、ウイルスからの逃げ場所なんてないさ、だろ?」

春節の直前、李は両親が埋葬されている故郷へ帰った。中国の風習で、墓の掃除をしなければならなかったからだ。冥幣をいくらか買って両親の墓の前で燃やし、翌年も両親が自分を守ってくれるように願った。

それは一月二二日、武漢がロックダウンされる前日だった。李はロックダウンのニュースを知らず、どれほど状況が悪化しているか分かっていなかった。故郷で一夜を過ごさず、彼は徹夜で危険な武漢市へと戻った。武漢に閉じ込められた数百万人の住民と違い、李は自分をすごい幸運の持ち主だと感じていた。「故郷に釘付けになる寸前だったんだ。あそこには何もない。何を食えばいいんだ？　何を飲めば？　ラッキーだ、俺は戻ってこれた」と彼は言う。「（武漢に）帰ってしまえば、生き残れるさ」

2

一月二三日午前二時に武漢市当局はロックダウンの命令を公布し、メディアが穏やかに「武漢は一時停止ボタンを押した」と伝えた。数百万人がパニックを起こし、二四時間以内に五〇〇万人が武漢市を立ち去った。それは偶然にも中国中部の平原地帯で最も寒い時期だった。寒さと戦うため李はバイクの座席を厚手のウールの上着で覆い、鮮やかな色の綿の詰まった手袋をした。鉄道駅へ向かうときはマスクも着けた。冷たい霧雨が空から漂い落ちてきた。人々は洪水に直面した蟻のように叫び、走り回っていた。

午前一〇時、ロックダウンの命令が発効した。そのとき、李は黒衣の中年女性を見かけた。駅のエントランスに立ちつくし、右手には車輪付きのスーツケースを、左手には水色の傘を持っていた。ぼさぼさの髪と当惑した表情のせいで、家へ帰る道が分からなくなった少女のように見えた。

武漢のロックダウンは全世界にとって重大事だったが、李にとっては膨大な人混みの中で車輪付きスーツケースと水色の傘を持つ黒衣の女性というだけの意味しか持たなかった。「その女はお手伝いとして武漢で働いていて、春節で帰省したかったんだ。その頃には武漢を出るのは不可能になっていた。どこか落ち着けるところへ連れて行ってくれと俺に頼んできた。彼女を乗せて三〇分ほど走ったが、開いてるホテルはなかった。俺の家に泊めてくれないかと言われたが、断った。そうすると高速道路の下で寝られるように毛布を買ってくれと言い出した」

その女性がロックダウンを凌《しの》ぎきれたか、李は知らない。「そんな風に帰省できなかった人は多かったね。違う駅で降りたのもいたし。沢山の人が、どうなったか分からない」

翌日は旧暦の大晦日だったが、李は普段通り仕事を始めた。別の運転手が、客は鉄道駅にはいないが、病院にはいると告げた。李が古いバイクを后湖分院へ走らせると、そこは騒然とした「感染者市場」と化していて、病院玄関には長い行列ができていた。李は数十人を帰宅させるために病院からバイクを走らせ、それより多くの人間を后湖分院へ運んだ。後ろに乗っている客の苦しそうな息や咳、呻《うめ》き声を聞いたが仕事を続けた。李は恐れていなかった。恐れても無意味だからだ。

李は大晦日を息子の家で、元妻と一歳半の孫と共に過ごした。崩壊していた家族が、やっと再会できたのだ。餃子を作り、揚げ物を料理し、中国中央電視台で春晩（訳注・CCTVで旧暦の大晦日に放送する年越し番組）も観た。

李はその日に病院の玄関で見た光景を忘れてはいなかった。痛みと絶望、嘆きと悲しみ、咳と呻き声――しかし画面の目もくらむようなダンスと歌唱には魅了されるしかなかった。午後八時四〇分頃、六人の完璧な着こなしをしたプレゼンターが舞台に現れた。感情を掻き立てる技量を駆使して、声を合わせ「爱是桥梁（訳注・愛は橋）」という詩を朗読した。その詩は「習近平総書記による一連の指示」を讃え、党中央委員会には二度触れて、何度も何度も「愛」を訴えかけていた。「中国を信じましょう、すべて上手く行きます！」。そして非常な熱意で語りかけた。「愛は最高の橋です。踏み出すんだ、武漢！」

このあまり詩的ではない詩を聞いて、李は深く感動した。「良くできた詩だし、見せ方も上手い。国中の武漢へ寄り添う心を感じた。本当に感動的だ」

しかしプレゼンターによるスローガンは李にとって何の助けにもならなかった。習近平も党中央委員会もだ。彼は客を求めて毎日、古いバイクを病院へ走らせ続けていた。

李が妬《ねた》ましく思っている二人の仕事仲間がいた。一人は湖北省腫瘤《しゅりゅう》医院（訳注・ガン専門病院）にコネがあり、派遣労働者として雇われた。病院中に消毒剤を噴霧する際に個人用防護服を身に付けていた。仕事は二週間しか続かなかったが、日給は六〇〇人民元（約一万一〇〇〇円）だった。李は驚いた。「六〇〇元！　でもコネがないと、絶対ありつけないんだよ」

もう一人の仲間の仕事は、もっと単純だった。病院の玄関にいる老人の感染者を乗せて、一キロ以下の道のりを運転する。老人は一〇〇人民元を支払った。そういう仕事が見かけほど簡単ではないことを李は知っていた。「そういう老人は自分じゃ歩けない。だから仕事仲間の多くは、家の中に入って二階へと年寄りを運び込まなきゃいけなかった」。それでも李は妬ましかった。「ちょっと危ないけど、簡単にカネになるからな」

ロックダウンが始まると、バイクタクシーの商売は大きな打撃を受けた。漢口駅の辺りでは五人しか客待ちしておらず、みんな李が知っている運転手だった。誰にとっても苛酷だったが、李は自分の境遇が一番惨めだと感じていた。「みんな貯金があるから、仕事を休んでも問題じゃない。(貯えのない)俺には大問題だが」と、李は頭を振った。かつての自堕落な時代を思い出しているのかもしれなかった。「誰のせいでもない。自業自得だ」

少なくとも商売は問題なかった。「通りには乗り物が何もない。バスもタクシーもない。でも乗せてくれと言うやつはいる。だろ？　両親を訪ねなきゃいけないし、医者にかかって薬を買わなきゃいけない。感染したやつは体が弱って歩けない。だから、誰も値切らない。どんな値段をもちかけても、言い値で通る。こんなときにバイクタクシーの仕事をするなんて、命賭けだとさえ言ってくれたんだ」

罪の意識を感じていたせいかもしれないが、李はこの時期、いくら稼いだか言いたがらなかった。不法な仕事に携《たずさ》わっていたのは分かっていたと、どもりながら自己弁護した。「俺がやった仕事は法律より立派なことだ、だろ？……ああ、カネは受け取ったさ。でもおれは連中を助けたんだ。そうだろ？……心底正直に言って、俺がいなかったら、あいつらはどうなってた？」

朝九時から夜七時まで働いて、李は一日に二〇から三〇人を運び続けた。大部分はコロナウイルスに感染した人で、臨時のボランティアや看護師、医者も乗せた。一月三〇日に李は六〇代の夫婦を乗せ、武漢市中心医院から江漢路《ジアンハンルゥ》まで運んだ。夫は李の肩につかまり、妻の方は夫の後ろで腰に腕を回していた。彼らはコロナウイルスの危機とロックダウン下での生活について話をしていた。二日ほどして李に電話がかかってきた。それは、あの夫からだった。「私も妻も陽性でした」と彼は言った。「本当に済まない、運転手さん、あなたも検査を受けないと」

李は、その忠告に従わなかった。最初から最後まで李は検査を受けなかった。何度も繰り返し、「怖くない」と言った。「そんな気持ちをいままで感じたことがない」からだった。しかし時として本当の理由を漏らすこともあった。「ウイルスは怖いけど、食べ物がなくなるほうがずっと怖いんだ」

「俺の家族はひどく怖がっていた。女房も息子も、俺がバイクに乗るのを嫌がった。命は大切だと言うんだ。俺が病気にかかったら、どうなる？ と。息子は俺に怒鳴りつけてきたよ。正直、女房も息子も俺のことを思ってくれてたんだ」と李は打ち明けてくれた。「気が重かったよ。貯金さえあれば何日か仕事に出なくても大した影響はないのにな」

彼は自衛のために最善を尽くした。「マスクをして手袋もした。客がカネを出してきても、すぐには手に取らず消毒するなど、できる限りのことをした。命がかかってるんだ」。彼は溜息をついた。

その危険な道中で、李はあらゆる種類の人間を見た。しかし彼が自分から語ろうとするのは、通常の乗車賃を払った客か、一銭も受け取らなかった客についてだけだった。たとえば若いボランティア。「その娘さんは江蘇省から来ていた。若い、まだ二〇歳前の女の子だった。ボランティアになるため台北路《タイベイルゥ》へ行きたいと言った。『怖くないのか』と聞くと『人には必要とされるときがあるものです』と返してきた。本当に偉いと思ったよ。だからあまりカネをもらわなかった」

奇妙な経験もした。二月一六日頃、李はある患者を自宅まで運んだ。武漢市中心医院に戻るとき、通りを見渡すビルの窓から誰かの叫び声が聞こえた。「それは三〇歳くらいの男で、ガリガリに痩《や》せて真っ青な顔をしていた。そいつは俺に『ロックダウンの最中に外出したら警察は俺を逮捕するのか、俺は刑務所行きか？』と訊いてきた。そいつに、刑務所はないだろうけど、無理やり隔離されるんじゃないかと俺は告げた」

真っ青な顔の男は李の警告を無視して、二階から通りへゾッとするようなジャンプをして、李のバイクの後席に座った。李が停車したのは三陽路《サンヤンルゥ》の共同住宅区域の横だった。男が微信でメッセージを送信すると、小荷物が窓から落とされた。それを男は拾い上げると、李のバイクに戻ってきた。「そいつは一銭も払わなかった」と李は言う。「微信で払うと言ったんだが、そいつを家まで送り返したら、二度と外へ出てこなかった。どうしろって言うんだよ？　ケンカも始められない」

そいつは麻薬中毒者だったと、李は考えている。その男のことを李は好きになれなかったが、同情はした。「麻薬中毒もギャンブル中毒も大した違いはない。一度ハマったら止められない。あの頃、ああいう連中も大変だったのさ」

二月五日、李は常連客と出くわした。その客は六三歳で、深刻なコロナ感染の症状を見せていた。李より二歳だけ年上だったが、彼のことを「老頭子《ラオトウヅウ》」（訳注・爺さん）と呼んでいた。その老人は李の家の近所の洪広《ホオングアン》地域に住んでいた。

毎朝、彼を乗せて后湖分院に連れて行った。長い行列に並んでいるのを見かけた。客である老人は夜の八時か九時になるまで病院から出てこなかった。「俺は老人を毎日注射させるために連れて行ったが、注射一回ごとに二〇〇〇人民元（約三万九〇〇〇円）以上も払っていた。でもダメだった。あそこへ三日間連続で連れて行ったけど、病気は悪くなるだけだった」。李は自分の喉を指さした。「ここが最後は潰れて、話すことも歩くこともできなくなった」

二月七日に李は、その老人を家に連れて帰った。それが最後だった。男は倍額を支払って、弱々しい声で李に念を押した。「明日の朝も来てくれなきゃ駄目だよ」

その夜は李文亮医師（訳注・新型コロナウイルスを最初に内部告発した医師の一人で、同ウイルスによる肺炎で死亡）が亡くなった、武漢にとって嘆きの夜だった。李が帰宅すると、笛を吹く市民がいた。窓から叫ぶ者もいた。李は笛の音と叫びを聞き、携帯電話のライトを目にした。しかし、それは特に心を揺さぶるものではなかった。「多くの自宅に閉じ込められたやつは確かに落ち込んでた。ちょっと叫んでガス抜きしてたのさ。そんなこと、俺には考えられなかった。食べなきゃいけないときに食べて、寝なきゃいけないときに寝る。普段の暮らしさ」。「俺は気分がとても良かったよ」

次の日の朝、李は洪広地域に行ったが老人はいなかった。しばらく待ったが姿を見かけることも電話がかかってくることもなかった。李は、そのときは大して考えなかった。その春、予約キャンセルは大したことではなく、多くの予約が無視されていたからだ。

数日後に洪広地域で死んだ者がいると耳にしたとき、すぐに李は老人のことを思い出した。「あいつのことだと思ったよ」と、李はゆっくり言った。顔には悲しげな表情が浮かんでいた。「あの老人は倍の乗車賃を払ってくれたんだ」

3

李にとっては、普段よりもロックダウン中の武漢の方が素晴らしい世界だった。交通警官はいないし、バイクの押収係もいない。そして誰もが気前がいい。大通りを走り抜け、赤信号も思いのままに走れる。武漢市全体が彼の思いのままだった。

二月一一日、月湖橋《ユエホウチアオ》の近くを走っていると、勤務中の婦人警官に出くわした。李は突然、彼女に悪ふざけしたいと思った。彼女の所へ走り寄り、挑発的な感じで会話を始めた。「同志警官殿、少しよろしいでしょうか……」その婦人警官は後ずさりして目を見開くと、李に向かって叫んだ。「知らない、分からない」

李は気が済むまで笑った。「一度やってみたかっただけだったけど、本当に怖がらせちゃったんだな。荒っぽい身振りで彼は言った。「普段は警官を見かけると隠れるけど、連中を怖がらせる日が来るまで長生きできるとは思ってなかったぜ」

二月一五日に、李の黄金の日々は終わりを告げた。武漢市は社区のロックダウンを強化し始めたからだ。数百万人が自宅に閉じ込められた。日々の活動は全部、食料を買ったり医師にかかったり、それどころか出産や死亡も——地方政府が管理することになった。こうした専制的な感染予防策で助かる者もいるかも知れないが、李の食い扶持《ぶち》の問題は解決されなかった。「『救援食糧』を買うのにカネが必要なことに変わりはない。カネがないと、どうなる？」

「俺はずる賢いタヌキじじいで、抜け道を必ず見つけ出す」と李は言う。壁を飛び越えたり警戒の目をかいくぐって抜け出すとか、利用できる抜け道を見つける。通りにはほぼ誰もいなかったが、いつだって乗客は見つけ出せた。いつだって客は彼を見つけられるのだ。

その頃、一人の女性を彼のバイクに乗せた。「四〇代だったな。その母親は八〇歳過ぎで、病気がひどかった。病院へ行くのは不可能で、薬を買うこともできなかった。母親の世話をする者もいなかった。『運転手さん、お願い。母のところへ連れて行って』と、その女は言ったよ」

李は彼女を新和村《シンホアツン》から祥和里《シアンホアリィ》まで運んだ。その女性は非常に感謝した。李の肩につかまりながら、隔離された暮らしの苦しさについて語った。「私が行かないと、母さんはどうなってしまうのか」彼女は言った。「八〇歳を過ぎ、あとどれくらい生きられるか分からない」

「彼女は本当にキツかったんだな」と、李は悲しそうに溜息をついた。「こっち（自宅）には子供がいて、あっちには病気の母親がいる。でも人は同時に一カ所にしかいられない。俺を見つけられなかったら母親のとこへは行けなかっただろう。本当に遠い所だしな。歩いていたらいつまで経ってもたどり着けない」

数日後、李は「合法的に」近隣地区から抜け出す方法を見つけた。元妻を食事配達の組織「餓《ウァ》了么《ルアマ》（訳注・お腹空いた？）」に連れて行き、書類に記入して食事配達係として登録させたのだ。「俺は年寄りすぎて誰もさせたがらないけど、女房は若いから食事を配達できるんだ」

李は毎朝、元妻に自分の顔をスキャンさせて――顔認識システムなので――ログインさせた。そして配達の注文を受け取る。元妻は注文内容を李に渡し、配達係用の青い上着を着た李は堂々と近隣の地区から歩いて出ていった。料理店に行って料理を受け取り、それを配達する。注文の中には近くて全く簡単なものもあったが、六キロか七キロまたは、もっと遠くまで歩かないといけないものもあった。愚痴はこぼせなかった。「注文一回で一〇元だから、五つか六つの注文で五〇か六〇元になる。客は鷹揚《おうよう》なもんだから、少々遅れても不満は言わない。本当に良かったね」

李は身元確認の手続きに苛立った。注文を数回こなすと、組織はマスクを着用しているかなど、配達係の情報を確認しようとする。「ちゃんと働いているか確認するのに、顔の再スキャンが求められるんだ」。李の対抗戦略は、「三回配達した後に出かけてしまう」ことだった。「そうすれば連中に引っかかることはない」と、本当に自慢げに李は言った。「何カ月もやったけど、一度も引っかからなかったよ」

その頃も李は后湖分院を頻繁に訪れていた。主に患者を送り届けるためだ。三月七日に武漢市委員会書記の王忠林《ワンヂォンリン》が、「感恩講話《かんおん》」という、武漢市民に感謝を求める演説をした。それは「総書記と共産党」による危機対応に市民は感謝すべきだというものだった。二日ほどして病院に花束を届ける注文を受けた。二〇〇元もする鮮やかな花束だった。添えられたメッセージは「私の代わりに李文亮先生へ丁寧にお辞儀して下さい」というものだった。李は（医師が亡くなった）病院の玄関に着くと恭《うやうや》しく花束を石段に置いた。すこしためらい、お辞儀はしなかったがつらい気分だった。「本当に気の毒に」と彼は嘆いた。

　三月が終わり、武漢の気候も暖かくなると、桜の花が枝に雪のように咲きほこった。李は古いバイクに乗り続けて、長らく生気を失った市内を駆け回った。患者を運び食事を届けたが、道端の風景に目を向けることは一度もなかった。「桜の花？　なんで見るんだ？　桜の花じゃ食っていけないよ」

　三月中旬のある日、李は唐家墩《タアンジアドゥン》で「ネットショップをやっている女の子」を乗せた。彼女は李に深い印象を残した。「彼女の家は宜昌《イィチャアン》だが、武漢で小さな商売をしていた。すぐに働き者だと分かったよ。着飾らずに毎晩遅くまで働いてるから」

　李は他人の外見を上手に説明できない。覚えているのは、彼女が兎年生まれということだけ――なので当時三三歳か二一歳ということになる。ネットショップで流行りのグッズ、マスクや手袋そして消毒剤を売っていた。

　初めて李が彼女と出会ったとき、漢陽スポーツセンター向けの委託商品の準備をしていた。それは李にとってロックダウン中最長距離の運行となり、二〇キロに及んだ。「その子をスポーツセンターまで送ると、帰りも乗せてくれといわれた。けど電池が残り少なくて、家に帰って充電しないといけなかった。戻る道で月湖橋にいた警官が邪魔してきた。彼女に電話すると、その女性は電話しながら歩いて戻ってきた。再び拾うまで彼女は約一〇キロも歩き、もう歩けなくなっていた。

すぐ後に、その女性はもっとひどい目にあった。衛生健康委員会の幹部の息子が彼女に、コネで政府支給のマスクが手に入ると言った。四万人民元（約七八万円）を前払いしたが、結局、二万元分の商品しか手に入らなかった。何度請求しても、それ以上の商品をその男は渡さず、彼女を嘲《あざけ》って言った。「訴えてみろよ」

「その子は俺にまた電話してきて、衛生健康委員会に連れて行ってくれるよう頼まれた。そこの委員どもは、自分たちは無関係だと言った。あの子は警察に行くと言うんで、地元の警察署に乗せていった。でも警察は自分たちの扱うことじゃないと言って、分局へ行けと。分局は「いまがどんなときか分かってるの？　俺たちにそんな暇があると？　地元の警察署へ行けよ」で、彼女と何日か行ったり来たりしたが、どうにもならなかった。

彼女は衛生健康委員会の横でデモをすると言ったが、警察は何と言ったと思う？「これは民事の紛争だ。裁判所に行くことは可能だが、騒ぎを起こす理由にはならない。政府行政の妨害になるからな。そいつは不法行為だ。分かるね？」

李は怒っていた。「あれは卑怯《ひきょう》だ。どうやってあの子が裁判所に訴えられる？　あの頃、裁判所は開いてなかったんだぞ」。彼は頭を振った。「かわいそうに。彼女は少し稼ぎたかっただけなのに、二万元も騙《だま》し取られて、文句すら言えなかった」

李は何度も他人を憐《あわ》れみ、自分自身を憐れむこともあった。あの痛ましい春の、悲劇的な人々と出来事について彼に尋ねると、その女性の損害は、本当はそれほどではないと李は正直に認めた。「あの子の件が一番ひどかった訳じゃない」と彼は言った。「彼女はまだ命があるんだからな」

三月最後の日、李は聾唖《ろうあ》の客と出会った。その男性の故郷の村は武漢から約一〇〇キロ離れたところにあった。そこで彼の母が亡くなり、葬式に向かうところだった。ひどい混雑の中で武漢駅に到着した彼が、不安そうにしていたのを李は覚えている。「髪の毛はボサボサで、顔も洗っていなかった。しかも二二〇元しか持っていなかった」。しかし正規の証明書がないために、駅には入れなかった。「話せないから、行ったり来たりするだけだったんだ」

李は彼に歩み寄り、バイクタクシーに乗るか尋ねた。男は携帯を取り出して文字を打ち込んだ。ホテルを見つけてくれるか知りたいという。その頃にはパンデミックは収まってきて、小さなホテルが何軒かこっそり営業を再開していた。李は一泊七〇元のホテルを見つけてやった。翌日に李は再び、その男と出くわした。「駅へ行きたがっていたが、民政局の証明書がないと入れないんだ。民政局がいうには労働局へ行けと。俺が労働局に電話すると、証明書の発行はできるが職場の文書が必要だと言われた」

李は思い出しながら怒っていた「そいつは武漢では働いていないのに、どうやって職場から証明書を出してもらえるんだ？」。聾唖者を見て同情した。彼は李に縋《すが》らんばかりの様子でいる。その横で、カフカの小説の『城』に出てくる、城の周りにいる監視人のように李はうろついていた。小説の主人公Kと違い、中国のKは城の中に閉じ込められていた。どれだけ多くの証明書を手に入れても、また証明書が求められるのだ。そして聾唖の男は城から出て行けない。

聾唖の男の携帯に文字を打ち込んだ。「俺を信用するか?」「はい」、K氏は答えた。李は返事を入力した。「クソみたいな証明書は気にするな。バイクに乗れ、俺が武漢から抜け出す方法を見つけてやる」

K氏が肩につかまると、李は彼と一緒に秦秦《チンチン》と呼ばれる「白タク」の運転手を見つけに出かけた。李と同様に秦も非合法の仕事に就いていたが、向こうの方がレベルが高かった。自動車を持っているからだ。ロックダウン中の秦は狡猾《こうかつ》な密輸業者のように、多くの人を武漢から運び出していた。李はどの道を走ったか覚えていなかった。単に話したくなかっただけかもしれないが。「まだ裏通りの道は使えたしな」と李は語った。「さもなきゃ、お巡りにカネを摑《つか》ませりゃいいんだ。三月が終わると、統制はあまり厳しくなっていたし。本当に抜け出す気があるなら、いつだって道はあるもんだぜ」

その頃K氏には一五〇人民元(約二九〇〇円)しか残っていなかった。だが秦秦が要求したのは六〇〇から一〇〇〇元だった。李はK氏の事情を説明した。秦秦は少しためらって言った。「支払いのことは気にすんな。この人は身体が不自由で、母さんが亡くなってる。カネは取らねぇよ」「俺は一銭も取らなかったし、秦秦も同じだ」と李は語った。「俺たちは違法な運転手だが、人助けについては大したもんだ」。李はカフカを読んだことはなかったが、城についての物語を話すと、気に入った。監視人の苦労やお役所仕事の分かりにくさは理解できた。また城への道の不条理な障害も理解した。まるで中国のようだからだ。しかし監視人の苦労が解決不能だとは、李は思わなかった。「その小説の中に白タクのバイクタクシーがいればよ」と、李は手振りを交えて言った。「どんな問題でも解決できるぜ」

四月八日にロックダウンが解除されると、多くの人々が歓喜にわいて、思い切って家の外に出てきた。長年にわたる刑期の末に釈放された囚人のようだった。しかし李は再び絶望に落ち込んでいた。新規参入者が増えて、食事配達の仕事がなくなったのだ。「連中と競争するなんて無理だ」と李は言った。

昔のように午前九時に家を出て、漢口駅付近で一日中客待ちするようになった。しかし乗客はほぼいなかった。「パンデミック前より景気は悪くなった。一日で数十元稼げたら幸運だったよ」と李は語った。「タクシーすら仕事がなかった。ましてや俺のような人間にはもっとない」

李の微信のアカウント名は「只有你《ヂーヨウニィ》（訳注・お前だけ）」だった。この気持ちはおそらく元妻へ向けたものだったろう。友人たちには一つのメッセージしか送っていなかった。それには三枚の写真が添付されていた。一つは大きく張り出した崖の上で育つ、樹木の写真だった。コメントは「深みに落ちることを選んだら、神も助けてくれない。生きると決心したなら、どんな絶望的なことになっても生き残ることができる」。これは元妻に、二度とギャンブルはしないと伝えるメッセージだった。彼女は李の言うことを完全に信じてはいなかったし、実は李も同じだった。乗客がいないとき、李は回想に耽《ふけ》った——半分は後悔、もう半分は甘美な思い出だった。はるか若い昔の放蕩の日々のこと。最高のときであり、最悪のときでもあったのだ。

二枚目の写真は漢口駅での彼の姿だ。誰が写真を撮ってくれたか、もう李には思い出せない。いまより若い外見で、別の古いバイクに乗っていた。それは二〇一八年のことだった。それから李は何回もバイクを押収されては買い直した。三枚目の写真は、岩を押しているアリの群れだ。キャプションにはこう書かれている。「あなたが目標に向かって進むとき、世界はあなたのために道を作ってくれる」

李はロックダウンの日々の思い出を懐かしがっていた。パンデミックが大きな災いをもたらし、数百万人が苦しみ怒った日々。実際、それは李にとって一番幸せな時期だった。「非合法だし危険だったけど、本当に幸せだった」

しばらく黙りこんだ後、自分も怖かった、ウイルスは怖かったと、ついに李は認めた。病気になって死ぬのを恐れていたが、他に選択肢はなかった。「他にどうしろと?」と彼は大げさに言い放った。「一日を働き一日を生きる。死ぬときは死ぬさ」

これから先について、李には何の計画もない。「俺くらいの歳だと、他に仕事は見つからないんだ。最後までバイクタクシーに乗り続けるよ。後はできることを何だってやるさ」

「それから後は?」と聞くと、彼は突然笑い出した。「それから後なんてないよ」。再び笑い、帽子を下げて顔半分を隠した。「その後なんて、ないんだよ」

第四章　光を追い求めた男

1

それは旧暦の大晦日である一月二四日。劉霄驍《リウシアオシアオ》は独りで夜を過ごしていた。餃子を食べ、CCTVで春晩を視た。彼が特に気に入ったのは、「過年Disco（訳注・年越しディスコ）」という曲で、香港の歌手ウイリアム・チャンが赤い衣装で二人の共演者と、金色に輝く舞台で歌い踊るものだった。「この最高の刻《とき》、この最愛の刻」という歌詞に続き「忘れちゃいけない、どこにいても、みんな永遠に中国人だよ」と歌っていた。

「過年Disco」は高速鉄道や5G通信、ネット経済を祝賀する幸福な曲で、暗に共産党の統治を讃えていた。劉霄驍は元気がなかった。武漢での疫病流行を心配していたからだ。八〇〇人以上が新型コロナウイルスに感染し、二六人が死亡したと発表された、その日のことを数カ月後になっても考えていた。「人数は日ごとに倍増していました。一体、次はどうなるか、と」

劉霄驍は三四歳、武漢の小管区である烏家山《ウゥジアシャン》の呉家山第四中学で代理教師として働いていた。春節前の一カ月も、彼は授業をしていた。多数の武漢市の住民が感染していたが、ウイルスについては全く何も知らなかった。

二〇一九年一二月のある日、幼稚園が「インフルエンザのため」閉鎖されたが、間もなく再開されたことは何となく覚えていた。政府からの説明は全くなく、教室内の換気を保つよう学校幹部が指示を受けただけだった。

二〇一九年の最後の日、彼の携帯電話に新たな記事が配信された。それは二七例の「未知の原因による肺炎」が武漢で確認されたというものだった。しかし「この疾病は予防可能で制御下にある」ので大衆はパニックになる必要はないとも伝えていた。二〇二〇年一月一九日になっても政府高官は記者会見で、新型コロナウイルスは「感染性は高くなく」「リスクは低い」と主張していた。だから「予防可能で制御下にある」のだと。

多くの中国人と同じく劉霄驍は、そのニュースが国営メディア発でも信じていた。武漢の警察が八名の「デマ」を「流した人間を」「法に基づき処分した」という記事も読んでいたが、すぐに忘れた。

習近平が権力の座に就いてからの八年間、国中のどこの警察署も「デマ」を弾圧するのに忙殺《ぼうさつ》されているという記事を何回も読んでいた——そのデマはフェイクニュースのこともあったが、多くは政府への批判だった。どのようなデマが流されたのか、実際に関心をもつ人間はおらず、それは劉霄驍も同じだった。政府がパニックになるなと言うから、彼はパニックにならなかった。日々の決まり切った授業と、家庭教師のアルバイト、そしてネットの乗車予約サイトで入った仕事で車を走らせることもあった。一月二三日になっても劉は生徒の家で何の予防措置もなく指導をしていたし、生徒も同じだった。

その一月二三日は世界が震撼《しんかん》した日だった。午前一〇時、政府の命令で、武漢の空港と鉄道駅は閉鎖され、市内交通は停止された。市内への出入りは誰にも許されなかった。一一〇〇万人の市民が巨大な監獄に閉じ込められたのだ。

数百万の武漢の住民が恐怖と悲嘆にくれていた頃、北京の春晩のテレビ出演者は歓声を上げ、歌っていた。ある武漢の商店主は、「ジャッキー・チェンが『問我国家哪像染病（わが国が病気に見えるかい?）』を歌っているのを見たとき、私が何を考えたか分かるか?」――口汚く罵《のの》りながら――「私は見捨てられたと思ったよ。この国に見捨てられたと。私らみんな見捨てられたんだ」

武漢のロックダウンの日、劉霄驍は武漢を去り生まれ故郷に帰っていた。故郷の安陸《アンルゥ》市は武漢から一一〇キロ離れた小さな街で、父の劉時禹《リウシーユィ》は老人ホームで暮らしていた。春節には家族が集まるのが伝統で、父親を訪問しなければならなかったのだ。

劉霄驍によると、故郷への旅は「スリラー」だった。夜明けに出発した。厳しい寒さで武漢の街頭には、ほとんど誰もいなかった。無人の街頭に降る雨のカーテンを、彼の車のヘッドライトが貫いていた。武漢の街は、はるか昔に死んだかのようだった。高速道路は閉鎖されていたが、まだ知恵のあるものはいつも、中国の法律と規制の「裏道」を見つけ出すものだ。暗闇に隠れ、まだ警察が閉鎖していない狭い横道を猛スピードで運転していった。そうして安陸へとたどり着いた。

劉霄驍の人生は、いつも病人とともにあった。一八歳のとき、母親が白血病と診断された。入院の数日後、彼女は治療の中止を決めた。息子の大学教育費のために節約したいというのだ。四〇日後、母は亡くなった。

　その一年後、父の劉時禹が脳卒中の発作で意識を失った。治療に五万人民元（約九〇万円）もかかり、一家は破産した。劉霄驍は親戚と学校からの援助に頼って、なんとか手術費用をかき集めた。最も苦しかったときはビルから飛び降りることも考えた。

　手術後、父には障害が残った。左半身は麻痺し、ゆっくり出歩くにも車椅子か杖が必要になった。まだ劉霄驍は大学在学中で、父親の世話ができないので、老人ホームに入所させた。一〇年が経ち、劉時禹の身体は骸骨《がいこつ》のようになっていた。

　次は劉霄驍の恋人、陸雪《ルウシュエ》だ。物語の最初は素晴らしかった。少女は少年と恋に落ちた。家族の反対にもかかわらず、彼女は家から遠く離れたところにいる彼と一緒になるため、五〇〇キロの距離を駆け落ちしたのだ。

　彼らは幸福に七年間暮らしたが、二〇一三年に陸雪は大腸ガンとの診断を受けた。彼女の家族には一銭の貯蓄もなかった。劉霄驍だけが頼りだった。

　病院に連れて行くと、彼女は化学療法を受け大腸の大部分を切除した。彼は貯金を使い果たしたが、それでも治療は十分ではなかった。友人や親戚に懇願し、メディアにも助けを求めた。二、三の新聞や雑誌が、それを記事にした。陸雪の脚を洗っている劉霄驍の心温まる写真も掲載された。テレビのメロドラマのようなエピソードで、婚約式の「舞台」も設けられた。こうした応援はあったが、巨額の医療費用に対しては焼け石に水だった。努力は報われず、最後にはすべての方策が断たれ、劉霄驍は絶望の末に立ち去ることになった。陸雪の絶望はさらに深く、病院で横たわり死を待つだけとなった。

多くの中国人と同様、劉霄驍は災難があっても神や他人を罵ったりしない。すべては運命だと胸に納めるのだ。何度も溜息をついて劉は言う。「どうしようもなく運が悪いんです」と。中国で深刻な疾病を治療できる余裕のある人は少ない。白血病やガンといった「金持ちの病気」で中流家庭は破産の危機に陥る。貧困層にとっては確実な死を意味するのだ。

安陸市に戻った劉霄驍は、やっと武漢の惨劇がどれほど深刻なものか実感した。情報を求めてネットを調べ、答えを求めた。心を落ち着けたいと思ったが、次第に疑問を持ち始めた。人を助けるために、何かすべきことがあるんじゃないか？「僕は若くて体も丈夫です」と彼は語る。「みんなウイルスから逃げていましたが、やるべきことはあったのです」

翌朝、彼は微博《ウエイボオ》（訳注・中国のミニブログ）に投稿し、ボランティアになるため武漢に帰ると宣言した。決意を示すために当時の雰囲気に沿った台詞を付け加えた。「命を賭けることになっても報酬はいらない」。ボランティアになるのはたやすいことではないだろう。救援計画に普通の市民が参加する準備を、自信過剰の政府は完全に怠っていた。劉霄驍はオンラインでボランティアの申し込みに記入したが、中国赤十字社に電話しても係員は劉の申し出に興味がなさそうだった。

一月二五日になるとウイルスは中国全土に拡散し、タイや日本、米国など多くの外国にも到達していた。その日、安陸市はロックダウンを宣言した。湖北省以外の中国全土、あらゆる地域で武漢から逃げてきた人間の探索が始まっていた。湖北省に続く道路は封鎖され、多くは道路に溝を掘って通れなくしていた。湖北省のどこからも出て行けなくなり、いまや大海に浮かぶ孤島となっていた。

劉霄驍は微博に再び投稿した。「命を賭けることになっても報酬はいらない」――そして不安を感じつつ待ち続けた。翌日、状況は好転した。三名の女性がネットで彼に連絡を取ってきたのだ。彼女たちは武漢の病院から来ていた看護師で、戻るために手助けを必要としていた。看護師と医師は最高レベルの通行証を持っていた。それを利用して劉霄驍は、安陸市を出て高速道路で三名を武漢市に送り届ける許可を申し出た。

劉は安陸を抜け出すと、栄光ある戦いのために武漢に戻ってきた。

劉霄驍が武漢に戻ってきたのは一月二七日だった。まずボランティアになるため赤十字社へ行くと、電話の応答係を割り振られた。二日もすると、その仕事は「退屈」で「満足できない」と感じ始めた。赤十字社で非常に良い食事が出たことへの罪悪感もあった。武漢では食料も薬剤も、病床も不足していた――実際に、ありとあらゆる物が不足していた。コロナで有名になった武漢協和医院の最前線で命を救おうと闘う医師たちは、インスタントラーメンで空腹を凌《しの》いでいた。

ところが赤十字社には消費しきれないほどの食料があった。「豪華な弁当が食べ放題でした」

と劉霄驍は語った。「ヨーグルトやリンゴ、オレンジなどの果物がうず高く積み上げられ、誰も触ろうとしません。朝食は蒸し饅頭《まんじゅう》や具入りの饅頭や卵……どれも山ほどありました」。あまりに居心地が悪くて、劉は辞めることにした。「武漢は恐ろしいことになっているのに、僕のような若者が毎日大食いしていていてどうするのか」

外国と違って、中国赤十字社は独立した慈善団体ではなく、中国共産党の下部組織と言った方がいい。上層部は大部分が共産党員だ。ここ何十年かは、幹部が愛人に金を貢《みつ》ぐために寄付金を横領するなどのスキャンダルで評判を落としていた。SNSでは「黒十字社」と呼ばれていた。黒は中国で腐敗や邪悪さを意味する。コロナ禍のいま、中国赤十字の巨額の資金は遊んでいた。緊急に必要とされるマスクは、最前線の病院からウイルス感染症の治療をしない私立の個人病院に振り向けられていた。

赤十字社を去った劉霄驍は、緊急に移動しなければならない人を搬送する相乗り自動車のボランティアに参加した。公共交通機関はすべて運行を中止しており、私有車の使用は禁止されていた。数百万の人間が自宅に閉じ込められ、その中には医師や看護師、そして妊婦や重病の人も含まれていた。

劉霄驍はオレンジ色の安っぽい国産車を運転していた。ガソリン代は自分持ちで、街中を走り回って助けを求める人を搬送した。一銭もカネは支払われなかったが、劉は幸福だった。朝早く自宅を出て夜に帰宅する。一日中駆け回っていたが、食事できる場所を見つけるのは難しかった。

料理店は全部閉まっていた。パンやクラッカーや卵、時には調理された料理をくれる人もいた。その頃の彼は幸せこの上なく、新しい玩具を見せびらかす子供のように写真を撮ってはＳＮＳで友人と共有していた。「温かい焼きそばが本当に美味しかった」。「ご飯に醤油をかけて、それだけで十分でした」

一月末になると礄口区《チアオコウ》にある一軒の料理店が、無料で食事を配り始めた。劉霄驍は何日も通いつめて「ご馳走になった」。弁当箱を手に道端に立っていると、心が感謝の念で一杯になった。「この世界に、こんなに親切な人が、どうしてたくさんいるんだろう？」

後に彼は短い動画を投稿した。そのタイトルは「食事待ち行列旅団」で、少なくとも一〇〇台のボランティアが運転する自動車の行列が映っていた。「食事を手に入れるのは簡単じゃありませんでした」と、彼は溜息をつく。「この自動車の列の長さを見て下さい」。中には弁当をめぐって喧嘩するボランティアもいた。

劉霄驍は一流大学を出て教師をしているが、それまで、自分にどんな権利があるか、あまり考えたことはなかった。また、その権利のために闘うことなど考えたことはなかった。それでも自分の住む街が災害に見舞われたとき、彼は苦境に立つ人を助けるため、闘いへと踏み出したのだ。

2

二月四日、父の劉時禹は再び病に倒れた。診断は「ウイルス感染疑い例」。それは危険な兆候で、老人ホームは武漢にいる劉霄驍へ電話をかけてきた。すぐに治療のため、父親を指定された病院へ連れて行くよう指示された。

老人ホームの料金は安く、食費やサービス料も安かった。部屋の空気には汗と尿の悪臭が染みついていることが多かった。劉時禹はそこで十数年も暮らし、病気にかかることも度々だった。しかし劉霄驍によれば、父は「精一杯暮らしていました」

脳卒中は劉時禹の言語能力に、そして恐らく認知にも悪影響をもたらしていた。頑迷になり、意思疎通も極端なまでに難しくなっていた。「父は本当に分別がつかなくなっていました」。

「どうやって父さんを病院に連れて行けばいい？　どうやって？」。劉霄驍は電話口で何度も訊ねた。「どの道もロックダウンされて武漢からは出られないし、安陸からも出られないのに」。しかし老人ホーム側は譲らなかった。「たとえ歩いてでも、こちらに来て下さい」

劉霄驍は途方に暮れて、役所から役所へと回った。助けを、武漢を出る許可を得るためだった。

勤め先の学校、民政局、市長のホットライン、安陸と武漢の防疫指揮部へと電話した。文書を要求するところもあったが、それは新たな難題を伴い、一つの役所から別の役所へと行きつ戻りつすることになった。やっと二月七日になって回答が確定した。「許可できない」

劉霄驍は、理解はできると語った。当時、武漢とウイルスはイコールだったからだ。「他の地域にとり、武漢から出てきた人間は大きなリスクを意味していたのです」

劉霄驍は救急用ホットラインの番号「一二〇」に電話し、劉時禹を病院に運んでくれるよう頼んだ。電話オペレータは人手が足りないと告げた。次に安陸市の市長ホットラインに電話したが、答えは劉を見下すものだった。「君のような若いもんは親孝行せんといかん。親を政府に押しつけることを考えるんじゃない」。劉霄驍は、責任逃れをしたいわけではないと必死に抗弁した。だが、子として親孝行せよという以外の答えが返ってくることは決してなかった。「政府は市民の面倒を見なくてもいいと言うのでしょうか？」

中国には、子供が親の面倒をみるよう求める法律がある。その責任から逃れたものは親不孝の烙印《らくいん》を押されるだけでなく、刑罰に直面するかもしれない。多くの病気になった老人が自殺を図るのは、子供の重荷になりたくないからだ。

二月七日の夜、武漢の住民は李文亮医師の死に激怒し、叫びを上げた。同じ頃、劉霄驍は微博に助けを求める必死の書き込みをしていた。「どこかに私の父を病院に連れて行ってくれる親切な人はいませんか？」

応じた者はいなかった。政府や北京と武漢のメディア、そして有名な富裕層のSNSアカウントに向けて何度も投稿したが、返答はなかった。

絶望のどん底でも、劉霄驍は考えることを止めなかった。「みんな困難を抱えている。それでも、私には何ができるだろうか」。そう微博に投稿した。

彼は再び、老人ホームに助けを求め、電話で懇願した。しかし「何があっても来て下さい。あなたの父親の問題を我々に押しつけないで下さい」とホームの責任者は言った。懸命にお願いしても何も変わらないと分かっても、彼は頼み続けた。いくら頼んでも無意味と悟ると、今度はメディアに駆け込むぞと言った。武漢市と湖北省の政府に報告するとさえ言った。責任者の答えは、「上層部に問題を持っていっても、結局は、この老人ホームが扱うことになるだけだよ」だった。

劉霄驍は怒り、そして意気消沈した。一瞬、陰鬱《いんうつ》に黙り込んだ後、彼はふと質問した。「私がカネを払ったら？　いくらでも払いますよ」

それは法外な解決方法だった。劉霄驍が一万人民元（約一九万円）を払うと、老人ホームの責任者は介護者を探す手助けをした。二月九日、介護者の楊《ヤン》おばさんが劉時禹を病院へ連れて行った。数時間後に、劉霄驍に電話がかかってきた。劉時禹は重態だというのだ。それから一、二週間、安陸市中医院（訳注・中医院は漢方医学病院を意味する）は大量の「重態」通知を連発した。劉霄驍は父の死を覚悟した。

別の報せが届いた。劉時禹を検査したところ、新型コロナウイルスは陰性だったというのだ。

病院側は劉霄驍へ、父親を病院から即座に運び出すよう求めてきた。劉は驚いた。「あんたが父は重態だと私に言ってきたのに、どうやって父を退院させられるんだ？」

病院側は回答した。「非常時なんです。新型コロナウイルスに感染していないなら、こちらには治療の義務はありません」

劉霄驍は二日間、渋り続けた。二月一九日、病院側は最後通告を突きつけた。「劉時禹さんは退院しなければなりません」

その頃になると、劉時禹はかなり弱っていた。ほとんど食事をとれず、きちんと座ることすら難しかった。さらに悪いことに、行く場所がどこにもなかった。劉霄驍は老人ホームの責任者に電話して、父が戻れるか尋ねた。交差感染の恐れがあるので、治療のために老人ホームをいったん退去した者の再入居が認められないことは、政府規則に明確に規定されている。それが責任者の返答だった。

二月二〇日の午前一〇時、一台の自動車が安陸市中医院から走り出した。乗客は劉時禹と介護者の楊だった。自動車は二人を、病院から遠く離れたところへ連れて行き、停車すると、劉時禹と介護者は突然、不要品のように道の真ん中へと放り出された。

武漢に閉じ込められていた劉霄驍が後に語ったのは「誰に怒ればいいか分からなくなって」、困り果てていたという。

残された選択肢は一つしかなかった。全中国人にとっての最後の選択肢――コネを見つけることだった。電話番号が分かる昔のクラスメイトを探し、王《ワン》という名の役人に必死に頼み込み、結局は王が劉霄驍の守護神になってくれた。

彼は劉霄驍に別の電話番号を教えてくれた。そこからさらに多くの電話番号に繋がっていき、その全部に劉霄驍は電話をかけ、ついに父親の受け入れ先を見つけ出した。そこは閉店した安陸市の料理店で、臨時の病床になっていた。体が弱り食欲もない劉時禹は、それから数日間、急造の木製ベッドの上で過ごすことになった。

劉時禹は空き家となった料理店内の木の板に横たわっている間、微熱が続いていた。安陸市中医院はコロナウイルスには感染していないと言ったが、何の病気にかかっているのか、どんな治療が必要かは言わなかった。

二月二九日の夜明け頃、父は激しい吐血を始め、ベッドと毛布に血を撒《ま》き散らした。介護者の楊がその様子を写真に撮り、劉霄驍に送ると、劉は行動を起こした。ベッドを確保したときと同じ手順で、次々と電話をかけた。夜明け頃になって、劉は父を別の病院に送り込むことができた。病院では基本的な治療が施され、劉時禹を数日間滞在させた。

三月八日、劉時禹は再び病院を追い出され、料理店の木製ベッドに戻らなければならなくなった。数日が経ち、劉時禹の病状は悪化した。何度も吐血し、三月一六日の午前二時、劉霄驍は父の写真をSNS上の友人に送った。それは劉時禹の痩せた顔と半開きの眼、そしてベッドの周囲に撒き散らされた血を映し出していた。

劉霄驍は友人に、自分は肉体的にも精神的にも疲れ果て、もうすぐ潰れてしまうと語った。いまの状態のまま、父をこれ以上安陸市には置いておけなかった。あらゆる手段を駆使して父を武漢に連れてくる決心をした。

実行は凄まじく困難なことも分かっていた。劉霄驍は再び微博と微信で協力者を求めた。ボランティア仲間に助けを求め、ラジオやテレビ局に連絡を取った。守護神である王氏が今回も応じてくれ、劉時禹を安陸市から武漢の外れまで運ぶ自動車の手配をしてくれた。その日、劉霄驍はとうとう、父と高速道路の進入路で再会することができた。父を抱き上げると、哀しみが波のように襲ってきた。「数年前よりずっと痩せ衰えていました」と彼は語る。「脚の筋肉がなくなって、棒のような骨だけでした」

その日の午後、父を武漢に連れてきた劉霄驍に、新たな苦難の道のりが始まった。父を治療してくれる場所を見つけ出すのだ。数え切れないほど電話をかけ、数十人を尋ね歩いた。しかし父のための病床は一つも見つからなかった。

三月一六日の午後、劉霄驍は武漢同済医院の急患受け付けへ何時間も電話をかけた。ずっと話し中だったが午後八時になって、やっと通じた。「来ちゃいけない。ここは人が多すぎて、喧嘩になりかけている」と応答した医師は言った。

その頃、劉時禹は死期が近づき、話もできなくなっていた。劉霄驍は父を東西湖区《ドンシーフー》の協和医院に急いで運び込んだ。医師は劉時禹に基本的な治療を施し、CTスキャンを手配した。予備診断で新型コロナウイルスの可能性は退けられたが、病院は劉時禹を入院させようとしなかった。劉霄驍は父を夜の寒気の中へ連れだすしかなかった。

それは長い一日だった。心底疲れ果てた劉霄驍は、自分ひとりで父の面倒を見ることも、受付を済ませ、料金を払う列に並び、父にすべての検査を受けさせるなど、病院での複雑な手続きをするのも無理だと実感した。友人に助けを求めるしかなかった。その一人は夏倫穏《シアルンウェン》だった。

3

二〇二〇年一月初旬。武漢から一〇〇〇キロも離れた小さな街で夏倫穏は、家族から見捨てられた。数日前、妻は実家に帰った。娘を連れて行ったが、夏も一緒に来るようにとは言わなかった。

四〇代の夏倫穏は一風変わった男だった。大学の学位は持っているが、二〇以上の職――工場労働者、教師、セールスマン、足のマッサージ師――を転々として、どの仕事も長くは続かなかった。

マッサージ師をしていた頃、夏は自分のマッサージ技術で多くの病を治療できると信じていた。女性の大腸ガンさえ治せると。しかし、そう信じていたのは彼一人だった。彼の星座は山羊座だが、中国の五行思想によると、彼の干支は「天上火」（訳注・太陽を意味し、人の上に立つ運を持つとされている）。彼は自分には使命があると確信していた。「俺の干支は毛沢東主席と同じだ」と何度も自慢していた。

パンデミックが始まる直前、ネットで地方の共産党書記を「中傷する」記事を見かけた。それを自分にとってのチャンスと考えた彼は記事をプリントし、市の共産党委員会のビルに駆け込んだ。党書記に直接訴えたいと思ったのだ。

夏は自分が誰かを密告しているとは思っていなかった。「ただの情報提供だよ」と彼は語る。その「情報」が自分をこの国の権力と富へ誘う切符だと想像していたのだ。「どんな権力者も後ろめたいところがある。そいつを俺が助ければ、そいつが俺を助けてくれる。そして俺は権力者になれる」。不幸なことに彼は失敗した——警備員が委員会のビルに入らせなかったのだ。彼らと少し押し問答した末に夏は退いた。落胆したが、それも長いことではなかった。古代中国の哲人である孟子の教えを読んでいた彼は、大望を抱く人間はあらゆる種類の苦難と出会うものだと知っていたからだ。

夏は旧暦の大晦日を独りで過ごした。ご飯と炒めたブロッコリーを食べていた。彼もＣＣＴＶの華やかな春晩を視ていた。武漢で進む大惨事について司会者が話しても、夏は全く心配しなかった。実際には興奮していたのだ。中国で何か凄いことが起こっている！　何かデカいことに違いない！　と。

彼にとって「何か凄いことが起こっている」というのはチャンスを意味していた。もっとも、そのチャンスをどうつかみ取るか、当時は分かっていなかったが。刻が来るのを待たなければならなかった。夏の言葉によれば、「俺の幸運の瞬間は、これからだ」であった。

二月七日の夜遅く、武漢市民が李文亮の死に怒り騒いでいたとき、夏倫穏も悲嘆に暮れていた。

「涙が流れたよ」と夏は言う。武漢市長のホットラインに電話し、政府が李医師を殉難者に叙するよう強く求めた。電話を受けた若い女性は機械的に言葉を述べて電話を切った。恐らく彼女は夏の強い訛りを理解できないか、話をして係わり合いになりたくなかったのだろう。夏は驚かなかった。逆境には慣れており、失敗を前向きに考えるのは得意だった。

二カ月後、武漢市政府は本当に李文亮を殉難者に指名した。夏は自分が、この決定に大きな役割を果たしたと確信していた。「いいかい、俺はこの指名をするよう、だいぶ前に市長に話したんだ」、夏は喜んだ。高官の魂が自分の中に生きているかのように喜んでいた。

夏倫穏に「幸運の瞬間」がようやく訪れたのは、二月二〇日だった。テレビのニュースによると、支援のために武漢へ行った人間は誰でも、死亡した場合、殉難者に指定されるというのだ。夏は自分の刻が来たと思い、興奮した。何枚かの衣服をバックパックに詰め込み、二五〇〇元の貯金を持って、武漢へと出発した。妻と娘に別れの言葉を告げることもなく。

夏は殉難者になるつもりはなかった。「俺は絶対に死なない」と彼は語った。「天が何とかしてくれるさ」

自分が武漢で何ができるか分からなかったが、大きな野心を抱き、成功を確信していた。「俺は慈善家になりたかったけど、それにはカネが必要だ。どうやってカネを手に入れる？」目を輝かせた四十路の夫であり父である男はこう言った。「考えに考えた。まず有名になる」

夏は、武漢への旅で自分がネット上の有名人になれると考えていた。「戻ってきたら、党書記と市長が出てきて俺を出迎えてくれる」、彼は確信して友人に話したが、誰も彼のいうことを信じなかった。

その頃、武漢へのあらゆる交通機関は停止していた。夏は長く苦しい道を選んだ。鉄道を三回乗り換えて、湖北省に接している安徽《あんき》省にたどり着いた。到着後の三日間、夜明けから夕暮れまで約一五〇キロを歩いた。足は水ぶくれで一杯になった。「刺すように痛かったよ」

多くの村や町を歩きながら多くの人に出会い、多くの詩篇をまとめた。彼は才能豊かな詩人で、恐らく数万篇の詩を書いてきた。何度も取り上げてきたテーマは毛沢東。彼と毛は「同じ干支」だからだ。

毎年、この日、あなたを言祝《ことほ》ぐ
心の中の毛おじいさん
あなたの肖像画に跪《ひざまず》き
三度の叩頭《こうとう》の礼を捧げる
わが英雄、毛沢東に敬礼を！

こういう詩で文学編集者の興味を引くことは難しいが、夏は諦めなかった。歩けば水ぶくれの痛みが足を刺したが、詩人としての魂は意気盛んだった。日の出を、日没を、トンネルや橋を、饅頭やインスタントラーメンすら詩にしたためた。自分の詩の話をしている間は、誰も彼を止めることはできない。

「俺は詩を書いた」、彼は大真面目に人々に話した。誰かが話題を変えようとすると、彼は熱くなって大声で繰り返した。「俺は詩を書いた！　俺は詩を書いた！　俺は詩を書いた」

二月二五日、夏は湖北省英山県へ到着した。二人のボランティアが彼を車に乗せてくれた。武漢に到着したときは真夜中になっていた。インスタントラーメンをガツガツ食う疲れ果てたボランティアたちを見て、夏は尋ねた。「こんなものをいつから食べてるんだ？」

誰かが「一カ月以上だよ」と答えると、夏は頭を振った。「栄養がなくて健康に悪いよ」。夏は部屋にいる人間を見渡した。「こんなの、俺は食べたくない。誰か米の飯を持ってきてくれないか？」

夏倫穏は幾つものボランティア組織の活動に参加した。荷物の積み下ろしや輸送、ホームレスへの食事の配達などだった。ボランティアはお互い見ず知らずだったが、あの緊迫した日々のなかで協力しあい、多くの人が苦境に打ち勝つ手助けをした。そして深い絆が形作られた。ボランティアたちはお互いを「同志戦友」と呼んだ。彼らは夏倫穏を心から受け入れて、偽りのない気持ちを何度も語り合った。

しかし夏は間もなく、こうした組織から追い出された。「夏さんは変な人でした」と、彼を知るボランティアは語った。「あまり真面目に働かず、食べ物と衣服にはうるさくて。年がら年中、おかしなことを言って指示に従いませんでした。本当に皆から浮いていたんです」

陰で同僚が自分について何と言っているか、夏は知らなかった。そして自慢した。「武漢では色々と素晴らしいことをしたんだぜ。本当に沢山、いいことをさ」

三月二日、彼はネットに「武漢にいるおばあちゃんへの手紙」というタイトルの記事を投稿した。それは自己紹介と「我らが偉大な共産党と政府」に触れていた。武漢市の新しい党書記による演説があまりに素晴らしく「自分は泣いた」こと、そして自分が歩き回った様子を詳細に書き連ねた。「雨にもかかわらず」、武漢にいる老婆のために食料品を買ったというのだ。「あなたのために食料品を買うのは光栄です。人参や大根そしてキャベツを買いました。豚肉や醬油、酢、塩、そして欲しがっていた消毒剤も買いました。そして自分がもらった果物をあなたと一緒に食べました！」

買い出しには一〇〇人民元以上かかった。老婆は支払おうとしたが、夏は受け取ろうとしなかった。老婆の娘と孫もカネを払いたがったが、彼によれば、拒んだという。彼は自分に感謝を受け取る権利はないと思ったからだ、と。「娘さんとお孫さんは礼を言ってくれたが、そんなことはしなくていいと俺は言った。代わりに共産主義青年団の中央委員会に感謝してくれ」

夏は「正直に話している」と言ったが、全く純粋に正直な発言ではないかもしれない。彼は共産主義青年団とは無関係だ。すでに四〇代だから、青年団のメンバーでなくなって久しい。共青団で何らかの地位に就いたこともない。その投稿が共産主義青年団の関心を引くことを狙っていたようで、「匿名での善行」によって報奨を受けようとしたのだろう。悲しいことに彼の記事はあまり関心を呼ばず、栄光への旅は遠い夢のままだった。

記事をネットに投稿した後、夏は浮浪者を「拾った」。その男は五〇代で貧しかった。武漢市内に何日も閉じ込められて、凍えて飢えていた。夏は彼を自分のすみかに連れて行き、食べ物とダウンジャケットすら与えてあげた。そして親切さと寛容ぶりをみせた後に、あまり親切ではないことをした。警察を呼んだのだ。「同志警官殿、捕獲済者がここにいます……」

「捕獲済者」とは、行く当てもない浮浪者のことを指していた。ロックダウン中の武漢では、そうした人々はひどい扱いを受けていた。武漢を立ち去ることもできず、食べ物を乞う所もない。中国中部の冬の苛酷な寒さの中で、橋の下や工事現場、廃ビルそして挙げ句の果てには（新型コロナウイルスの発生源と考えられている）華南海鮮卸売市場で雨風を凌がなければならなかった。そうした人々を政府高官は目にしたくなかったので、警棒や殴打、そして冷たい水が出る放水銃で追い払われることが度々だった。二〇二〇年三月になって初めて政府はわずかな憐れみを見せて、屋内の避難所に入ることを許した。

すぐに警官が夏の部屋にやって来た。彼らは浮浪者を連行するだけでなく、夏についても疑っていた。夏は逃げ出したが、間もなく別の警官たちに取り押さえられた。「俺はただの通りすがりだ」と彼は警官に告げたが、身分証明書を見せようとはしなかった。警官が夏の身体検査をしようと手をかけると、「あんたは法を執行しようとして法を犯している！」と夏は叫んだ。「俺の人権を侵害してるんだぞ！」

その真夜中、夏は十数名の「捕獲済者」と共にホテルに拘束されていた。清潔なシーツと無料の食料があったが、二四時間監視でドアは厳重に警備され、許可なく立ち去ることは誰にもできなかった。そこに夏は三日間滞在した。

ドア越しに捕獲済者と少し話をしたが、どの話も楽しいものではなかった。「あいつら罵りまくっていたよ」と夏は語った。「大量の負のエネルギーが、そこに溜まっている」ことを彼は感じ取った。もし火事になったら誰も逃げられない。いまも生々しく残る恐怖を語った。

夏は、負のエネルギーが充満している、この場所を立ち去る決心をした。彼は警備員に慇懃《いんぎん》に話した。「僕はボランティアなので、働かないといけないんです」。三月四日、彼はネット上で数十個の弁当の寄付を料理店から募ったうえで、他のボランティアに助けを求めた。「誰か、弁当を配るために僕を自動車に乗せてくれないか?」。数秒後に「東西湖区のボランティア劉先生」という名のボランティアが反応してきた。

劉は夏をホテルで拾い、一緒に弁当を集めると配達を行った。その後の数日間、夏は劉先生と何度も協力して、医師や看護師、空腹のボランティアに食事を届けた。その間、泊まる所がなかった夏は、劉先生の自動車で寝泊まりした。夏は感謝し劉先生を「とても輝かしい人間」だと何度も讃えた。

4

劉霄驍はＳＮＳの投稿で「光を追い求める人間になりたかったんです」と書いた。父親の重い病状にもかかわらず、彼は武漢で懸命に働いていた。彼は疲れ果てた医師や看護師を、缶詰やインスタントラーメン、冷凍餃子や薬品と一緒に車で運んでいた。彼は困っている人をボランティアで乗せながら、多くの苦難を目撃した。スーツケースを引きずる白髪で高齢の市民、死産した妊婦、帰宅のため数十キロを歩く覚悟の人もいた。そうした人々を劉はできる限り手助けしたが、それは一種の償《つぐな》いだと考えていた。「僕も過去に幾度となく助けを必要としました。だからいま、誰かを助けたいのです」

夏倫穏も苦しんでいる一人だった。家を出発したとき持っていた二五〇〇人民元はとっくに使い果たし、生き延びるには他人を頼らざるを得なかった。警察を恐れて、一人で外出したくなかったし、外出するときは誰かの自動車に乗せてもらわないといけなかった。劉霄驍の車で寝泊まりした後、夏には長期間泊まれる場所もなかった。

夏は数日ごとに「お願いだから誰か泊めて」というメッセージを投稿していた。親切な武漢市民が家に迎えてくれることもあったが、すぐに夏の熱狂的なおしゃべりに嫌気が差した。しかし、悪いのは自分だと夏が考えることは絶対になかった。「俗物だ」とか「負のエネルギーに満ちている」とかいって、常に他人のせいにした。

漂流を続けている間、夏が詩作を止めることも絶対になかった。最も創作意欲に恵まれた武漢での日々に、次のような詩を数十篇も書き連ねていた。

しなやかな中国！
東洋にそびえ立ち、
太陽の如く明るく、
米国すら称賛し見とれる

夏倫穏は自らを「調整役」と名乗っていた。運転の仕方は知らなかったし、何の資源《リソース》も持っていなかった彼の最大の長所は、時間がありあまっていることだった。メンバー間で必要な資源を融通しあう、微信の複数のグループに夏は参加していた。彼の仕事は異なるグループに対し「誰かマスクを持っていないか？」とか「弁当が必要なのは誰だ？」といったメッセージを投稿することだった。

劉霄驍は、それらを痛快だと思っていた。「夏兄貴はすごい」と劉は称賛した。「物はほとんど持っていないし、大したこともできない。でもボランティアを立派にやっている」。劉が父親のケアのために助けを求めるメッセージを投稿して、夏が調整し、結果的に調達できたマスクや衣服、弁当などを金額に換算すると、一万人民元分にも達した。

夏が参加していたボランティアのグループは、中国民間中医援鄂《ウァ》医療隊（訳注・鄂は湖北省の略称）と呼ばれていた。それはあまり芳《かんば》しくない評判のチームだった。グループには老荘哲学の司祭や仏教僧、国中から集まった呪術師や錬金術師が加わっていた。彼らは奇妙な衣装を着て異常な振る舞いをしていた。多くの者は医療施術の資格を持っていなかったが、自分には魔法のような技術と超越的な技巧があると思い込んでいた。新型コロナウイルスが流行している最中、彼らは患者を治療することを望み、命がけで武漢に来ていた。しかし彼らの支援を受け入れる病院はなかった。最終的に、彼らの魔術療法は治療の必要がない人々に施されていた。

夏は度々、彼らの漢方薬を配る手助けをした。夏によると、薬の中にはエイズや白血病、そして咳や熱にも効く神からの贈り物もあったという。効能を固く信じた彼は自分の説くところを実践し、インチキ魔法薬を次から次へと飲み続けた。こうして彼はライフワークへとたどり着いた。「俺は心底考え抜いた。俺の理想はいま……」、彼は一語一語はっきり区切って言い切った。「俺は、奇跡を、起こす、医者に、なりたい」

夏は医療教育を受けたことはなかった。しかし、彼にとってそれは何の障害にもならなかった。彼は神秘主義的な医学を「倫理療法」だと信じた。それは生理的な疾病を、すべて人間関係に起因しているとするものだった。

「頭痛の原因は何か？　頭痛は自分より優れた者を攻撃することで生じるもので、年長者や指導者との反目を意味する」。同じ論理で、腰痛は同輩からの攻撃の結果だ、と。脚の痛みは部下や若者への攻撃による。

劉時禹の病状について夏に知識はなかったが、自説を援用して「お父さんに手術を受けさせてはいけない」と夏は劉霄驍に説いた。「お父さんには漢方薬を与えないと」

劉霄驍は友人のアドバイスに従わなかった。三月一七日の朝、劉は夏の助けを借りて、父の劉時禹を有名な武漢協和医院にかつぎ込んだ。夏によると劉時禹の手は凍え、咳が続いていた。劉時禹は痰を直接マスクへと吐き出していた。「父は数十枚もマスクを使っていました」

二人は劉時禹の受付を済ませ、長いこと待たされた末に、医師が来た。それは前に父をCTスキャナーで撮影した医師だった。「治療はできません」と、その医師は遠慮なく言った。劉霄驍は驚愕した。「どうして、こんな大きな病院で治療できないのですか？」

医師は答えた。「お父さんは結核だからです」

「激しい怒りを感じましたが、理解はできました」と、後に劉霄驍は語った。結核も感染症で、「中国はこの病気に悩まされてきました。あれほど悪化した状態で病院へ行ったのは、大きな問題です」

武漢協和医院の医師は、肺疾患専門の病院へ行くよう勧めた。それは午後一時で、三人とも朝から食事もしていなかった。しかし、最大の問題は別にあった。劉霄驍は父が失禁していることに気がついた。体全体が衰弱しているか、膀胱の機能に障害が出ているためだろう。もしかすると老人ホームで長年ひどい扱いを受けていたため、助けを頼まなくなり、ベッドやズボンに排尿するのが当たり前になっていたのかもしれない。

これは劉霄驍にとって大きな試練で、当惑していた。常に自分を誇りある人間だと考えていたからだ。「こんな状態で、どうやって病院に連れて行けというのですか」

夏倫穏はそのとき、ズボンを三着重ねて履いていたので、二着を脱いで劉時禹に渡した。劉霄驍はとても感動した。「正直に言って、それまで援助金や応援の言葉をくれる人はいても、ズボンを与えて助けてくれた人はいなかった。人生で初めてのことでした」

夏の手助けで劉霄驍は、劉時禹を肺疾病専門の病院へ連れて行き、一連の検査を受けさせることができた。劉霄驍は様々な検査の費用をすべて払ったが、病院は最後になって、劉時禹の入院を拒んだ。一人の親切な老医師が説明してくれた。「病院全体が新型コロナウイルスの患者で満杯なのです。お父さんは恐らく結核ですが、差し迫った生命の危機はありません。もしお父さんがコロナに感染したら数日で終わりになるので、入院する方がはるかに危険です。ご自宅へ連れて帰って下さい」

後に劉霄驍は、その医師が真実を話していなかったと知った。その病院の上の階には、劉時禹のような疾病の患者を入院させる秘密区画があったからだ。病院から父親を運び出す際に劉は思った。「本当に新型コロナウイルスにかかっていた方がマシだったかもしれない。少なくとも父は面倒を見てもらえるのだから」

他にも急を要する問題があった――泊まるところが必要だった。劉霄驍の学校には寮があったが、学校側は結核にかかっている劉時禹が泊まることを許さなかった。学校の責任者は「学校は重要な場所です。万が一のことがあってはなりません」。ロックダウン当時、学校には誰もいなかったにもかかわらず、劉霄驍にそう告げた。

別の場所に空き部屋を所有する親戚もいたが、武漢の全居住地区はロックダウン中で、検問を抜けて父親をこっそり運ぶことはできなかった。劉霄驍はホテルを探したが、どの回答も同じだった。「お客様は大丈夫ですが、お父様は無理です」

武漢は一番美しい季節を迎えていた。桜の花が咲きほこっていたが、花見をする観光客は一人もいなかった。劉霄驍は父親を方々へ連れて行ったが、どこも駄目だった。電話をかけ、あらゆる人に事情を話した。しかし宿泊場所だけは見つからなかった。彼の車には、丸一日、米一粒すら食べていない衰えた劉時禹が後席に横たわり呻いていた。「行こう、さあ行こう」

劉霄驍は東西湖区から白沙洲《バイシャアチョウ》へ、そして白沙洲から鍾家村《ヂョンジアツン》へ行き、再び元のところに戻った。心地よい春のそよ風が、ピンクと白の桜の花びらを、波のように次々と地面に散らしていた。劉霄驍は自動車を止め、狂ったように誤字だらけのメッセージをSNS上の友人に向けて投稿した。自分たちを閉め出した者たち、病院、居住地区、ホテル、学校には反感を持っていないと書いた。

規則に従っただけの彼らを責めるつもりはなかった。そして絶望の中で問いかけた。「武漢の全市民の力を借りて、市長のホットラインに電話することはできないか」と必死で訴えたのだ。後部座席では、失禁し、食事もとれずに重い病に伏せっている老人が呻き続けていた。「行こう、さあ行こう」

その長かった一日の最後の数分間、それまで法を遵守してきた劉霄驍は、ついにルールを破った。父親を学校に連れて行き、こっそりと七階へと運び込んで自らのベッドに優しく寝かせた。見つかった途端に、非常に厄介なことになると分かっていた。しかし気にならなかった。「父さんは一日中、何も食べていない。夜ぐっすり眠れなければ、父さんは死んでしまう」

劉霄驍はその夜、二、三時間しか眠れなかった。「完全にエネルギーを使い果たした感じでした」。彼は自分が病気になることを恐れていた。「そうなれば、お終《しま》いです」

翌日の昼、彼は父親を再び自動車へ運んだ。走らせる前に自分がもらった賞状を手にとり、そこに書かれている感謝の文章を読んだ。「世界を守ってくれたことに感謝する」

数日前、ある会社が劉霄驍を、数百人を助けたとして表彰してくれたのだった。同じ日、国務院副総理の孫春蘭《スンチュンラン》が役人の一団を率いて武漢の居住地域を訪れていた。そこでは住民が政府のプロパガンダに怒り、「嘘だ、嘘だ、全部嘘じゃないか」と抗議の叫びを上げていた。

賞状を見ながら劉霄驍は泣き出した。車内に父親がいたので、手をハンドルの上に置き、涙が頬の上を流れるままにして、彼は声を殺して泣いた。「世界を守ったことで感謝すると言うけど、僕が本当に守ったのは何だったのか」と彼は自分に問いかけた。「父さんはこんなひどい状態になっているのに、僕は何もできない」

劉霄驍の考えでは、こうした貧困、病気、恥辱、軽蔑のすべては運命と結びついていた。人生のあらゆる厄介事は、自分が前世で働いた悪事のため、運命に負い目があるからかもしれないと、彼は考え始めていた。それは中国仏教の教えだったが、劉霄驍は仏教徒ではなかった。「むしろ共産主義を信じる方がマシです」と彼は述べた。

彼の運命は間もなく新たな展開を迎えた。ある役人が、劉時禹が一時的に学校の寮に滞在することを許してくれた。彼は事情を知らないふりをしてくれたのだ。劉霄驍は深く感謝した。これで野宿しないで済む。

数日後、あるジャーナリストが別の病院に連絡する手助けをしてくれた。その病院に劉霄驍は父親を連れて行き、入院させることができた。幾つか検査を受けた後、父親の病に正式な診断が下された。結核に加え、肺に深刻な出血があるという。医師が治療計画をまとめてくれた。三月二六日に劉霄驍は手術料金として二万人民元（約三八万円）を前払いしたが、それは彼の貯金のほぼ全額だった。病院側は新品の個人用防護具一セットとストローやトイレットペーパー、ミネラルウォーターの購入も求めた。すべて手術に必要なものだった。

手術室に運び入れられる父親を見届けた劉霄驍は、やっと安堵《あんど》の溜息をつくことができた。

二日後、劉霄驍は請求書を受け取った。手術料など様々な費用の合計は四万人民元を超えており、彼は動転した。中国の病院が温情的でないことは有名だ。医療費は前払いでなければならない。継続治療の支払いがなければ病院側は、投薬を止めたり法的措置に訴えるなど極端な手段をとる。劉霄驍は二日間にわたりパニック状態になったが、社会に助けを求める以外に良い方法は思いつかなかった。彼は抖音《ドウイィン》（中国版ＴｉｋＴｏｋ）のアカウントを作り、短い動画を毎日投稿した。その大部分は食事についてだった。三月二八日は黒米のお粥で、二九日は玉子のスープ、三〇日は焼きそばだった。動画で彼は黒いマスクを着けて、食事を一匙《さじ》ずつ、劉時禹の口に掬《すく》ってあげた。自分の事情を説明するときはＢＧＭを流した。この「父を助ける日記」は多くの者の関心を引きつけた。人々は劉たちの幸運を祈るだけでなく、財布のヒモを緩めて助けの手を差し伸べた。四月一八日に武漢のロックダウンが解除された頃には、一五〇〇人以上が義捐金を送り、総額は一〇万人民元を超えた。

　こうした義捐金は政府とは無関係の、すべて普通の人たちからのものだった。四月一〇日に医療費を全額払い終えると、劉は父を自宅へ連れ帰った。それは小さな寮の七階の部屋だった。毎日三度の食事を準備し、父親を入浴させ嘔吐《おうと》と排泄物《はいせつぶつ》の始末をした。同時並行で生徒へのオンライン授業にもなんとか慣れることができた。武漢のロックダウンは解除され、相乗り自動車のボランティアは解散した。劉は幾つものメダルと賞状をもらった。それは破局の中で彼が英雄的に「世界を守った」ことの証しだった。

四月一一日の午前五時、彼は蔡甸《ツァイティェン》という所へボランティアを乗せていった。武漢の救援に派遺されていた人民解放軍兵士を見送るためだった。友人と道端に立って、軍用トラックが一台通るごとに敬意を表すためにお辞儀をした。「ありがとう、人民の兵士たち。我々は一つの家族だ」と叫んでいた。

劉時禹は二〇二〇年の八番目の月の八番目の日の午前八時に亡くなった。中国の迷信では、それは縁起のいい時刻だった。八が三つあるのだから。八という数字は繁栄を意味する言葉のように響くのだ。三つの八は、来世では金持ちになり貧困や孤独、苦難、汚辱の中で生きていかなくて済むと運命づけてくれる。劉霄驍は微信で投稿し、父の死を公表した。「父は二〇二〇年暮れまで保ちませんでした」と彼は書き記した。「今年の三月一六日に父を武漢に連れてきました。父の最期の五カ月間、僕は息子として親孝行ができました。ハッピーエンドだったと言っていいでしょう」

劉霄驍は父の火葬の手配をして、二日後に遺灰を墓地に埋葬した。葬儀は簡素なものだった。追悼のスピーチはなく、流れる涙も、嘆き悲しむこともあまりなかった。パンデミックの間に死んでいった数万の無名の人たちと同様、劉時禹の生と死は草の葉のようだった。風に吹き上げられ、最後は地面に落ちて静かに土に戻っていくのだ。

涙が頰を流れるままに、劉霄驍は書き記した。「父さん、道中ご無事で。これが最後のお見送りです。一八年間にわたって父さんは僕の面倒を見てくれて、その後、僕は父さんの面倒を一六年間見てきました。これが僕たち父と息子の終わりです。さようなら」

5

夏倫穏はロックダウン解除後も、武漢に二カ月間残った。ずっと住んでいられる住居も仕事もカネもなかった。ある日、自分の手元には一〇人民元もないとSNSで認めた。「犬だって生きていくには食べなきゃならないのに」と彼は嘆いた。親切な人が料理や弁当、インスタントラーメンをくれた。一日か二日、泊めてくれる人もいた。そういうとき、夏は「出会いに感謝」と言うのだった。「出会いに感謝を。一週間が経ち、やっと暖かいシャワーに俺はありついた。知らない若い女の子が家に連れて行ってくれたんだ。温かい食事をとって、頭から爪先までシャワーを浴びた！」

怪しげな漢方薬を飲みすぎたせいか、肝臓や肺、血管のすべてに問題が生じていた。「具合は悪いけど生きていたい。健康に生きていたいんだ」と彼は微信の友人へ宛てて書いた。「誰か助けてくれよ？　俺を救ってくれよ？」

夏は多くの病院を訪ねて介護者の仕事を探した。その二カ月の間に、彼は多くの患者の面倒を見た。一人は九三歳の男性で、もう一人は瑶瑶《ヤオヤオ》という女性のガン患者だった。彼は四一日間にわたって彼女の世話をし、自分の奇跡のマッサージ技術で彼女を治療した。「少なくとも四〇回は緊急治療をしたよ」、しかし最後に瑶瑶は亡くなった。その報せに夏は打ちひしがれた。彼は号泣し多くの詩を書いた。

夏は最善を尽くして自分以外の人間を助けた。自分が属する微信のグループで見知らぬ人のために寄付を募り、食糧や薬、医療機器、そして金銭を集める手助けをした。病魔に襲われた都市が彼を失望させることはなかった。助けを求める訴えや寄付を求める呼びかけには必ず反応があった。「出会いに感謝を。親切な人々に満ちあふれた都市だった」と彼は溜息をついた。

夏が一千キロ離れた自宅へ遂に戻ったのは六月中旬だった。ネットのセレブにも奇跡を起こす医者にもなれなかった。武漢市長も市の書記のどちらも、彼を受け入れなかった。しかし夢想家であり、あらゆるものを信仰し、ボランティアであり、放浪の詩人である夏は手ぶらで帰ったわけではない。彼は詩を書き起こした。

もしいつか
もう成功を望まなくなったなら
とにかく何かをやるんだ
もしいつか
もう愛を望まなくなったなら

とにかく愛を追うんだ
もう成功を望まなくなったなら
とにかく働くんだ
それが真の始まりだ

夏が武漢を離れて元の暮らしに戻ったとき、何もかもが元のままだった。職もカネもなく、彼を愛する者もいない。妻は何度も離婚を申し入れたが、彼は同意しなかった。夢想している成功を夏が収めることは、今後もないだろう。しかし世界に優しさを求め熱くなることを、彼は決してやめない。

夏は何度も武漢での日々を思い返した。数万人が恐怖の中で暮らしていた瞬間、彼は閉鎖された都市にたった一人で入っていった。彼は拒まれ追い払われ、お荷物や厄介者のように扱われた。しかし彼は最善を尽くして多くの者を助けた。それはまるで、自分より飢えている物乞いと食物を分かち合う物乞いのようだった。

二〇二〇年が終わりに近づくと、彼は揚子江沿いの山脈や平原を懐かしむようになった。陽光の降り注ぐ人がいなくなった都市を、そして恋人の手のように感じられる、春のにわか雨の中で舞い散る桜の花を。

遺書は書かない
まだ死にたくないから
俺は声を殺して泣く
街頭のホームレスのために、俺は声を殺して泣く
俺は光になりたい
闇を照らすために

第五章　魂の歌がきこえる

1

張展《ヂァンヂャン》は、古びた車輪つきスーツケースを引っ張りながら漢口駅を出たとき、眼前に広がった光景を忘れることはないだろう。

「まるでチェルノブイリでした」と張展は語った。「市内全体から人が消えていて、人っ子一人見かけませんでした。車もおらず、超高層のビルが無言で私を見つめる巨大な怪物のように思えました。地上に遺《のこ》されているのは私と、そんな怪物だけのように感じられて。あんなものを、それまで見たことがありませんでした」

それは二月最初の日、武漢がロックダウンされて一〇日目だった。信頼できない公式統計によると、武漢ではすでに四〇〇〇件以上の新型コロナウイルス感染例が発生し、二二四名が死亡していた。そのような統計を張展は信じていなかったし、実際に政府の言うことを一語残らず深く疑っていた。それが彼女の武漢にやって来た理由の一つだった——嘘を暴きたかったのだ。

二〇一六年まで彼女は、快適で立派な暮らしをしていた。上海に合法的な居住資格があり、修士号を持ち、大きな株式仲介会社での投資担当幹部として豊かな収入を得ていた。また彼女は弁護士でもあった。「既得権益を持つ、見事なまでにブルジョワの一員だったわけです」。彼女は自分の犯行を思い出す犯罪者のように、自責の念を交えながら語った。

二〇一六年五月、株式仲介会社は張展を解雇した。「上司に口座を偽造するよう求められたのを、私は拒んだのです」。その直後に弁護士免許も取り消された。新たに改正された中華人民共和国律師法（訳注・中国の弁護士関連法規）に公然と反対したためだった。

四年後のいま、自分の身に起きた大きな変化を、張展は静かに語った。それはまるで料理や天気の話をするかのようだった。しかし当時、そうした変化は大きな痛手で、人生最大の挫折だった。彼女の人生は変わったが、同時に自分の国と政府に対する受けとめ方も変わった。

同じ業界に新たな就職先を見つけようとはしなかった。その理由は中国の金融業が完全に腐り切っていると考えたからだ。「偽造口座や嘘が蔓延《まんえん》していました。そんなものを金融と呼べるでしょうか？」と彼女は尋ねてきた。「真の金融業とは、自国の市民のために富を創り出すものです。しかし中国では政治権力者が『白手袋』（訳注・民間企業を不正行為のカムフラージュ役として使うこと）の代理者を通じて富を懐《ふところ》に入れるのです」

彼女は金融業界や中国の金融政策、そしてファーウェイやZTEのような企業を批判する記事をネットに投稿し始めた。「ファーウェイやZTEは異様です。どうして、あんな企業が中国の大黒柱でいられるのですか？　コソ泥の集団ですよ」

当局は彼女の意見が気に食わなかった。すぐに彼女の記事は次々と削除され、彼女のSNSのアカウントも削除された。彼女は日増しに熱くなっていった。「不正の蛇口」と呼んで、政府の過剰な通貨発行を鋭く批判した。二〇一八年六月には、中央銀行が蛇口を開き続ければ、自分は飢えた者の行列に加わることになると嘆いた。その直後の怒りと落胆のあまり、北京へ行って天安門を吹っ飛ばすとさえ書いた。

当時彼女は、自分の言葉がそれほど厄介事にならないと考えていた。天安門は中国帝都の古代からの表玄関であり、皇帝一族の権威と威厳の象徴だった。中国共産党の指導者たちは、巨大な一五世紀に築かれた都市の城門の完全な一部となっていた。毛沢東から習近平まですべての中国共産党主席は皆、城壁の上に立って軍事パレードを観閲《かんえつ》し、儀礼を執《と》り行った。ある意味で、天安門は中国共産党を具現化するものなのだ。

二〇一八年九月のある日の深夜、自宅のドアがノックされた。張展が開けると、数人の警官が押し入ってきた。アパートの彼女の部屋を徹底的に捜索し爆発物を探した。爆発物どころか、犯罪目的で使用されそうな道具すら見つからなかった。彼女は恐ろしくなり混乱していたので、捜査令状を見せるよう言うことも忘れていた。

家宅捜査の後、警官は彼女を社区から追い出した。「警官は私を淮南市《ファイナン》へ追い立てました」と彼女は言った。まるで家畜扱いだった。こうした処罰に法的根拠はないが、張展は絶え間なく続く嫌がらせに飽き飽きしていたので、家財道具すべてを持って淮南市へ引っ越した。そこは上海の南東にある辺鄙《へんぴ》な住宅地域で、彼女の元の居住地から遠く離れていた。それは元の快適な生活を捨て、体制との戦いを始めなければならないことを意味していた。

二〇一九年三月初旬のある日、張展は歩いて淮南の地下鉄駅に入り、横断幕を掲げた。そのスローガンは「くたばれ共産党、社会主義を潰そう」という、彼女が書いたものだった。それは非常に危険な行動だった。張展も恐れていた。あまりにも怖かったので、そこにどれだけ立っていたかも思い出せなかった。「数十秒か、もしかすると一分間以上か、どちらにせよ五分以上ではないですね」。そして彼女は走って自宅に戻った。警官がすでに来ており、彼女を待っていた。

彼女は収容所へ連行され、四〇日以上も拘置された。犯行の動機を調べるために精神鑑定を受けることになると警官は言った。すぐに張展は董瑤瓊《ドンヤオチョン》を思い浮かべた。董は溌墨女孩《ポウモウヌゥハイ》（訳注・不満の対象に墨汁を振りまいた少女）として知られていた。彼女は上海の街頭に掲げられた習近平の肖像画にインクをかけながら、「私は習近平の独裁的専制に反対する」と叫んだのだ。彼女は即座に精神病院へ送られ、ほぼ一年間にわたり勾留された。精神的に問題がない人々を精神病院に閉じ込める戦術が、中国では日増しに普通になっていた。それは中国政府が「請願者」や反体制派の人間に対して用いる手段だった。

それを思いだし、張展は身震いした。「精神病の問題にすり替えられることを恐れました」。彼女は言う。「それは最大の屈辱でした」

張展は精神鑑定に猛烈に抵抗した。収容所は、もっと穏やかな方法を試みた。二人の私服警官が派遣され、彼女と話し込んだ。彼らが鑑定担当官だと彼女は知らなかった。彼女は真意を誠実に話し、キリスト教の罪の意味について話した。「私は罪人です。人は皆、罪人なのです」と彼女は説明した。鑑定担当官は恐らく彼女の話を誤解したのだろうが、それでも張展には「責任応力がある」と認定した。彼女は自分の行動について認識し、自己を統制しており、精神的な問題はないとするものだった。

その鑑定は張展にとって非常に重要だった。その後、自分で選んだ道を進むと必ず嫌がらせを受け、辱《はずかし》められた彼女は、苦痛に耐えきれなくなるたびに自分を深く疑い、自問した。こんな事をして何になるの？　私は狂っているの？　そこで精神鑑定のことを思い出し、自分自身を励ますのだった。違う、私は精神病じゃない。私がやってきたことはすべて、やらねばならぬことだった、と。

四〇日後、張展は解放された。しかし彼女の暮らしは好転しなかった。彼女にしてみれば、単に小さな監獄から大きな監獄へ移動しただけだった。秘密警察が常に彼女を監視し、尾行していた。家族も嫌がらせを受け、同窓生や友人そして教師も同じだった。秘密警察は西安と成都に行き、彼女と連絡をとった者全員を見つけ、彼女のすべてを調べようとした。

彼女は秘密警察から精神病だとか、外国人から裏金を貰《もら》っていると中傷された。「親しい友人に狂っていると言われたことも苦しかった」。秘密警察は彼女に面と向かって害虫呼ばわりし、辱め、非難することもあった。「親御さんのことを気にかけてないだろ、いまだに心配させてるんだぞ」。時には秘密警察の全知全能ぶりをひけらかすこともあった。「いいか、お前がどこにいたか、誰と会っていたかも分かってるんだ。何をしたかも分かってるぞ」。これは張展を不安にさせた。「あの連中が私の脳内に入り込んでいるような気がしたこともありました。私が何を考えているか知っているように感じたのです」

だが彼女は屈しなかった。二〇一九年九月八日、上海の南京東路《ナンジンドンルゥ》の雑踏を大きな青い傘を手にして歩いた。その傘には、「社会主義を潰そう、くたばれ共産党」と書かれていた。人々が気づくことを願いながら彼女は二〇分間、通りを歩いた。しかし始めから終わりまで、彼女に声をかけた者は一人もいなかった。それが上海だ。人々は金儲けに忙しい。中国で最も富裕な都市なのだ。

翌日、張展は再び逮捕された。容疑は「公共の秩序の擾乱《じょうらん》」だった。容疑は後に、「尋衅滋事《シュインシンヅーシー》（訳注・挑発し騒動を起こす）」に修正された。中国の法律では、この二つの犯罪は政府の気に食わないあらゆる行動――街頭での口論、騒乱、落書き、請願、ＳＮＳでの意見表明――に適用される。

張展の「犯罪」は深刻だったが、政府は彼女を政治犯とは認めなかった。その二カ月後に駐英中国大使の劉暁明《リウシャオミン》はＢＢＣのインタビューで、中国に政治犯はいないと語っている。そのため張展の罪状は「尋衅滋事」にしか該当しなかったのだ。

警察は彼女を再び収容所へ連行し、請願者や薬物中毒者、そして売春婦と一緒の部屋に閉じ込めた。おかげで張展は、中国の法制度について洞察を深めた。「以前の私は、刑務所は犯罪者を閉じ込めるためのものと考えていました」「しかし収容されて分かったのは、そうした人たちは誰もが些細《ささい》なことで捕まったのです。ある人は売春で一カ月、ある人は麻雀で一カ月とかですね。三輪自動車でゴミを集めていた小柄なお婆さんなども、一カ月間収容されていました。社会から取り残された恵まれない人たちなのです。本当の犯罪者は一体、どこにいるのでしょうか？」

収容者仲間に反抗心を呼び起こそうとしてか、張展は留置室で演説をした。それは二〇一九年一〇月一日、共産党体制の七〇周年記念日だった。習近平が北京の天安門広場で大規模な軍事パレードを開催し世界に軍事力を誇示していたときに、張展は混み合う上海の留置室内で「反動的演説」をぶっていた。鉄のドアの内側に立って、外側の自由な空気に向けて彼女は叫んでいた。「われわれには、この国を愛さない自由がある！」

別の機会は一一月の中米貿易交渉の最中に訪れた。このとき中国政府は上海で盛大な貿易博覧会を催し、習近平自ら演説を行った。世界中から来た要人へ、中国はさらに経済開放を進めると約束したのだ。「中国は誠心誠意、世界へ手を差し伸べる」と。

しかし張展がいた留置室は増える軽犯罪者で溢れかえり、彼女の怒りも高まった。留置室から彼女は中国の司法制度を大声で批判し、警察を「邪悪な共犯者」と断じた。「あんなイベントが中国の闇を深いものにしているのです」と、彼女は華やかな虚飾を非難した。「政府は莫大な予算を浪費しています。なぜ人々が必要としている基本的な問題の解決に使わないのですか？」

張展の演説は収容所の領導（リーダー）を激怒させた。制服の上着の上にベルトを締めて威嚇《いかく》する癖《くせ》がある、とても声が大きい看守がいた（とても毛主席に似ていると張展は思っていた）。その女性看守は、張展が「反乱」を起こしたがっていると叱責した。「共産党が、お前を育ててくれたんだぞ」と彼女は叫んだ。「少しは感謝して見せろ」

張展は断固として言った。「両親が私を育ててくれたんです。共産党と何の関係があるのですか？」。収容所の毛主席は凄い勢いで反論し、張展のやり方が間違っていたと認めるよう要求した。「そうしなければ独房行きだ」

張展は昂然《こうぜん》と顔を上げた。「私は間違っていません！」。そう言ったせいで、張展は七日間を独房で過ごした。その間、彼女は時間の感覚を失っていたから、七日以上だったかもしれない。窓のない部屋で四つの鉄の輪が床に作り付けられ、彼女の両手両足を拘束していた。寝返りが打てないようにするためである。彼女は冷たい、じめじめした床に横たえられた。そのまま彼女は日々の務め――飲食と排泄――のすべてをしなければならなかった。

後に張展が友人に、その恥辱と苦痛を回顧したとき見せた怒りや悲しみは、決して軽いものではなかった。彼女は穏やかな口調で言い切った。「あれは本当に苦しかった」

彼女は自分自身の苦痛を語りたがらなかった。二つの学位を持ち、かつては弁護士資格も持っていた。流暢《りゅうちょう》な英語を話すが、自分の英語は洗練されていないと詫《わ》びた。彼女は日本人のように、度が過ぎるほど礼儀正しかった。どのような状況でも優雅な物腰を保つのが、彼女の流儀だった。

顔見知りではない人と話すとき度々口にした言葉は、「お手間をかけて申し訳ありません」だった。

世界の要人たちが上海貿易博の壮大な晩餐会で乾杯していたまさにそのとき、張展は暗い部屋に閉じ込められ、自分の排泄物のなかに横たわっていた。その夜、彼女は小さな悪魔の群れが自分の顔の前を飛び回るのを目にしていた。もうすぐ死ぬのだと思ったのと同時に、歌声が聞こえてきた。

楽しく、何の憂《うれ》いもない歌声。天国の調べのようで、彼女自身の体内から聞こえてきたものだった。その歌声を聞いていると彼女は突然、生きている喜びと祝福を感じた。「人には魂があると思います」と彼女は語る。「私の魂が歌っていたのです」

独房での収容が終わる頃、張展は深刻な医療的問題を経験するようになり、何度も失禁に悩まされた。完全な闇の中で七日間も拘束されたために、彼女の体は弱り、他者の手助けがないと満足に動けなくなっていたのである。

収容所は再び精神鑑定をちらつかせてきた。それを張展は必死に拒んだ。「ハンガーストライキを二回やりました。一度は三日間、もう一度は二日半でした」。看守の毛主席は張展の勇気に感服したのかもしれない。というのも、それで精神鑑定を持ち出さなくなったからだ。しかし収容所は張展に、自分が健康で、拷問も不適切な扱いも受けていないという念書に強制的に署名させた。

盛大な貿易博が閉幕して間もなく、張展の兄が収容所から出た彼女を出迎えてくれた。彼女は自宅へは戻れなかった。留守にした間に借家を明け渡し、所有物を捨てるのを警察が「手伝った」からである。張展は兄の家にいるしかなかった。病院での治療は考えもしなかった。「入院するとお金がかかりますし、ここ数年は働いていなかったからです」

ある日の朝食の席で、兄は彼女に上海を去るよう頼んだ。彼女が拒否すると、二人は議論になった。押し問答が続き、最後には怒った兄が彼女に平手打ちを食らわせた。

平手打ちの理由は理解できると張展は言い、たどたどしく説明した。「警察が強い圧力をかけていて……兄は苦しくて……いつも兄は私の面倒を見てくれていて……私は良い妹ではないのです」

とは言っても、その平手打ちは彼女にとってつらすぎるものだった。その日から兄と話すことは二度となくなった。張展は弱った体を引きずって兄の家を出たが、どこにも行く場所はなかった。

中国では張展のような人はひどく孤独なことが多い。彼女の兄は張展がとった行動の理由を全く理解できなかった。そうした行動の結果は彼女の投獄だけで終わらず、家族全体が手ひどい災難に見舞われるのだ。両親も彼女のことを認めなかった。中流階級の彼女の友人は、彼女を見下した。恋人すらあまりに過激だと言って、彼女から離れていった。

地下教会の司祭が彼女の苦境を聞きつけ、数日間面倒を見てくれた。健康状態は回復し始めたが、すぐに警察が彼女を立ち去らせろと教会に命令してきた。命令は無視できず、張展は再び出て行かざるを得なかった。

後に警察はその教会を閉鎖し、数百人の信徒を凍《い》てつく街頭に追い出した。張展は教会を巻き添えにしたことにとても負い目を感じた。しかし司祭にとっては、そんな負い目は無用だった。「張展がいなかったとしても、私たちの教会は嫌がらせを受けていたでしょうから」

2

二〇二〇年一月、張展は旧暦の大晦日を、小さな貸間で孤独に過ごした。武漢での肺炎を報じるテレビのニュースを観て、自分の目で確かめるために武漢へ行くべきだと感じた。「こんなひどい災害で、多くの人が痛ましいことになって苦しんでいる」と彼女は語った。「あそこは絶対に、私の手助けが必要だ」

上海の人々の不安は大きく、そのため張展には幾分かの自由が与えられた。秘密警察もコロナに怯《おび》えきっていたからである。彼女は重慶行きの列車の切符を買った。

列車に乗って五時間ほどで、秘密警察は彼女の行動を把握した。秘密警察は彼女の母親に張展に電話をかけるよう頼んだ。重慶行きの理由を知るためだった。張展は答えた。「重慶へ行くんじゃないの。もう武漢に着いているよ」。彼女の母は尋ねた。「武漢で何をするの？」。張展は答えなかった。笑って電話を切ると、自分に言いきかせた。「ついに逃げ出せたわ」

列車が武漢駅に入ると、張展はスーツケースを引っ張って列車のドアに向かった。車掌が尋ねた。「下車ですか？」張展は頷《うなず》いた。

「武漢はいまとても危険なことになっていますよ」

「知っています」

列車のドアが開き、張展は下車した。三七歳の張展には、パートナーも資金も、武漢で何をするかの計画もなかった。それでも彼女は、ここに来たのだ。中国中部は午後の早い時間帯だった。二月の風は少し寒く、張展は明るい陽光を感じながら巨大な無人の都市に踏み出した。

後にジャーナリストたちは、彼女がなぜ武漢へ向かったのか、理由を尋ねた。彼女は福音を広めるためだと言ったり、病人を励ますためだと言ったりした。もちろん、どちらも本当の目的ではなかった。

武漢で過ごした一〇四日間で、新型コロナウイルスの患者と出会うことは稀だったし、福音を広めたのは一度きりだった。二月末のある日、住宅地で、彼女は数十枚の折りたたまれた紙の束を手にしていた。その紙には「イエスを信じる理由――彼なしには救済はありえません」と印刷されていた。彼女はそのリーフレットを手渡したが、それで住民たちに宗教的な熱意が呼び覚まされることはなかった。代わりに住民たちは彼女を冷たくあしらい、中には明らかな憎悪の表情を浮かべる者もいた。張展は彼らが憎悪する理由を理解できなかったが、それ以後、二度と福音を広めようとはしなかった。

彼女は安ホテルに宿泊し、質素な食事をとって、多くの危険な場所を訪れた。「街中を急いで歩きまわり、頭がなくなった蠅のように彷徨《うろつ》いていました。「何度も自問しました。私は何をやっているのか？　と」

中国政府は、武漢に新しく建設された火神山《ホウオションシャン》医院を、感染防止の戦いにおける「栄光ある勝利だ」と誇った。それは中国の政治体制の優越性が具現化したもので、共産党の賢明さの証拠だ、と。二月四日に張展は、その有名な病院を訪れようと決めた。自転車に五時間乗って何とか軍の検問を越えて、フェンスの小さな隙間から忍び込んだ。

「それは大規模な建設現場でした」と張展は語った。「完成していた区画はわずかで、そこには『集中治療病棟』という看板が掛かっていました。それ以外は鉄筋やコンクリートの袋などの建設資材が大量に積み上げられていました。建設完了？　建設工がおしゃべりしながら煙草を吸っていましたよ。個人用防護具を着けた人はほとんどいませんでした。彼らが着けている汚れたマスクを見ていると、胸が張り裂けそうでした」

張展は目撃したことをSNSに投稿した。国営メディアの嘘を潰すことを期待していたが、投稿はあまり注目を集めなかった。その頃、政府はすでに数多くの嘘をついており、それは張展が暴いたものよりも大きな嘘だったからだ。結局、あれほど彼女が苦労して暴いた真実は、中国のプロパガンダ組織が奏でる、耳をつんざく宣伝のノイズにかき消されてしまった。

彼女は他の病院も幾つか訪れ、発熱病棟にすら入った。興味を惹《ひ》かれる情報はなく、患者と話すこともあまりできなかった。この日までに武漢で約八万人がコロナウイルスの治療を受けていたが、自分のことを彼女に進んで話そうとする者は少なかった。

二月七日のあの悪名高い夜、張展は亡くなった李文亮医師を悼《いた》む四分間のコメントをYouTubeに投稿した。彼女は言論の自由の大切さを訴えた。「言論の自由がなければ、私たちの誰もが李文亮医師になります」。準備不足のせいか、彼女のコメントには一貫性が少し欠けていた。憲法で認められた権利について語る際には泣き出しそうな様子に見えた。

四分間の動画で、張展の柔らかく、どこか哀しい声も、彼女の真の怒りを効果的に視聴者に伝えた。彼女の微信のアカウントは、その日に削除された。別のアカウントを申し込んだが、二時間以内に新たなアカウントも削除された。厄介事を続けるならまた隔離（収容）されると言えと、上海の秘密警察が彼女の母親に電話してきた。張展は傷ついた。「お母さんはどうして秘密警察の味方をするの？」と彼女は母親に訊ね、冷め切った心で言った。「もう勝手にして。楽しく暮らせば良いわ。私はやりたいことをやって死ぬから」

YouTubeで発信したことで、彼女には多くの支持が集まった。彼女の勇気を讃える者もいれば、いい声をしていると言う者も、彼女の身の安全の心配をする者もいた。それは引き返せない道を歩み出したのだという現実を、彼女に思い起こさせた。

自分がやってきたことは全部、神の意志だと張展は確信していたが、人々の支持は大いに重要だった。むしろ神の意志より重要かもしれなかった。他はみんな逃げ出そうとしていた危険な場所へ勇気を持って向かった彼女を多くの人が称賛した。人々は彼女に義捐金を送り、その額は二月初旬から三月末までで約三万六〇〇〇人民元（約七一万円）になった。ほぼ無一文で武漢に到着した彼女を義捐金は勇気づけ、困難な状況でも活動を続けられるようになった。

しかし彼女はすぐに、それ以上の義捐金を受け取らないと決心した。これ以上受け取れば自分が怠惰《たいだ》になると考えたためだ。「私はお金目当てではなかったからです」と張展は言う。「秘密警察に逮捕されるか飢え死にするまで、前へ進み続けるつもりでした」

張展が言及した餓死とは、単なる言葉の綾《あや》ではなかった。武漢がロックダウンされた後、実際に飢餓に苦しむ人がいた時期があったことを彼女は覚えている。毎日早朝に出かけ、夜遅くホテルに帰ってきて、一日一食しかとれないことが度々あったのだ。「食べ物を何も見つけられなかったときは、お腹を空かせたまま耐えなければいけませんでした」

宿泊場所を見つけるのも同様だった。大部分のホテルは休業中か、市外から来た医療関係者のみを受け入れていた。張展には安い民宿以外の選択肢はなかったが、そうした宿は質が悪いか値段が高すぎるか、あるいは遠い所にあった。そのため彼女は何度もスーツケースを引きずって、次から次へと宿を移った。公共交通機関は運行を停止していたので、彼女はもっぱら徒歩で移動した。時には不法なバイクタクシーを使うこともあった。

彼女はバイクタクシーで知り合った、武漢市の最も貧しい人々に同情した。稼ぐにはお客を乗せる必要があり、それ自体命がけだったからだ。彼らとの会話を通じて、パンデミックと無謀なロックダウンがもたらした真の苦難を彼女は理解するようになった。二月四日か五日に、彼女は一人のバイクタクシーの運転手と出会った。彼のバイクは故障し衣服は汚れていた。マスクも、何日も着けているようでボロボロになっていた。気分が悪くなった張展は新品のマスクを彼に手渡した。「そういう社会の最底辺にいる人々の様子は、本当に痛ましいものでした」と彼女は溜息をついた。

方斌《ファンビン》や陳秋実《チェンチウシ》、李沢華《リズエフア》や方方《ファンファン》と同じく、張展は市民ジャーナリストと呼ばれた。この称号は単語が指し示すよりも複雑な意味を持っている。つまり市民ジャーナリストとは、真実の報道をする人という含意があったのだ。普通の人々と共にあることと同時に、ある種の静かなる反逆者という意味もあった。

武漢のロックダウンでは、情報もロックダウンされていた。メディアで人々が目にするものは政府の自慢話だけで、実際に武漢の人々がどのように対応しているか、知ることはできなかった。だからこそ方方の毎日の日記（『武漢日記』）は好意的に受け入れられたのだ。方斌の報道はさらに一歩進んだものだった。疲労しきった医師と遺体の列で埋まった病院内部の混乱した光景を彼は撮影した。そうした光景は政府系のテレビ局では決して観ることのできないものだった。

二月七日、すでに軟禁されていた方斌は自撮りの動画を投稿して、李文亮医師の死に涙を流した。並外れた勇気を奮《ふる》って、彼は「共産党は邪悪なカルトだ」と宣言した。「このパンデミックは、ただの自然災害ではない。人災でもあるのだ。中国共産党による専制政治の仕組みが、このパンデミックの原因だ。その愚かさによって地方での流行が中国全土、そして全世界へと拡がったのだ」。彼は腕を高く上げて叫んだ。「中国人民よ、恐れるな。団結して専制政治に抵抗しよう！」

張展は方斌のコメントに鼓舞《こぶ》されたが、同時に負い目も感じた。方斌を支援するためにもっと早く立ち上がるべきだった。「私は、とても神経質になっていました」。そして率直に認めた。「それは私が犯した過ちでした。彼をすぐに支持すべきだったのです」。それから数日、彼女の当局への抵抗は激しさを増し、頻繁に警察と衝突することになった。彼女が方斌のことを思い、過ちとは言えない過ちを悔いていたからだろう。

二月九日になると、方斌とは連絡がとれなくなった。それ以来、彼は消息不明である。

3

二月一〇日、武漢市は社区のロックダウンを開始した。張展は武昌《ウウチヤアン》駅近くの民宿に滞在していた。社区居民委員会は、一家族あたり一人が三日に一度だけ外出可能と明記した通行証を発行した。そのルールを張展は無視して、朝早く外出し夜遅く帰ることを続けた。彼女は武昌の遺体安置所や方艙医院、そして世界中を不安に陥れていた武漢ウイルス研究所のＰ４実験施設へ行こうとしたが、内側に入る術《すべ》はなかった。結局、何も得るものはなかった。

四日後、再びドアがノックされた。

ドアを開けると、張展はハリウッドのＳＦ映画のセットに入り込んだように感じた。外宇宙から来た三人の訪問者が彼女の前に立っていた。はるか未来から訪れたような彼らは、白い防護服とマスク、ゴーグルを着用していた。彼女の体温を測定し、個人情報と行動について詳細に質問した。そして彼女に話しかけた。「あなたのことを近所の方が通報しました。だから、あなたには一四日間の隔離が必要です。すぐに身の回りのものを買いに行って下さい」

こうした扱いに張展は我慢できなかったので、翌日にスーツケースを引きずりながら元の社区を去り、老車站路《ラオチョアヂャンルゥ》にある小さなホテルに移った。ロックダウンは拡大していた。誰も社区外への出入りができなくなった。玄関には警備がついた。日々のあらゆる必需品、主食や野菜、薬はオンラインか社区委員会を通した購入だけが許された。張展は武漢の全住民と同じく、社区内に封じ込められた。数篇のエッセイを書き、「暴力的な隔離」を激しく批判する多くの動画を投稿した。それは政府が流行防止を口実に人々を奴隷化していると告発するものだった。つまり一種の「ファシスト的統制手法」だと。すると当然ながら、彼女の微信のアカウントは次々と消滅した。「悪意ある風評の流布の疑い」が理由だった。

張展はありとあらゆる所を探し尽くし、ついに社区から抜け出す小道を見つけた。深夜に出発し、離れた街角にある小さな隙間から何とか這い出すのが彼女の常だった。いくつかの病院と、武漢ウイルス研究所を再訪した。華南海鮮卸売市場にも足を運んだ。最初の頃の中国政府の説明では、そこはウイルスの発生場所だった。だが張展はそこでウイルスに結びつくものを何一つ見つけられず、市場を取り壊す人たちを目にするだけだった。彼女はそれを「非科学的」と考えた。政府が証拠を隠滅しようとしているのではないかと疑ったのだ。二月一八日の深夜、張展は自転車で武漢火葬場を訪れた。病死した人の数を確かめるためだった。一時間以上も火葬場の外で、寒さと空腹を感じながら待ったが、予想していたような遺体を運ぶ車列は見なかった。聞こえてきたのは深夜も稼働する火葬場が発する不気味な騒音だけだった。

この頃はインスタントラーメンと焼きそばの日々だった。一カ月で彼女は五カティ（約二・五キログラム）の焼きそばと二箱分のインスタントラーメンを食べた。彼女は法外な値段がつけられた社区の集団購入の野菜を買わなかった。ロックダウン後に配給された「救援野菜」は共産党と政府が人民を憂慮した表れだと、官営メディアが報道していた。張展は実際にそれを目にして、軽蔑を感じた。「その野菜パックを見て、泣きたくなりました。ニンニクの芽が二つ、腐った冬《とう》瓜《がん》とカビ臭いピーマン――それが連中の言う救援野菜だったのです」

あの困難な日々の全武漢住民と同じ痛みと悲しみを、張展も経験した。絶望に陥った多くの人々と出会った。ある日、彼女は居住地域の出入り口に、地区外から来訪者がいるのを見かけた。一文無しで行く所もなく、通りすがりの人たちに助けを請うていた。張展は彼に一〇〇人民元（約一九〇〇円）を与えたが、彼のことを深く心配した。「彼がどこへ行ったのか、どうなったか分かりません」

社区の一人暮らしの八〇歳の男性は外出ができず、またスマートフォンによる食料代金の支払い方法も知らなかった。ロックダウンの四〇日以上の間に、救援野菜を二回、食べただけだった。張展は何度も彼のもとを訪れ、心から同情を覚えた。「気の毒なお年寄りでした。食べ物を分けてくれる隣近所の人がいなければ」、彼女は溜息をついた。「彼は生き残れなかったでしょう」

三月七日は武漢ロックダウンの四四日目だった。「中国の黒い感謝祭」と呼ぶ人もいた。政府によると、その日の時点で武漢には五万件近くの新型コロナウイルスの症例が発生し、二三七〇名の死者が出ていた。数百万人が毎日の物資不足と失望感に苦しんでいた。新たな武漢の党書記である王忠林《ワンヂォンリン》がテレビニュースに出演した。彼は青いマスクを着けて、「直々に対策を展開し直々に指揮を執っている」と身振りを交えて習近平に媚《こ》びへつらった。彼は、武漢の人々に感謝を表明する方法を教育する計画を武漢市政府が立てていると発表した。「党総書記に感謝し共産党に感謝し、共産党に従い共産党に倣《なら》い、力強い前向きのエネルギーを創り出す」ための教育である。

王忠林の阿諛追従《あゆついしょう》は一般の人々を激怒させた。張展はカメラを回しながら、社区の人々に、政府に感謝の念を感じているか尋ねた。中年の男性が如才《じょさい》なく回答した。「政府が良い仕事をしていれば俺は感謝するね。政府が良い仕事をしてなきゃ感謝しないよ」。自分たちの暮らしを助けてくれない政府に怒りを感じている別の商店主は答えた。「どこに感謝しろって言うんだよ？」。ある老人は、もっと単純に答えてくれた。「我らが間抜けに感謝！」

三月九日、張展は居住地域のロックダウンを、人々がどう見ているか調査を始めた。出会った人すべてに「政府の管理手法を支持しますか？」と質問したのだ。多数の人は支持しなかった。ある老人は答えてくれた。「妻と私は七〇歳を過ぎているが、社区委員会から何の助けも受けていない。年金は受け取れないし、何も買えない。あなたは私に支持するかどうかと言ったけどね」

こうした意見を「中国の真実の声」と張展は呼んだ。そうした意見にとても励まされたと思った彼女は、政府とのさらなる直接対決を決意した。

その頃、フェンスが老車站路の社区の四方を囲むように建てられ、出入りのために小さな通路が一つだけ設けられていた。人の出入りがないときは、張展が赤腕章と呼ぶ警備員が、車輪つきの縦横それぞれ一メートルの関門（ゲート）で遮《さえぎ》り、通路を封鎖する任務に就いていた。彼女の眼には、そのゲートは隷属化の象徴に映った。

三月一四日、張展はゲートへの攻撃を開始した。赤腕章たちに歩み寄り、大声で言った。「これは違法よ。あなたには私の自由を妨げる権利はない」。赤腕章たちは彼女を取り囲んだ。その真ん中に立ち、張展は権利と自由について熱烈に演説し、ロックダウンがもたらした苦難を非難した。熱弁を振るっていると、赤腕章たちが「厄介者だよ」「碌《ろく》でもない」と苦々しく呟いているのが聞こえた。警官が走り寄ってきた。警官が彼女の所へ来ると、張は叫んだ。「この柵を壊したい」。押されたゲートが地面に倒れ、驚くほどの騒音を発した。

その後も毎日、張展はゲートを押し倒した。赤腕章は警官を呼び、彼女は彼らに自由と、隷属《れいぞく》化の邪悪さについて説教した。政府への怒りを抑えることもなかった。「どうして報道はフェイクニュースでないといけないの？」「なぜファシストの方法を使っているの？」

警官と赤腕章からは日増しに辛抱強さが消えていった。三月一六日、彼女をロープで縛り足枷《あしかせ》をはめてやると一人の赤腕章が脅してきた。数日後には警官が怒鳴りつけてきた。「殴り殺してやるぞ！」

張展は退かなかった。「やってみなさい！　殴りなさいよ！　もっと、お巡りを呼べばいい！私を監獄送りにしてみなさい！」

その警官は上から逮捕の命令を受けていなかったので、二人の婦人警官に荒々しく命令して彼女をホテルに連れ戻そうとした。婦人警官たちが力づくで連行しようとし、立っていられなくなった張展は道の真ん中に座り込んだ。誰もが無表情に彼女を見つめていた。そのとき突然、張展は途方に暮れた。彼女は思った。天よ、私は何をしているのでしょうか？

「自分を見てみろよ」と冷笑をこめた声でその警官は言った。「ただの口うるさい女じゃないか」。鋭い非難だった。張展は言葉を返せなかった。頭を上げて周囲の人間を見て、当惑しつつ立ち上がった。夢から突然目覚め、逆らう気力を奮い起こせないかのようだった。それは現実を悟った瞬間だった。抵抗の行動の真っ最中でさえ、彼女は自分の見苦しい振る舞いを気恥ずかしく感じていたのだ。

それでも彼女はゲートとの闘いを止めなかった。武漢は桜の花の季節になっていたが、張展は人知れず咲く桜には気がつかなかった。赤腕章が警察に通報することはなくなり、彼女の攻撃を受け流すようになった。

三月二四日、彼女はゲートに近づいて叫んだ。「正義と真実の代理人でないなら、あなたたちは何の意味も価値もない」。警備員は反応しなかった。「いま私は正義と真実に代わって言いたい。今日の中国で一番大切なことは肉体の健康ではない。正義と真実が大切なのよ」。押されたゲートが大きな音を立てて倒れた。赤腕章の一人が気のない様子で尋ねた。「もう、終わったかい？」

張展は終わったと答えた。彼は溜息をついた。「終わったなら、部屋に帰っていいよ」

張展の演説はあまり説得力のあるものではなかった。老車站路の社区にいる者で、彼女の言う正義と真実が何を意味するか分かる者はいなかった。彼女がドン・キホーテのように繰り返し赤と白に塗られたゲートに突撃していても、地区の住民は無関心そうに彼女を見つめるだけで何も言わなかった。

確かに張展の言動は不条理と思われるかもしれない。しかし数百万人が囚われの身になっている武漢市で、彼女は封鎖のゲートを押し倒した唯一の人間だった。社区のロックダウンに戦いを挑んだ唯一の人間だったのだ。

4

武漢の武昌区にある戸部巷《フホウブウシアン》の壁には、二つのプロパガンダポスターが貼られていた。一つは白いポスターで、大きな手錠の下に赤字で「デマをねつ造または拡める者に法を逃れる術はない」と書かれていた。もう一枚は黄色で「デマのねつ造と拡散は法の処罰の対象になる」

武漢には、そうしたポスターが何百万枚も貼り出されていた。市民は急ぎ足で通り過ぎ、彼らを脅しつける赤い文句を見ないふりをしていた。しかし彼らも李文亮医師のことだけは忘れなかった。「こういう代物は本当に腹立たしい」と中年男性がポスターを指さして話した。「あの李文亮先生が言ったことはデマなのか？　先生の言ったことを基に動いていたら、武漢はいま、こんなことにはなっていなかったのに」

李文亮医師が二月七日に死去し、大衆の怒りがわき上がると、中国政府は自らの面子を保つために調査を約束した。三月一九日に報告書が発表された。この事件にさりげなく触れ、法執行手順に不備があったとした。つまり李医師への譴責《けんせき》には何の問題もなく、警察官がもう少し賢ければよかったという意味だった。

張展は激怒した。三月二三日に彼女は社区を抜け出し、中南路の派出所へ歩いて行った。壁に書かれたスローガン——厳正な正義、公平な執行——の下で、彼女は静かに警官に尋ねた。「なぜ李文亮先生を非難したのですか?」

警官たちは答えなかったが、彼女も答えを期待してはいなかった。「抗議として質問したのです。正義なき国への抗議のためでした」と彼女は投稿記事に書いた。

三日後、パンデミックは制御下に置かれたかに思われた。政府によると三日連続で新たな症例が出なかったからだ。張展はゲートを押しのけて、警官や赤腕章たちと再び対峙した。彼女は勝利を感じながら堂々と検問を通り抜けた。YouTubeで彼女は自身の勝利を「自由への道を渡る」と題して投稿した。武漢市第七医院へ行き、玄関を二時間以上にわたり観察した。政府が言うように楽観的な状況になったのか知りたかったからだ。「まだ発熱患者が来院していました」。「しかもそれは一つの病院についてだけです。本当に武漢で新しい症例はなくなっていたのでしょうか?」

友人との会話で、張展はコロナウイルスのせいで死亡した人の数は政府が言うような数千人レベルでは済まないだろうと言った。自ら認めるように証拠はないが、少なくとも一万人はいるに違いないと。「ご存じのとおり、政府の数値は嘘です。調査して統計をまとめ上げれば、どれだけ大きな嘘なのかは明らかになります。でも、それが本当に意味することは何でしょう?」

三月二七日に張展は「死因は、それほど簡単なものではない」という題名のエッセイをSNS

に投稿した。そこでは共産党を邪悪なカルトとして、生物兵器説と虐殺を仄《ほの》めかし気味に言及した。共産党が意図的に新型コロナウイルスを生物兵器として解き放ったかもしれないと、読者に暗示したのだ。

しかし今回は、彼女の考察を支持する者はほとんどいなかった。三月初めの集会で、一人の友人は陰謀論を言いふらしていると張展を批判した。張展は「受益者」論で応答した。「このパンデミックでの最大の受益者は誰？　共産党よ。パンデミックを利用して、自分たちの専制支配を強めたんだから」

その点で張展は正しかった。疫病の流行が始まった直後、共産党は「ＱＲコードによる支配」を開始した。最初は浙江省で始められ、それから全国で、中国市民は誰もがＱＲコードを使って生活しなければならなくなった。自分のＱＲコードをスキャンしないとバスや地下鉄、タクシーに乗れない。そして駅やレストランでもスキャンしなければならない。そうすることで自分がどこにいるか、常に政府に報せないといけなくなった。これはジョージ・オーウェルさえ考えつかなかった新テクノロジーだ。だが、あからさまに反対する人は中国ではほとんどいなかった。「このことを、どうして誰も話さないのか本当に理解できません」と張展は言った。「これは本当に深刻な問題です。中国人にはプライバシーも自由も何もないことになるからです」

こうした投稿のせいか、当局は彼女の移動を厳しく制限し始めた。またも社区から出られなくなったのだ。四人組が常に密接な尾行をするようになった。彼女に付きまとい、監視するのだ。

彼女が四人の尾行者をやり込めようとずっと努力したのは、彼らに彼女が行動する理由を理解してもらうためだったが、無駄だった。彼らは彼女の行動を制限し続けた。時には手荒な扱いをすることもあった。心が折れた。「あの人たちは私の味方になるべきじゃないのでしょうか？　どうして私に、あんなことをするのですか？」

張展は何度か尾行を撒《ま》こうとし、一度は成功した。検問を突破して大通りに出ると、すぐに四人の尾行者が追いついて彼女の四肢《しし》をがっちりとつかみ、驚いている通行人の前で公然と連れ去った。「全く意味がない行為ですけど」と張展は溜息をついた。「でも許してあげるべきなのでしょうね」

尾行は四月三日まで一週間続いた。それ以上耐えきれなくなって、張展は抵抗のハンガーストライキを決行した。赤腕章たちは彼女が自分たちの目の前で餓死するのは望まなかったようで、ついに彼女への拘束を緩めた。

四月四日の正午、三六時間のハンガーストライキの後に、張展は使い古した車輪つきスーツケースを引いて老車站路の社区から出た。何の心残りもなかった。警官と赤腕章たちだけではなく、無関心な住民も彼女を失望させた。「私は彼らの権利のために戦っていたのに、彼らからは全く何の反応もありませんでした」

張展は『アメリカ独立宣言』を読んだことがあり、トマス・ジェファーソンを大いに尊敬していた。彼女によれば尊敬すべきアメリカ共和国の建国者のように、専制支配下にある人々は自由のための戦いで敵陣を突破すべきなのだ。しかし中国では、抵抗の兆しすら見かけない。「みんな、国全体が骨の髄まで腐り切っているのは分かっているのです」と彼女は投稿記事に書いた。「誰も自分の生活のことしか考えない。なぜほんの少しの抵抗の気配すら見せないのでしょうか？」

「この世界は私の理想からほど遠いものです」。張展は述べ、一瞬の沈黙の後に言葉を続けた。「私が現実の世界で暮らしたことがないからかもしれません」

5

多くの中国人キリスト教徒にとって、張展は主キリストの体の一部である四肢（訳注・キリスト教徒）に価しない。めったに布教しないいし、エッセイに聖書を引用することも稀だからだ。善きサマリア人の話をすることもあるが、彼女の言う隣人愛はキリストが述べた喩《たと》え話とは異なっていた。二〇一五年の洗礼の後、彼女は三回も教会を変えた。その三教会はいずれも彼女の苦闘を認めなかったからだ。「私の行為のせいで、教会の人々は私と話をすることさえ恐れていたと聞いていています」と張展は語った。「私の唯一の伴侶は聖書です」

二〇一八年、ある聖職者は彼女に話した。「あなたが体制のせいで死ぬのなら、それは無駄です。主のために死んでこそ、主は本当に祝福するのです」。張展はその聖職者と激しい議論をした末に、部屋を飛び出した。彼女にしてみれば、真の福音は聖書の言葉を越えるものなのだ。人々が苦しさから逃れる手助けをする方がはるかに重要だ。その苦しさの根にあるものは、この国ではたった一つ、中国共産党だ。「共産主義に反対する大義のために私は存在しています」と彼女は言う。「いまの人生で他にやることはありません。それが唯一の、私がやりたいことなのです」

これこそ、彼女が武漢に来た真の理由だった。自分がどうなる可能性が高いか、彼女は明敏に悟っていた。一〇四日間にわたり、彼女は常に自分の死と死に方を考えていた。毒殺、撲殺《ぼくさつ》、ひき逃げ。そして聖書で述べられている、十字架で磔《はりつけ》にされたイエスや石投げの刑で殺された聖ステファノのようになることも考えた。常に怯えながら生きていたが、やり通す決心はしていた。「本当に死んだら、主は私の死の理由を知ってくださるでしょう」

四月八日にロックダウンは解除されたが、張展は武漢を去る気はなかった。コロナのパンデミックはまだ始まりに過ぎず、災厄はこれからはるかにひどいものになると、彼女は考えていた。取材や調査そして現地訪問を続けたいと思っていた。病棟へ入り、民衆の中に分け入り、派出所や公安局に乗り込んで警察官に方斌の居場所を質問した。彼女の取り組みは不毛なものだった。

四月二六日、張展は扁担山《ビエンダンシャン》墓園を訪れた。そこで彼女は、多くの新しい墓所を目にした。その中の一つの墓石には、田という名の高齢の市民の追悼文が一行だけ記されていた。その人は新型コロナに感染し「治療を全く受けられなかった」ために死んだと。この墓石を頼んだ人は、未来の世代が忘れないよう願いを記したのだ。張展は写真をネットに投稿し、「役人が（この墓石を）破壊せず、この世界の記録としてそっとしておいてくれるよう願う」と祈った。

友人を通じて張展は、新型コロナウイルスで死亡した人の遺族と知り合いになった。その中には夫を亡くした金風《ジンフォン》と娘が死んだ楊敏《ヤンミン》がいた。彼女は楊敏の闘いを記録し、彼女の言葉をネットに投稿した。張展は金風の自宅を訪ね、彼女の権利を守る戦いの手助けをした。金風は後に感謝を記したテキストメッセージを張展に送っている。張展は胸を打たれた。「おかげで、私は自分がやっていることに価値があると感じました。実際には何もしていなかったのですけどね。たまたま光を広めて、意図することなしに他の人へ温かさを与えていたのです。それは私にも光を与えてくれました」

五月になると、武漢は日増しに暖かくなった。張展は街頭を汗ばみながら歩いた。彼女は毎日、エッセイと動画をＳＮＳに投稿した。中国の人々が、あの災厄を忘れないよう思い起こさせるためだった。「歴史は繰り返します。不幸なことに、何も聞こえなくなるほどの大きな音を歴史という鐘が鳴らしたとき、人々は何も聞こえない振りをするのです」

五月一四日に張展は、新たにコロナの流行が始まった三民《サンミン》団地へ行った。地区封鎖を行う労働者の姿を撮影し、コメントを付け加えた。「ウイルスへの恐怖と真実への恐怖がロックダウンにつながった」

それが彼女のＳＮＳに記した最後の言葉になった。翌日、彼女の家族は拘束通知を受け取った。

拘束日付・二〇二〇年五月一五日一三時三〇分
拘束理由・尋衅滋事（訳注・挑発し事を起こす）
拘束場所・上海・浦東《プウドオン》新区収容所

武漢から上海への八〇〇キロを、どうやって張展が移動したか誰も知らない。だが、その日が来ることを彼女はずっと前から分かっていた。「もうすぐ私を逮捕すると思います。確実に、今度はひどいことになりそうです」

逮捕の直前、張展は友人の家で開かれた集会に出席していた。それは稀に見る幸福な一日だった。魚や鶏そして米を食べ、少しだけ酒も飲んだ。彼女は友人に「全身全霊で死を求めている」と語った。「殉教者になっても構わない」とも言った。「専制と戦う代償が死なら、喜んで死ぬわ」。彼女は両手をテーブルに載せて、少し困ったような表情を見せた。「でも、どうなったとしても生きている間に何とかなって欲しい。いまでも私は世界を愛しているし、人間を愛しているから」

張展の逮捕後、中国内の生活はさらに困難になり、一般人が享受できる自由は強烈に制限された。西方では新疆の烏魯木斉《ウルムチ》で、東北部では吉林省の通化《トンファ》市と北京に近い石家荘《シージャーヂュアン》市、邢台《シインタイ》市でコロナウイルスの流行が発生した。中国政府は何かに復讐するかのように「武漢での経験」を用い、都市のロックダウンと交通機関の停止を続けた。人々の家には度々、役所の紙片が何層にも糊付けされ閉鎖された。移動禁止令に挑戦しようとした者は誰もが、手ひどく罰金を科されたり嫌がらせを受けたり、殴られたりした。中には社会への見せしめとして木に括《くく》り付けられた者もいた……数え切れないほどの人が物資の不足に苦しんでいたが、ゼロコロナ政策のおかげで抗議の声を上げられなかった。

四カ月後、上海・浦東新区の検察官事務所は張展を裁判所に起訴した。「被告はツイッターやＹｏｕＴｕｂｅといったＳＮＳ上で文章や動画を使い、大量の偽情報を流布した。また海外メディアのインタビューを受けていた。彼女は悪意を持って新型コロナによる肺炎の流行を喧伝したのだ。情報を受け取った者は多数で、悪影響は深刻である」

張展がハンガーストライキを始めた時期は不明だが、長期間持ちこたえたことは間違いない。一二月一七日になって、やっと彼女の弁護士が多くの障害を乗り越えて彼女と接見できた。彼女は「見分けがつかないほど痩せて」いた。顔は真っ青で深い皺《しわ》が寄り、ふらつきながら歩いていたという。接見の間、彼女の両手は腰に括り付けられ、鼻に栄養を無理矢理補給する管が入れられていた。弁護士は彼女に食事を再開するよう哀願した。しかし張展の決意は固かった。「ハンガーストライキを利用して、私に対する邪悪な迫害への強い不服従を表明します」

一二月二八日に裁判所は、張展に「尋衅滋事の罪状」で有罪判決を下した。量刑は懲役四年だった。ピンク色のダウンジャケットを着た彼女は、車椅子に拘束されていた。両手は背中で手錠をかけられ太いロープが腰に巻かれていたが、彼女は穏やかに見えた。厳粛な法廷で彼女は頭を上げ、金色の国章と人目を引く判事と検事に目をやった。「この法廷が裁いているのは私ではなく、あなたたちです」と彼女は首席裁判官に告げた。その声は明瞭で穏やかだった。「私を被告席に座らせておいて。こんなことは間違っていると、あなたたちの良心は教えてくれないのですか?」

張展は苦難の一〇四日間を武漢で戦った。勝利の見込みがないことを知りながら、それでも彼女は覚悟を決めて戦場へと向かったのだ。これからの年月、彼女はさらなる苦難と、涙と血に向き合うことになるだろう。しかし彼女の残した言葉と鮮烈なイメージは消えることはない。地球を粉砕するような災厄の真っ只中で、たった一人の女性がゲートを押し倒し続けたのだ。

第六章　ノアの方舟に乗るように

1

「何かが起こっているに違いない」と黎学文《リシュエウェン》は思った。

それは二〇二〇年が始まってすぐ。学文は自分の携帯電話で、いまとなっては悪名高い記事を読んだところだった。武漢公安局が「流言を広めた」という容疑で八名の医師を「法律に基づき処分した」という。彼は携帯電話を置き、このニュースの背景を熟考した。「警察は自分の判断でこんなことをしないだろう。上層部の命令に従ったに違いない。そして、その上層部はさらに上の命令に従ったに違いない。何をしようとしている？」

「私は医師ではないので、このウイルスがどれほどの危険性を持つのかは分かりませんでした。しかし政府がやっていることには気がつきました」と彼は説明した。「下される量刑が軽い場合は、深刻なものではありません。しかし逮捕してテレビで公開するなら、それが何か重大なものであるのを示唆《しさ》しています」

学文は一九七七年生まれ。背の高さは中くらいで非常に痩せているので、栄養失調のような外見だった。笑うときは口が少し左右非対称になる。もっとも彼が笑うことは滅多になかった。常に真面目で、日常のおしゃべりにさえ全体主義や市民社会、民主主義や人権といった大きな言葉を使った。二〇〇八年に修士課程を修了すると、大学講師と出版社の編集者の職に就いたが、職は長続きしなかった。政府に批判的な彼の記事が海外で出版されたからだと、彼は考えていた。

彼の妻である黄思敏《ホアンシーミン》は有名な弁護士で、要注意人物、時に危険な政治的案件で多くの人を弁護し、代理人となっていた。学文の記事と同じく、こうした案件は生活の足しにならず、悩みの種になるだけだった。地方政府は彼らを忌み嫌い、二人は頻繁に引っ越しせざるを得なかった。武漢から南部の広州と仏山《フォーシャン》へ移り、そして武漢へ戻ってきた。その間も警察は何度も彼らを出頭させた。そうした放浪者の苦難のせいで学文は体制をクリアに直視するようになった——政府が何を言おうと、常に用心深くなければならない。

その二〇二〇年初頭以降、学文は周囲の人々に口うるさく注意し始めた。「誰かに会うと必ず言いました。家族や友人に、そしてタクシーの運転手にも『適切な防護措置をとり、マスクを着用しなさい』と。しかし誰も、私の言うことに注意を払いませんでした」。彼は頭を振った。「中国人は政府のプロパガンダを信じています。プロパガンダを頭から信じ込むのです」

二〇二〇年一月、政府の欺瞞《ぎまん》情報——「ヒトヒト感染はない」「予防可能で制御下にある」「パニックになる必要はない」——のせいで、本来なら感染を避けられた無数の人々が深刻な病気に感染した。そして全世界を深淵《しんえん》へと引きずりこんだのだ。学文は危険を感じていたものの、状況の重大さを完全に理解していたわけではなかった。いつも通りの行動を続け、人と集まりを持った。一月九日には妻の思敏と共に、武漢同済医院に入院する友人を訪ねさえした。その頃の同済医院にはすでに多くの感染者がいたが、学文は同院訪問を特にリスクの高いものとは思っていなかった。病院のロビーが日曜日の市場なみの混雑なのを見て、軽い優越感を抱きつつコメントを残した。「武漢の人々の勇敢さには本当に恐れ入る。数えきれないほど人がいるのに、マスクを着用している人はほとんどいない。この集団心理は考察の種になる」

一月二〇日になると、政府は新型コロナウイルスが「ヒトヒト感染する」と不《ふ》承《しょう》不《ぶ》承《しょう》ながら認めた。事前の警告もないまま、その言葉は重火器の砲撃のように武漢中に響き渡った。「一晩で武漢は戦時体制に変わりました」と学文は述べた。「私は家族を連れて武漢から逃亡する決断をしました」

彼は長々と逃避行について自己弁護した。「自分自身を守ることは人権の一部でしょう？　全体主義の国で暮らし、自分自身を守る真実を剥奪《はくだつ》されたら、その人が悪いのですか？　私は実際のところ犠牲者ですよ……」、彼は言葉を続けた。「罪悪感はありません。後悔もしていません」

そうした言葉が本心とは思えなかった。心の底では、彼は武漢に残り、同じ市民や友人、隣人と一緒に苦難に臨みたかっただろう。「武漢に残っていれば」と彼は自分に向けて呟いた。「もっと色々なことができただろうな」。しかし彼は顔を上げ断固として言った。「でも後悔はしていません」

彼は三日後の武漢発の航空便を予約した。妻は出張でタイにいたので、学文は妻の両親と高齢の祖母を連れて避難するつもりだった。しかし彼が考えているより情勢は急速に悪化していた。一月二三日のとても朝早く、武漢市がロックダウンされると友人が報せてきた。たぶん武漢から出ていくのは無理だよと。

それは午前二時だった。学文はベッドから飛び起きて、タイにいる妻に電話をかけた。そして家族全員の航空便の時間変更を頼んだ。いくつものタクシーアプリを使い、義母の家に行こうとした。しかし、どのアプリも反応しなかった。三〇分たってようやく何とかタクシーを捕まえて、五キロの道のりを走った。都市はゴーストタウンのようだった。途中で幾つもの静まりかえった街区を通り過ぎた。いつもなら着飾った若者と騒々しい音楽で早朝まで賑わっている繁華街なのに。しかし一月二三日の早朝、学文は誰の姿も見かけることはなく、穏やかな微風以外には何の音も聞こえなかった。街灯さえも冷たく見えた。道路を走っているのが彼が乗っている車しかなく、巨大な無人の墓地を通り抜けているかのようだった。学文には恐怖しかなかった。「信じ難いほどシュールな光景で、あんな武漢はいままで見たことがありません」と語った。その恐怖感はいまなお残る。

運転手に階下で待つよう頼むと、彼は妻の実家へ駆け込んだ。問答は一切抜きで、武漢はロックダウンされると妻の家族に告げた。「ありったけの現金を持って、持てるだけの物を持って逃げましょう。すぐに出発だ」

妻・思敏の祖母である熊巧雲《シオンチアユィン》は八五歳だった。七五年前、日本軍による侵略、悪名高い漢口大空襲を生き抜いた。子供心に避難しなければならなかったときのことは忘れない。しかし七五年が経ち、彼女の住む街は再び危機へ落ちていった。よろめきながら家を出て無人の街路を見渡すと、彼女は嘆息せざるを得なかった。「ああ、日本の侵略者から逃げたときと同じじゃないの」

同じ恐怖からか、タクシーの運転手は学文たちを待っていなかった。学文は再びアプリでタクシーを探したが、今度はもっと見つけられなくなっていた。アプリの地図では、武漢市の中心部にいる学文たちの周囲一〇キロ以内には、一台のタクシーもいないことが示されていた。学文たちは、お互いの顔を失望の面持ちで見つめた。いや、迫り来る黙示録《もくじろく》に怯えていたのだ。遠くからタクシーが近づいてきた。学文は必死に腕を振って叫んだ。しかし運転手には聞こえなかったようで、そのまま走りすぎた。「どうなっているの?」と義母が怖がって聞いてきた。「どうして、こんなことに?」

午前四時になって、やっとタクシーが捕まった。空港に到着すると、まるで先史時代の原始社会から現代のニューヨーク・タイムズスクエアにジャンプしたかのように感じられた。「市全体から人が消え、暗闇に沈んでいたところから、突然、騒がしくて人が溢れる明るい照明の場所に来たので、あっけにとられました」

彼らが空港に到着すると同時に、空港まで走ってきた高速道路が封鎖された。ロックダウンが始まったのだ。空港は混乱していた。職員は一人も見当たらず、航空機の出発時間を知る術はなかった。ターミナルに入ってくる人は増える一方で、誰もいない搭乗受付のカウンターで絶望にかられて走りまわり、叫ぶ人もいた。誰もが怖がっているようだ。午前六時頃になり、空港のスタッフがやって来た。彼らはマスクを着けていた。氷のように冷たいロボットの軍団のように、彼らは無表情で質問への反応も鈍かった。

「国際便は止まっていましたが、国内便は通常通りの運行でした。理由は分かりません」と学文は語る。「搭乗するとき検査はありませんでした。体温の検査もなかった。八五歳の義理の祖母は、通常なら求められる権利放棄の文書に署名することも求められませんでした。職員が忘れていたのかどうかは分かりません」

旅客機が滑走路を移動するときになって、やっと学文は落ち着いた。「ノアの方舟に乗ったような気がしました」。その頃には空が明るくなり始め、夜明けの暖かな光の中で武漢にいくつもある湖面は鏡のように滑らかに見えて、花が静かに咲いていた。混雑した病棟では人々が苦しみの中で死につつあった。パニックの中で苦難に直面する人たちがいた。「私は確かに逃げられたかもしれませんが、幸せではなく、心が重かった。私の背後にはブラックホールがあったからです」と学文は重々しく語った。「それは武漢の一一〇〇万人を飲み込んだブラックホールでした」

2

「お前らは身勝手なクズだ」

「地獄に落ちろ」

「ウイルスに感染《かか》ればいいのに」……

ＳＮＳ上では武漢から逃げた人々が罵倒されていた。そうした投稿を見ながら、学文と家族は広州のアパートに隠れていた。武漢から来たと言いふらされることを恐れて、隣人に挨拶することもなかった。学文は憤然として語った。「当時は誰もが武漢や湖北省から来た人間を、叩かなければならない犬のように扱っていました」

翌日の一月二四日は旧暦の大晦日。学文は妻の家族と料理を作った——野菜や茸、そして蓮根のスープだった。みんなで料理を食べ酒を飲み、お決まりの縁起のいい文句を繰り返した。しかし学文は憂鬱《ゆううつ》だった。ツイッターで何度も武漢からの逃避行の様子をつぶやき、軽率で杜撰《ずさん》なロックダウンを批判した。「こんな突然のロックダウンは無責任だ。数百万もの人はどう生きていくのか。私の家族と友人は武漢にいるのに」

彼のツイートは津波のような反発と非難を巻き起こした。数カ月が経ったいまでも、痛みが残る。「連中は意地悪く私を罵倒しました。しかし私は何か間違っていましたか？」

彼は自分を罵った人々を「小粉紅《シアオフェンホオン》（訳注・粉紅はピンク色のこと）」と呼ぶ。共産党を偶像視し、そのプロパガンダに惑《まど》わされている若者のことだ。しかし細かく見ると、学文を罵倒したのは小粉紅だけではなかった。学文自身が「ウイルスを撒き散らしている」と責める者もいた。そうした罵倒をする人は単にガス抜きでやっているのではなく、本当にそう信じ込んでいるのだ。当時の中国では、そういう考え方が多数派だった。

後に中国政府は「ウイルスに勝利した」と自らを讃え、全世界は「中国のやり方」を真似るべきだと示唆した。一般の中国人、特に武漢の人々が支払った重い対価は無視された。ある中国人学者によれば儒教文化の影響で、東アジアの人間は権威に従い西側の個人主義的な見方よりも集団主義的な見方をする傾向があるという。そのため東アジアの人間は指示通りマスクを着ける。自分自身のことより家族や隣人を心配するからだ。この仮説が正しいなら、「ウイルスへの偉大な勝利」は中国政府の功績ではなく、中国人の節度と自制心によるものである。

学文にとって、この仮説は混乱していた頭の中をはっきりさせてくれた。中国人が集団主義を尊ぶなら、自分の武漢からの逃避行は賞賛に価しないことになる。集団の利益より自己の利益を優先する行動だったからだ。自分は他者の安全を考慮しなかったのだ。

広州に到着して数日後、学文はひどい風邪にかかり、絶え間ない咳が続いた。「当時は本当にコロナに感染したと思い、自分を隔離すべきか考えました。どうやって広州の病院に行けばいいか心配もしました」。死を意識したことと、嵐のような批判と嫌がらせを受けたことで、物事を悪い方向に考えるようになっていた。とはいえ微博や微信で、武漢での深刻な症例の急増による悲嘆や苦闘、死が広がる投稿を読むと、自分の暗い考え方など全然大したものではないように思えた。「本当に地獄の光景のようでした。あまりに痛ましかった」

友人から狂ったようなSOSの電話がかかってきたとき、学文は早々に眠りについていた。胡《ホウ》維麗《ウェイリイ》は教師で、彼女の父はガンを患っており、治療を受けていた病院で新型コロナウイルスに感染していた。それは一月一八日、ウイルスはヒトヒト感染しないと政府が言っていた頃だった。彼女の父が病院から自宅に戻るときも感染予防について指示はなく、妻や娘そして義理の娘が次々と感染してしまったのだ。一月二七日に李克強首相が武漢を訪問したとき、胡の家族は四名が感染していた。入院が必要な患者は全て入院させると李克強首相はテレビで約束した。しかし現実には、胡維麗がどれほど懸命に努力しても父親を入院させることはできなかった。

「それまで胡維麗から連絡してくることは滅多にありませんでした。死に物狂いになっていなければ、私を探し出そうとはしなかったでしょう」と学文は言った。「その頃、武漢の医療体制は崩壊していて、病床を見つけることは事実上不可能でした。彼女のために何かできるかどうかも分からなかったので、助けを求める文章を彼女に書いてもらい、私がSNSで友人に回覧したのです」

胡維麗が書いた三百字の嘆願文の一言一句、全句読点に彼女の必死さが込められていた。

お願いだから私の家族を助けて！　私は三日間も熱が出ています。母と義理の妹も発熱しています。誰も助けてくれません。自宅で待機するよう言われ、家を出ることは許されていません。つまり自宅で死ぬことになるんです。電話をかけても、何もしてくれません。新型コロナウイルスの患者だと確定しているのに、何もしてくれないのです！　ここには小さな子供が三人います！　こんな状態でどうやって生きていけるのですか？　どうやって？　お願い、助けて！

武漢の状況について、中国の他地域の何百万人もが心を痛めていた中、胡維麗の嘆願は瞬《また》く間に微博で拡散し、北京の新聞社を含む多くの人に読まれ再投稿《リポスト》された。数時間の内に、胡維麗は再び学文に電話をかけてきて、投稿した文章をＳＮＳから削除するよう頼んできた。

「最初は私に嘆願文を広めるよう頼み、次は削除して欲しいという。どうなっているのかと彼女に尋ねました。警官が青山区にある彼女の自宅にやって来たと言うのです。『もし削除するなら、あなたの父親は明日にも入院できる。もし消さないなら、ただ待ってもらうだけだ』と警官は言ったそうです」

学文は警察がこうした動きに出た理由を深く考えなかったが、中国で暮らしたことのある者なら誰も驚かないだろう。中国政府の理屈では、助けを求める胡維麗の叫びは「後ろ向きの情報」である。それは政府が無能で無力で国民の生活に無関心だと示すことになる。政府はいまや極端な手段も辞さず「後ろ向きのニュース」を弾圧していた。官僚はメディアが「有害なニュース」を発表するのを禁じる一連の命令を出した。多くの人がこの疑いで取り調べを受け、譴責され警告を受けていた。検閲にはネット自警団の戦士が投入され大騒ぎになっていた。パンデミックの最中にあっても中国政府は、ウイルスよりも「後ろ向きのニュース」に懸念を抱いていたのだ。

学文によると、胡維麗の隣に警官たちがおり、彼女に電話させたのだという。「私の投稿を削除することは可能でしたが、すでに幅広く拡散していて完全に削除できませんでした」。警官は胡維麗の自宅に留まり彼女を脅迫し、彼女が休むことなく電話をかけて人々にＳＮＳから投稿を削除するよう求める様を見守っていた。学文の友人の一人である詩人の葉匡政《イエクアンヂョン》は北京で暮らしている。微博では「Ｂｉｇ Ｖ」という名前で、インターネット上の実績あるインフルエンサーだ。彼は胡維麗の嘆願を再投稿しコメントをつけていた。その結果、さらに多くの再投稿とコメントへとつながっていた。彼も警官に嫌がらせを受けた。「午前二時に警察は葉匡政に電話して投稿を削除するよう要求しました。学文は頭を振りながら述べた。「ただひたすら、警察は恥知らずなのです。そんな警察に対して私は何もできない」

胡維麗の身に降りかかった事件はよい結末を迎えた。警察は約束を守り、翌日に彼女の父の入院を手配したのだ。胡維麗の嘆願文を投稿し、そして削除したことで、学文はやっと武漢の役に立つことができたと思えた。「胡維麗は、私が彼女の父の命を助けてくれたと後に言ってくれました」。学文は珍しく笑みを見せて語った。しかし、すぐに真剣な態度に戻った。「私は実際には、何もしなかったのですが」

学文はウイルス以上に現体制を憎んでいた。真実を隠し、自分以外のあらゆる声を抑圧するからだ。一月二八日、彼は自分の微信のページに書き込んだ。「あと何人が故郷で沈黙のまま死んでいくか、私には分からない。彼らの人数は調べられることもない」

直後の夜遅く、彼は武漢の住人の集合写真を投稿した。写真の顔には、ぼかしを入れた。背後に映るのは黄鶴楼《ホアンホーロウ》で、それは紀元三世紀から揚子江の川岸に立っている古代の建設物だ。彼によればその夜、「民衆の悲痛な叫びと全体主義の建物が崩れ落ちる音が聞こえた」のだという。一両日後、彼は投稿した。「いまは書けない。怒りすら空しくなってきた……嫌になる、ただただ嫌になる……」

3

　ドアを開けると、学文の前にはまばゆいほど白い面々がいた。マスクとゴーグルを着用し、全身を白色の防護服に包んだ、外宇宙からの訪問者のような外見の集団だった。責任者の一人が学文の身分証明カードを調べて、家族全員を検温した。それからチームのメンバーを送り込んで、全部屋に消毒剤を散布した。

　外宇宙からの訪問者を見た学文は神経質になっていた。これからどうなるか正確に分かっていたからだ。「彼らは疾病予防部門の人間で、警察の先遣隊として消毒剤を散布していたのです」と彼は説明した。「武漢から来た私の家族を、警察すら怖がっていたのです」

　その後すぐに警察がやって来た。一人は制服を着た、恐らく地元の警察官で道案内役だった。他の二人は私服だった。一人は肥《ふと》っており、もう一人は痩せていた。学文は彼らを「国保《グオバオ》」と呼んだ。国内安全保衛隊の略で、秘密警察だ。共産主義体制に挑戦する者を監視し取り調べ、嫌がらせをし、殴打することさえある。公の場に出てくることは滅多にないが、学文にとっては見慣れた者たちだった。過去一〇年間、国保とは何度もやり取りしていたからだ。彼らとのやり取りはいつも不愉快だった。

国保は学文に「少し歩こう」と言った。行き先は警察本部でも地元警察署でもなく、アパートの階下にある、この建物の管理会社の事務所だった。学文は言う。「彼らは怖がっていて、私たちを警察署に入れるのは何が何でも嫌だったのです。なぜなら、私たちが武漢から来たからです」

学文の妻の思敏は弁護士で、彼らに協力するのは気が進まなかった。「話をしたいのなら、警察署でしましょう」。階下の事務所に入ると、白熱の言い争いが始まった。思敏は「法の手続き」に従うよう主張し、二人の国保は断固として抵抗した。「あんたみたいな弁護士、見たことないぞ」と肥った国保が怒鳴った。「あなたのような警察官を私は見たことがないですね」と思敏は言い返した。

それは二月一一日のことで、広州では寒い冬の一日だった。妻が威勢よく国保と言い争うのを見守っていた学文は、なんだか楽しくなってきた。「国保はマスクを着けていたので、ヒートアップするにつれて吐く息で眼鏡が曇っていました」と彼は笑いながら思い出す。「しかし、ああいう言い争いでは何も解決しないと思いました。そこで彼女の腕に手を置いて話を止めてから、二人の国保に言いました。『話がしたいのなら、行くところへ行って話しましょう』」

中国の法律では、若干変則的ではあるが、こうした会話も取り調べに含まれると規定されている。学文と思敏は粗末な事務所の片側に座り、二人の国保はもう一方に座っていた。肥った方の国保が記録をとっていた。痩せた方が上司らしかった。「お前らを我々が探し出した理由を分かってるのか？」

学文は当然、その理由を知っていた。三日前に彼は大規模な運動を始めていたのだ。武漢にいる友人全員に連絡をとり、Ｆａｃｅｂｏｏｋとツイッターで「李文亮を忘れるな」というアカウントをみんなで取得した。李医師の銅像を製作・公開する運動のためだった。

数カ月経っても、この運動について話す学文は非常に真剣だった。「李文亮医師が亡くなったとき、私は泣きました。私にとっては、それほどまで感情に訴えかけてくる出来事だったのです。私と友人たちは、彼のために立ち上がり何かをしなければならないと思いました」。彼は李医師の有名な言葉を引用した。「たった一つの声しかない健康な社会など、あり得ない」

学文がネットに投稿した請願書は、彼独特の真面目で丁寧なスタイルで書かれていた。

中国の同胞へ。私たちは社会正義を重んじる、様々な職に就く武漢市民です。みなさんと同じように、二〇二〇年二月六日の夜遅くに李文亮医師が亡くなったとき、私たちは衝撃を受けました。身震いするほどの悲しみと怒りを感じました。良心ゆえに何かをしなければと考えました。……彼を追悼するために、そして事態を告発した勇気を記念して彼の言葉の魂を現実のものにするために、私たちは李文亮医師の銅像を製作するための募金活動を始めました。

彼らが心に思い描いていたのは、警察による譴責の言葉を刻んだ大きな台座の上に立つ、巨大な銅像だった。「李文亮医師が象徴するものは栄誉であり、また屈辱でもあります」。顔を上げて学文は言った。眼には真剣な思いが映り、顔の筋肉は引きつっていた。「私たちは、彼の栄誉と屈辱を永遠に世界に覚えていて欲しいのです」

彼の提案はツイッターとＦａｃｅｂｏｏｋ、そして微信にも投稿された。一般の人々の反応は素早かった。数時間のうちに三万人民元以上が寄付用の口座に振り込まれた。自分が銅像の費用を全額喜んで払うと言う人さえいたが、学文は申し出を断った。「かかる費用の問題ではなく、本質的に市民運動なので、できる限り多くの人に参加して欲しかったのです」

この運動に政府は細心の注意を払っていた。一日後、中国の防火長城（訳注・中国国内のインターネット情報検閲システム）内のＳＮＳから彼の提案は削除された。そして警察は武漢にいる学文の友人たちに警告を発した。提案を再投稿した者も、警察から次々と嫌がらせを受けた。学文は逃れるチャンスがないと悟った。「私が運動を始めたので、逃げ場はないのです。しかし覚悟はできていました」

学文の言う「覚悟」は、あくまでも彼の士気を高めるために発したものだっただろう。実際のところは覚悟しようがなかった。次にどうなるか、全く分かっていなかった。「『お茶に招かれる』のは確実でした。逮捕もあり得たし、投獄も……」、そこで彼は頭を振った。「それも考えましたが、その可能性は小さいとも思っていました」

二月一一日の尋問は一時間にわたって続いた。国保の取り調べに直面しても、学文は平静を保っていた。誰が運動を始めたのか、誰が提案を書いたのか、彼は知らないと主張した。聴取記録に署名するのは気が進まなかった。実際、ほぼすべての質問への彼の回答は「知りません」「それについては、はっきりしません」「思い出せません」だったのだ。痩せた方の国保は書類の山を学文の顔に突きつけた。その中にはツイッターへの投稿のプリントアウトも含まれていた。「この人物は、お前か？」

「もちろん違いますよ。その人の名前は思文《スーウェン》ですね。私の名前は黎学文です。どう見ても別人でしょう？」

「つまり、やったけれど自分とは認めはしないということか」。痩せた方の国保は嫌味っぽく言った。

「そうだとすればイエスですし、違うのならノーですね」と彼は穏やかに答えた。「どうして、わざわざ巻き込まれに行くんですか？」

「本当は、思文は私のハンドルネームでした」と後に学文は語った。そして「しかし断固として、私は彼らにそれを認めませんでした」と満足げに付け加えた。「絶対に認めませんけどね、そうでしょう？」。彼は言葉を止め、真剣な物腰になった。「これが市民としての、私の言論の自由です。彼らに干渉する権利はないのです」

「私が一番心配していたのは、彼らがパンデミックを口実に私たちをアパートに閉じ込めるか追い出すかすることでした。李文亮医師の名前に触れたりメディアのインタビューを受けるだけで追い出すと、連中は脅しをかけました。あの頃、湖北省から来た人間は事実上どこにも行けませんでした」。学文はひどい不安に苛《さいな》まれた。「私には食べさせなければならない家族がいましたから、選択の余地はなく、彼らの要求に応じるしかありませんでした」

尋問後も長期間にわたり、学文は事実上の軟禁状態に置かれた。アパートの周囲を歩くことは許されたが、社区を出ることは絶対に禁止された。ある日のこと彼は煙草を一箱、買いに行きたくなった。監視していた警官たちは、彼が社区外に出るのを妨害した。「お前の代わりに、誰か他の者に買いに行かせるんだ」と彼らは告げた。

四月になるまで、学文はSNSにほとんど何も投稿できなかった。あの国保たちは毎週のように嫌がらせをしてきた。大騒ぎすることも度々あったが、それほどでもないこともあった。「彼らは計六回やって来て私を取り調べ、三回は記録を書面にしていました」と学文は語る。「だから私は何もできなかったし、何も言えませんでした。日ごとに情勢が悪化していくのを見つめるだけでした。あれは本当に憂鬱でした」

国保に言わせると、学文の銅像建立の提案は「李文亮事件をかきたてる」意図があるという。「かきたて」とは危険な煽動という意味だ。共産主義体制の言葉づかいでは、それは「李文亮の影響力を誇張し粉飾することにより、共産党体制への反抗を目的として人民の不満を煽動すること」なのだ。

しかし学文の運動開始から約二〇日後、中国政府は李文亮医師の事件をプロパガンダに利用し始め、多くの人が驚いた。新聞が李医師について報道し賞賛するようになった。彼はいまや「殉難者」であり、「傑出した人物」になったのだ。九月には公式に五四褒章（訳注・様々な分野で活躍した中国の青年に贈られる最高栄誉の褒章）が授与され、湖北省では大規模な追悼行事が開催された。省党書記の応勇《イインヨン》は、コロナの「英雄的な殉難者」を讃える際に李文亮を入れるようになり、彼らは「新時代の最も素晴らしい人々」で「国家の屋台骨」だとした。

こうした動きは、学文の請願とは無関係だった。共産党が徹底して李医師を讃えているとき、李医師追悼運動を始めた張本人は広州のアパートに隠れていた。落胆し、警察に嫌がらせをされて四人同様になっていたのだ。

共産党の言動が矛盾することは、実際目新しくない。この政党は自分の立派さや偉大さ、そして正しさをひけらかす。しかし武漢の災厄によって世界は中国共産党をまともではなく、脆弱《ぜいじゃく》で混乱していると見るようになった。李文亮医師が亡くなったとき、共産党は彼を恐れ、後には利用した。共産党は、李医師を人民の英雄ではなく共産主義の英雄になるように仕向けただけだ。彼は共産党の殉難者でなければならず、共産党に迫害された殉難者であってはならないからだ。結局、あの若き医師は、正しい医学情報を友人に送ったために譴責され叱責され、現場で死んでいく不運に見舞われた。共産党のパンデミックとの勝利の一部にされてしまったことで、彼にはもう一つ災難がつけ加わったのだ。

李文亮医師の死後、彼の微博のアカウントは聖地になった。数え切れない人々がメッセージを残し、彼を顕彰して心の内を語りかけた。ありのままの魂、他の人には絶対に話さないことを彼には打ち明けた。二〇二〇年一二月になると、李医師の最初の微博の投稿には一〇〇万以上のコメントが付いていた。「李先生、冬になりました。そちらも寒くなってますか？」「李先生は天国では咎《とが》められていないでしょうね？」「李先生、今日ボーイフレンドと別れました。とても悲しいです」

李文亮医師のアカウントは中国人の「嘆きの壁」になったというコメンテーターもいた。これこそ自分が試みた運動の実現かもしれないと学文は言う。数百万の人々が涙と内なる声でバーチャルな墓碑を建設したからだ。李医師の屈辱、そして栄誉の記録として。

人々の投稿はやがて削除されアカウントも閉鎖されるかもしれない。しかし追悼の念と、ほとばしる心を消すことはできない。世界は永遠に彼の名を忘れないし、彼の言葉と悲劇的な運命も忘れない。それはまさに、学文が削除された投稿で書いたことだった。李文亮は武漢の英雄に留まらない、中国人にとっての英雄なのだ。

四月二五日、学文と家族の流浪生活は終わり、武漢へ戻った。旅客機が着陸したのは夜だった。災難に取り憑《つ》かれた都市を眺めて、学文は眉をひそめた。三カ月前の身の毛もよだつ逃避行に思いをはせていた。「あのとき、道路に自動車はほとんどいませんでしたし、歩いている人もいませんでした。街灯すら冷たかった」と彼は書き記した。

「最近は憂鬱だよ。無理にでも何かを書かなければならないのかもしれない」と彼は友人との集まりで言った。しかし彼は自分を取り戻せない様子だった。何も発表できないまま、彼はずっと武漢と中国を、不機嫌そうに観察している。時には楽天的に「全体主義の殿堂が崩れ落ちる音が聞こえる」と言うこともある。落胆していることもある。なぜなら、コロナの災厄は終わっておらず、さらに悪くなるかもしれないからだ。

彼は迫害されている反体制派を心配していた。張貫龍《ヂャアンジアロオン》、欧彪峰《オウビアオフオン》、杜斌《ドウビン》そして不屈の女性弁護士張展《ヂァンヂャン》である。張展が投獄された後、学文は友人に自慢話をした。

「武漢に戻って最初にしたのは、張展を食事に連れて行ったことだった。その日、彼女はとても嬉しそうだった。ここ数カ月の武漢で最高の食事だと言ってくれた」

二〇二〇年一二月二八日、張展に有罪判決が下った日、学文は悲しみと怒りをこめて、長い詩を書いた。

君は恐怖に襲われた都市で道を拓き、進んでいった
君の疲弊と粘り強さ
多くの嘘を覆い隠すベールを引き裂いてくれる……
君の肉体は手錠と足枷で縛りつけられている
でも君の魂は永久に自由だ
誰も君を裁けない

君を裁こうとする者は
自分が裁かれることになるだろう。

詩に託した気持ちは反抗的だったが、学文は意気消沈し、日が経つにつれ萎《な》えていった。「(逃げて何もできなかったことへの)贖罪《しょくざい》の途《みち》はあまりにも険しい」と、ある夜遅く彼は友人に語った。「時々、精神崩壊寸前になる」

そして学文と思敏は離婚した。彼は小さなアパートで独り暮らしを始め、滅多に外出しなくなり、ぼんやり壁を見つめることが多くなった。離婚とパンデミックは関係ないと彼は言う。「もっと前から二人の関係には亀裂が生じていました」。しかし、パンデミックで生じた傷が癒えなかったと認めることもあった。「悲しみがさらに苦しさを増し、砕け散っていた関係をさらに粉々にしたのです」

「武漢に戻ると、パンデミックは最初に恐れたほどひどいものではなかったかもしれないとまで感じるようになりました。外を見て下さい。街頭は活気に溢れています。それでも、これはもう昔の武漢ではないとはっきり感じています」

二〇二〇年五月のむっとするほど暑い日の午後、学文は武漢のレストランにいた。友人や作家である私と、午後のお茶を楽しんでいたのだ。陽が差し込んで彼の上に浮かぶ埃は、帳《とばり》にも似ていた。「つまり、以前の我々が暮らしていた生活は奪われてしまったのです。鋭いナイフで、暮らしが真っ二つに切り離されたようです。片方はコロナウイルス前、もう一つはコロナウイルス後。かつての暮らしに戻れるとは思えません」

彼はスプーンを置き、口をナプキンで拭《ぬぐ》った。「私にとっては、まるで……」、彼は自分の胸を指さした。「ここに穴が空いたようです」

第七章　最暗黒の時間

1

「この病気に感染《かか》るか、感染らないかには大きな違いがあるのと同じように、あのときの武漢で感染ったことは、他の場所で経験するのと大きく違います」

王鋼城《ワンガンチョン》は、ゆっくりと話した。「本当に理解するには自分で経験しなければ分からないときがある」と右手を上げて手の甲——指ではなく——で鼻をこすって続けた。「武漢のほとんどの人にとって、この病気はもうすぐ終わるどころの話ではありません。傷を負ったようなものです。早々に治る傷もあれば時間がかかるものもあります。一生治らない傷もあるのです」

武漢の街頭で鋼城は目立つ。一メートル七八センチの身長で恰幅《かっぷく》がよく、堂々とした足取りで歩く。ゆっくり前進する装甲車のようだ。中流階級の大部分の人々と同じく、彼は三十数年間の人生で後戻りを経験したことがほとんどない。先が見えている人生の道を進み、どのステージでも予想通りの教育を受け、職を得て結婚し、しかるべきときに子供を授かり、一歩一歩進んでいた。

適切とされる枠を越える行動もしなかった。大企業の中間管理職の彼は富裕層ではなかったが、武漢のほとんどの住民よりは高い収入を得ていた。ときどき言い争いがあっても、家庭生活は暖かく仲は良かった。将来への野心も心配もなかった。「今年のことがなければ」と彼は懐かしそうな笑みを浮かべて言う。「人生で目立つことは何もなかったでしょうね」

「あのロックダウンの日まで、僕は落ち着いていて何の問題もありませんでした」と鋼城は言う。「流言を作り上げ、広めた」との容疑で八名の医師が「法律によって処分された」という話を耳にした。彼は特段重要だとは思わなかったが、友人の邵勝強《シャオションチアン》の話は知っていた。

邵は、それなりに有名な武漢の起業家で三一歳。共産主義青年団の役職についていた。いくつもの会社――レストラン、ヘッドハンティング会社、ベーカリー――を所有し、金品を慈善団体に頻繁に寄付していた。彼は自分の成功をいつも自慢している武漢の富裕層の一員だった。「たくさん企業を持っているんだ」「俺にとってカネは問題じゃない」

一月三日にCCTVが「流言を広めた」医師について報道していた頃、邵は発症した。咳と下痢、三九・七度の発熱だった。数日後に彼は「原因不明の肺炎」との診断を受けた。すぐに病状は重篤《じゅうとく》になった。肺が弱り、病院は「重態通知」を出した。公式に推奨される治療計画はなかったので、生命を救うために経静脈的免疫グロブリン療法が採用された。それは極めて高額の治療法で、一カ月で二五万人民元（約四八〇万円）が必要だった。

鋼城には、邵の病が自分とどう関係するか全く分からなかった。政府のメッセージ――「ヒトヒト感染はない」「予防可能で制御下にある」――で彼は自信を持つことができた。政府の言葉で、彼は完全に安心できたのだ。

ある日のこと、彼が自宅で新しい病気を話題にすると、彼の父がたしなめた。「敵の勢力が動かしているネット戦士が大勢いる。やつらは中国を中傷するためにやっているんだ。連中に手玉に取られたら駄目だぞ」。鋼城は父の意見に完全に同意してはいなかったが、否定もしなかった。中流階級の多くの人々と同じように、鋼城は中国政府を信頼し、頼っていた。中国は発展途上にある「準民主主義国家」だと彼は言う。政府がミスを犯したなら、それは「発展の観点から考えなければならない」、つまり寛容と共感をもって評価するのだ。英国の風刺コメディ『イン・ザ・ループ』に出てくる馬鹿な政治家の俗悪さを面白がって、「これは現実に近いな……西側はそれほど良いものではないし、中国はそんなに悪くない。西側の社会は文明化されたように見えるけど、現実の汚さは中国と同じだ。連中の見下げ果てた行いは中国よりひどい」と言っていた。

一月一八日、用心深い武漢の住人は、マスクとアルコール消毒剤の買いだめを始めた。鋼城は彼らを「過剰反応だ」と思った。

数日後、彼は武漢で一番大きいウォルマートへ家族と行き、春節に必要なものを買った。スーパーマーケットは混雑していたが、マスクを着けた者はほとんどおらず、鋼城も着けていなかった。必要ないと思っていたのだ。スーパーマーケットを出ると、武漢の外にいる友人が質問してきた。「武漢の様子はどう?」と、鄧小平が返還後の香港について約束した言葉を真似て、鋼城は気軽に答えた。「馬は相変わらず走るし踊り子は相変わらず踊る」（馬照跑，舞照跳）

同じ日、鋼城と家族がウォルマートで揚々と買い物をしていた頃、邵勝強は武漢協和医院で酸素吸入を受けていた。まだ呼吸するのもやっとだったが、最も危ない段階は越えていた。士気を高めるために、何度も繰り返し「俺は戦士のようでなければならない」と自分自身に語りかけた。彼は病院で混乱と恐怖の光景を見ていた。「集中治療室は満員で、自分がいた階では毎日、死者が出ていたよ」

中国メディアは、こうしたおぞましい事実を報道しなかった。これまで同様、指導者たちは賢明だとされ、人々は春節を祝う準備をしていた。有名な百歩亭《バイブゥティン》社区では、盛大な宴会が開かれた。報道によると四万組以上の家族が、この大宴会を思う存分、楽しんだ。煙と蒸気の毒気に沈む宴会場に集まって役人の演説に拍手喝采し、同じ皿から料理を取り分けた。ウイルスが街に蔓延しているのに、いかなる予防措置もとられなかった。宴会の後、新聞とテレビは声を揃えて、完璧で和気あいあいとした祭典だったと称《たた》えた。

微信で鋼城の友人たちは、大宴会について白熱した議論をたたかわせていた。「国中の人が武漢を心配しているのに、肝心の武漢の人間は気にかけていない」とある者が書き込んだ。似たような多くの投稿を鋼城は目にした。彼はそうした議論を「小さな熱狂《カーニバル》だ」と表現した。彼らの考え方は「非常に非科学的」で「非常に非理性的」だと。

しかし彼は風邪を引いてしまった。咳が止まらなかった。遠慮のない友人は「ずっと咳をしているな。新型コロナウイルスに感染したか？」と聞いてきた。病院へ行き診察してもらえと言う友人もいた。鋼城は言葉を濁した。彼は定期的に検温をするようになった。彼は二種類の体温計を持っていた。一つは額、もう一つは耳の中に入れて測る。どちらも正確さに欠けると彼は判断していた。「検温結果は上下していたので、僕はいつも心配でした」。妻は、彼がおかしな振る舞いをしているとからかった。

一月二三日、寝過ごしてしまった彼は、武漢がロックダウンされたという衝撃的なニュースを聞くのが遅れた。人々はマスクやアルコール消毒剤、食料や野菜、トイレットペーパーを買いに殺到した。スーパーの棚は空っぽになった。鋼城はそれでも全く慌てなかった。「僕はとても冷静でした」

旧暦の大晦日の晩に家族で食事をしようと、素晴らしいレストランを予約していた。「事態は深刻になってきているかもしれない。食事に行くのは止めよう」と彼は考えた。予約をキャンセルしたが、それでも冷静だったと彼は言う。

当時のことを話すときも鋼城は悠然として、状況の深刻さを和らげるように語る。しかし彼がどう感じていたかの説明が変化した。「いま考えると、本当は少し驚いていました。状況が急に変わりすぎて、反応する時間がなかっただけでした。本当は少し驚いていたのです」

鋼城はいつも通り食事と睡眠をとり、家族とおしゃべりするが、「少し驚いた」ままだった。それは高速で自分のほうへ走ってくる列車を轟音《ごうおん》が響く線路の上で見つめたまま、どうすればいいか分からない子供のようだった。

2

鋼城の一家は自宅で旧暦の大晦日を祝った。料理を作りワインの栓を抜き、水餃子をゆでるとテーブルを囲んで座り、ＣＣＴＶの春晩を観た。鋼城はいつも通りの様子で、何度か笑いもした。しかし、何を食べて何を観たか、後になってみると思い出せなかった。彼は多くの心配事に囚われていた。両親は高齢で体が弱っている。娘はまだ二歳にもなっていない。彼は一家の大黒柱なので、倒れるわけにはいかない。家族に不安を気取られてもいけない。自分の体の異変に何となく気がついていたが、それに真正面から向きあわないことにした。この病気の感染性については考えたくなかった。

「旧暦の大晦日から具合が悪くなり始めました」と鋼城は語る。「咳はひどくなり、筋肉が痛み始めた。「風邪の初期症状のようでした」

翌朝ベッドから出ると、全身に倦怠感《けんたいかん》を覚えた。「消耗し、食欲がありませんでした。とにかく寝ていたかった」。彼は何度も体温を測った。平熱だったが、安心はできなかった。朝の一〇時頃に再び検温すると、とうとう見たくなかった結果が出た。発熱したのだ。「病院に行くべきか分かりませんでした」と彼は言う。「ついに感染したのかと恐れたからです」

鋼城はしばらくためらった後、やっと父親に電話した。父親は病院へ行くよう言い張った。鋼城はまだ躊躇《ちゅうちょ》していた。

そのとき稼働していた地域の疾病予防管理システムでは、社区居民委員会が患者をフォローして医師の予約を手配するようになっていた。鋼城が属する東方区の最高責任者は李瓊莉《リィチオンリィ》という女性の共産党員だった。彼女は社区で最も有名な人物で、勤勉かつ無私で恐れを知らない姿勢は、新聞やテレビで何度も報道されるほどだった。それらは、彼女をスーパーウーマン、そして人民の英雄と褒め称えた。

しかし一月二五日の夜遅く、鋼城は李党書記に電話したが、連絡はつかなかった。困り果てた彼は地区の医師の番号に電話したが、応対した人は非常に冷淡だった。「熱が出たのなら、病院へ行きなさい」。彼はひどく失望した。「あのときの気分は……」と鋼城は頭を振った。「本当に新型コロナウイルスに感染していたら、間違いなく家族に大きな金銭的負担をかけることになります。病気よりも、それが心配でした」

鋼城は再び揺れ動いたが、病院へ行くことにした。陰鬱で寒い夜だった。雨も降っていた。雨傘の下で咳をしながら、アパートの門へと向かった。彼は誰とも出会うことなく、街頭には人っ子一人いなかった。どの窓にも灯りがついていたが、地面に落ちる雨以外の音は何も聞こえなかった。彼は疲れ果てて元気がなかった。様々な思いが胸にこみ上げてきた。「あの風景は」と彼は穏やかに語る。「一生忘れられないものになりました」

彼は車に乗り、近所の赤十字病院へ向かった。赤十字病院は武漢で最初に新型コロナウイルス治療病院に指定された一つだった。車で病院に行くこと自体、すでにルール違反だ。政府は個人所有の自動車が道路に出るのを禁じていたからだが、もはやそんなことを気にしていられなかった。病院に着くと午後一一時近くになっていて、青い災害支援テントと白い個人用防護具を着用した医師が目に入った。患者と、心配におののいている家族が殺到し、道端に停車したパトカーや救急車の回転灯が明滅していた。一人の男性が携帯電話に怒鳴り声を上げていた。「急いで！急いで！」

鋼城は車を停め、騒音を追って病院のロビーに入った。数え切れないほどの患者がいた。その多くは派手な色のプラスチック製の椅子に座り、曲がりくねった行列を作って、食事をとり、眠っていた。人のいない椅子には饅頭《まんじゅう》や水のボトルなどが置かれているものがあった。椅子とりをしている主がどこへ行ったか、誰にも分からなかった。二度と戻らない者もいたかもしれない。

それから数日間、ここや他の病院で、倒れ込んで二度と立ち上がれない人々に鋼城は次々に出くわすことになった。付き添っていた者は悲嘆に暮れていたが、誰も驚いていないようだ。もはや死は衝撃的なものではなくなっていたのだ。

3

この頃になると、邵勝強の病状は安定した。旧暦の大晦日の前日、彼は病院の簡素な弁当を食べ、シャトルバスで武漢協和医院から赤十字病院へ移動した。バスが誰もいない道を通っている間、邵は仲間の患者と、花火のない夜空を眺めていた。彼は悲しさに打ち負かされ、泣き出しそうだった。

赤十字病院で病状は改善し、邵は意気軒昂《いきけんこう》に戻った。朝になると彼はSNS上の友人にあてて、政府発表を回覧した。それは指導者としての――彼は実際に共産主義青年団の領導である――役割にふさわしいものだった。「中央集権による命令と計画が一番効率的だ。パニックも混乱も御免だ！」というコメントをつけた。夜になり、鋼城が発熱した頃、邵は病院で出会った「看護師長」の話を投稿した。彼女は邵のことを「一番従順で協力的な患者」だと褒めたのだった。深く感動した邵は「看護師の皆さんのご苦労をお察しします」と書き込んだ。

4

神経質になった鋼城は、治療待ちの患者に近づくのをできる限り避けつつ、ロビーを進んだ。外来受付は発熱患者に特化していた。看護師がピストル型の体温計を額に向けた。三六・八度。「熱はありませんね」と彼女は鋼城に告げた。「帰宅して下さい」

彼は食い下がった。「そんなはずはない。自分で体温を測って絶対に熱があったんだ」。看護師は少しためらい、水銀式の体温計を出した。それを鋼城は脇に挟んだ。数分後に結果が出た。看護師は体温計の結果をみると、反射的に後ずさりした。「三八・三度です」。彼女は鋼城に言った。「確かに熱が出ています」

数カ月が経ったいまでも、鋼城は恐怖が尾を引いているのを感じる。「熱があると食い下がらなかったら、看護師の言うことを信じていたら、間違いなく家へ帰っていました」。彼は口ごもりながら「もし家に帰っていたら、両親と子供がいて……」と静かに笑った。「そうなっていたら、全く違うことになっていたかもしれませんね」

医師は鋼城に、上の階でCTスキャンを受けるように言った。検査結果を持って戻ってくると、その医師は身振りを交えて告げた。「確実に感染していますね。見て下さい、ここに炎症があります。ここにも」。鋼城は聞いていたが、半分しか理解していなかった。「症状は深刻なものではありません」と医師は言葉を続けた。「入院の必要はありません。薬を出しますから、家に帰って服用して下さい」

真夜中になっていた。街は有史以前の荒野のように静まり返っていた。それほど遠くないアパートで、両親と妻が鋼城からの知らせを待ちわびていた。鋼城は重苦しい気分で病院から出た。気分は複雑だったが、奇妙な安堵も感じていた。心配していたことが現実になったのは、長い間、頭の上に吊されていた巨石がついに落ちてきたようなものだった。もう彼は「驚いた」反応から脱していた。やらねばならぬことははっきりしていた。家族全員を病院へ行かせ、検温し、CTスキャンを受けさせる。そして、自分はできる限り彼らと接触するのを避ける。彼は妻と両親が一緒に動くよう手はずを整え、自分は両親の古い家へ行った。これから彼は隔離生活を送るのだ。

「二つ家があったのは幸運でした」と彼は静かに言った。「もし一つしかなかったら……」

鋼城はかつて、会社の同僚たちと、一風変わった研修に参加したことがある。全く灯りのない部屋に入り、何も見えず方向感覚を失い、手探りで進まなければならなかった。誰かが聞いてきた。「王鋼城さん、何を感じていますか?」

両親の家での自己隔離の最初の一週間は、その真っ暗な部屋に戻ったかのように鋼城には思えた。食欲はなく、咳はますますひどくなった。高熱が出て三八・八度にもなり、決まった時刻になると上がるようだった。

何度も嘔吐したが、何も出てこなかった。台所の洗面台にもたれかかって、体をけいれんさせながら、野生動物のように吠えた。「あの気持ちを忘れることはないでしょう。胃そのものが出てくるような感じでした。そのたびに『また吐いたら気絶してしまう』と思いました」。病気の症状だけでなく、それは薬の副作用ではないかと彼は疑ったが、確信は持てなかった。こうした症状が何を意味するのか、病院へ行くべきなのかも分からなかった。

ある日の真夜中、掛け布団に胸を圧迫されるのを感じ、不快で目が覚めたが、起きてみるとそんな布団はどこにもなかった。「それは深刻な症状でした。胸の圧迫感と息切れです」。いまなお恐怖に苛《さいな》まれながら、彼は言った。「僕の病状は実際、少し深刻になっていたのです」

あの真っ暗闇の部屋に戻ったかのように、彼は不安そうだった。研修では何を感じるか、全員が答えなければならなかったが、彼の答えは、「死を感じます」だった。

鋼城は憂鬱な人ではなかったが、それからの三カ月間はいつも泣いていた。家族のために泣き、苦難に満ちた自分の人生のために涙を流し、そして全く見知らぬ人々を思って泣いた。心理状態のせいで「泣く」という言葉を口に出すのも辛かった。代わりに彼は「情緒不安定」という言葉を用いた。そうすることで、少しでも自分の弱さを見せずに済むかのようだった。

最初の情緒不安定は一月二六日に始まった。自己隔離の一日目である。正午近くに、父親が食事を持ってきてくれた。感染を防ぐために、鋼城はマスクを着けて全部の窓を開けた。父親が入って来て弁当箱を取り出すのを見ている間、彼は反対側の部屋の隅に、地雷原の端にいるかのように立っていた。できる限り父親と距離をとるためだ。父親が帰ると、鋼城は弁当箱を開けた。湯気を立てている温かい料理と、キツネ色に焼き上がった二切れの葱油餅《ツォンヨウビィン》（訳注・ネギを具にして小麦粉を焼いた、お好み焼きのような食べ物）を見ると、一瞬、眼がくらんだような気がした。涙が顔をしたたり落ちた。

「父が僕のために特別に料理してくれたのです。歳をとっているから色々大変なのに、あちらこちらを駆け回って食材を手に入れ、僕が何を食べたいと思っているか考えてくれたのです」

それは武漢が深い悲しみに包まれたときでもあった。鋼城が静かにすすり泣いていた頃、武漢中が涙に沈み込んでいた。病院や地区医療センターはどこも、絶望した患者で満杯だった。患者たちの嘆きは止まらなかった。遺体を運ぶトラックを追いかける小さな女の子が「お母さん、お母さん！」と泣き叫んでいた。四〇代の女性が涙を流しながら電話で医師に尋ねていた。「父が意識を失いました。どうすればいいんですか？」

5

街の惨状とはうらはらに、邵勝強はいつものように意気軒昂《いきけんこう》だった。彼は鐘南山《ジョンナンシャン》の写真をネットに投稿した。写真の下には鐘医師の有名な言葉が書かれていた。「武漢は必ず、これを乗り越える！」

鐘南山の名前は中国では一般に知れ渡っている。二〇〇三年にＳＡＲＳが流行したとき、彼は「対ＳＡＲＳ戦の指導者」と呼ばれた。その一七年後、数週間にわたり否定し続けた後に変更された政府上層部の命令に基づき、彼は「新型コロナウイルスはヒトヒト感染します」とメディアで発表した。これにより彼は広く尊敬され、無数の栄誉を受け、習近平が直々に授与したレオニード・ブレジネフ式の金メダルも受賞した。パンデミックの最中、鐘の写真と言葉を記したポスターが武漢中に貼り出されていた。商店のウインドウや高層ビルの壁に記されていた彼の言葉は、詩のようにも見えた。

皆さん、どうか協力して下さい

最前線の医療従事者は
命を賭けて私たちのために戦ってくれています
そして、あなたは
退屈だというだけで
家から出て遊び回っている
一人か二人か三人がそれをやってしまえば
すべてが台無しになるかもしれない

ただし長年の党員歴をもつ八四歳の鐘医師を、全員が尊敬していたわけではない。多くのリベラルな考えをもつ人々は、鐘医師の役職と発言をうさん臭いとみていた。「彼はいつでも骨の髄まで共産党員でした」とフリーライターの黎学文《リィシュエウェン》は言う。「彼は党の望むことならば何でもするのです」。医師の林晴川《リンチンチュワン》はさらに率直に、粗野な言い方をする。「あの鐘南山ってのは、共産党の便所ブラシだよ」

二〇二〇年の春、鐘医師は専門家としての意見を述べながら、ミネラルウォーターやヨーグルト、スポーツドリンクなどの商品を推奨し、数多くの商業活動に携わった。毀誉褒貶《きよほうへん》の激しい、うさん臭い漢方薬――連花清瘟《れんかせいおん》カプセル（訳注・もと抗SARS薬として開発されたが二〇二〇年二月に新型コロナの特効薬として当局から推奨された）――すら宣伝したのだ。こうした活動は多くの批判と嘲笑を呼んだが、邵勝強は鐘医師に反感を持たなかった。邵は鐘医師への崇拝の思いを隠さず、ＳＮＳで友人たちに向け、歌うように賞賛を語った。「あの先生なら津波を押し戻して、ビルが崩れるのだって防げる。彼は国家にとって、かけがえのない相談役だ‼」

鋼城の気分は、そんな友人よりはるかに阻喪《そそう》し、落ち込んでいた。毎日毎日、昼は退屈で夜は苦しいまでに長く感じた。何度も妻と子供の写真を見つめた。家族とのあたたかい生活が戻れば不安が治まると願ったのだ。彼はたびたび自分自身を疑い、周囲の世界を疑い、医師の診断を疑った。

一月二八日には希望的観測に駆られて、武漢市第七医院に駆け込んだ。ＰＣＲ検査を受けようとしたのだ。これは簡単ではなかった。政府が提供する検査は少数に限られ、過労気味の医師や看護師ですら検査できなかった。当時、多くの感染者は強制的に自宅待機させられ、家族に感染させていた。「症状が軽い患者は病院へ行ってはならない」と政府は大々的に繰り返し告知していた。「自宅での自己隔離が最善の選択だ」と。この政策の結果、何人が死亡したかは不明だ。

彼の家から武漢市第七医院までは十数キロの距離がある。それは晴れて雲一つない午後、時折救急車に出くわす以外には、生きている者は道に見当たらず、市全体が不気味なほど静かだった。人通りのない街頭で音を立てないように、自然と彼はゆっくり歩くようになっていた。まるで見えない何かの邪魔をしないためにそうしているようだった。「何であろうと、大きな音は耳障りでした」と彼は語る。「なぜかは分かりませんが」

揚子江を渡ると両岸の木々とビルが、水晶のような水面にくっきりと映っていた。それはまるで、静かな水の流れと共に徐々に広げられていく絵巻物のようだった。

鋼城が自動車のスピードを落として橋を渡っていくと、憔悴《しょうすい》した歩行者の一団が歩道をよろめきながら歩いているのが見えた。コロナ患者もいれば、家族が感染し付き添っている人もいた。彼らはみな、手や背中に重い荷物を持って移動中だった。一人の白髪の老人男性は片手で自転車を押し、もう片手には荷物を持っていたが、前屈みに息を切らしていて、まるで傷を負った蟻が這いながら巣に戻るようによろめいていた。その老人を見ていた鋼城は突然、波のように押し寄せる悲しみを感じて、静かに泣いた。

「正直、僕はあの人たちと何の関係もありません。でも考えてみて下さい。これは何ですか。あの人たちはなぜとぼとぼと揚子江を行ったり来たりしないといけないのですか？　僕には本当に、もう、本当に……」

第七医院は慟哭《どうこく》の声であふれ、不安そうな顔、悲しげな顔、憤慨している顔が、人海の中でもがき苦しみ、浮上しては消えた。鋼城は気をつけながら人海を通り抜け、誰にも何にも接触しないように全力を尽くした。トイレの前を通り過ぎると、ドスンという大きな音が聞こえ、背の高い若者が洗面器に倒れかかった。鋼城は叫び声を上げて医師を呼び、医師たちがその若者を車椅子で救急医療部に運ぶのを見やった。まるで彼らは戦場で砲撃されながら絶えず走っているかのようだった。「それは凄まじい災害によって起こった光景でした。絵に描いたような完全なる絶望です」と鋼城は言った。

ＰＣＲ検査の予約は六日間も待たねばならなかった。その六日間は彼にとって「最暗黒の時間」だった。何カ月も経ったいまでも、どうやって持ちこたえたか思いだせない。常に死を意識し、自分が死ねば家族はどうやって暮らしていくか考えた。高齢で体の弱った両親、まだ二歳にもならない子供。

このとき、鋼城の住む社区の党書記がテレビ出演した。彼女は誰もが尊敬する英雄として登場していた。社区のある住人がマイホーム所有者向けのＳＮＳで皮肉っぽいコメントを記した。「彼女を見たこともないのに、なぜか模範になっている」。鋼城はそのテレビニュースを覚えているが、感想は話したくない。彼はあまり怒らない。たまに怒ったとしても、物静かな態度と表情で怒りを隠す。「もう過激なことをする歳じゃないので」と、老いて疲れたような口調で、彼は言った。

最暗黒の時間から脱したとき、鋼城は世界のすべてに感謝した。両親が骨を折ってくれたこと、親しい人たちの励まし、冗談を言って一緒に笑ってくれた妻に感謝した。「あの人は病気なんかじゃない。家に帰りたくないから病気のふりをしているだけよ」と妻が「自分の心の重荷を降ろさせる」ために言っているのを鋼城は知っていた。「妻は僕を励ましたかったのです。実際、僕が本当に具合が悪くなったときに備えて準備していました」と鋼城は言う。「貯金を引き出していましたから」

邵勝強の名前も、鋼城の感謝対象の長いリストに入っていた。その頃には邵の治療は終わりかけていた。彼は自分が助けられたようにコロナ患者を手助けし、不安になっている身内には自分の経験を教えることで助けようと決めていた。鋼城は、彼にとって最初の「患者」の一人だった。後に邵はジャーナリストに自分の治療法の秘密を明かしている。「最初に、落ち着くこと。二番目に、よく食べること。三番目に、うつされないよう防護手段をとること」

鋼城は「邵氏の三原則」はあまり思い出せなかったが、友人の気づかいには感謝した。「邵勝強はひどく熱狂的で、スローガンを叫ぶのが好きな男です」と邵が英雄のように腕を振るポーズをマネながら、おどけて彼は言った。「この病気は怖くない。恐れるな」

「サバイバー邵勝強　重病にかかってからの生と死の二二日間」という見出しの新聞記事で、邵の三原則が細かく説明され、特に一番目の原則は詳しかった。「ネットには多くの情報がありますが、断片的で系統だったものではありません。読めば読むほど怖くなる人もいます」。だから冷静にならなければならない。「デマを信じない、デマを広げない。パンデミックについて正しく理解すべきです」

これらの言葉は新聞のスローガンと全く同じだった。スローガンはポスターに印刷され、武漢市と社区のすべての街頭に貼り出されていた。鋼城は役に立つ言葉だと思い、それからは「心構え」に注意を払うようになった。

鋼城は映画ファンで、「思索に富む、奥深い」映画を好んでいた。しかし自己隔離の三カ月間は、そうした映画を全く観なくなった。代わりに浅薄な映画や『我愛男保姆』や『大男当婚』、『好先生』といった下品な国産テレビドラマで時間を潰した。「テレビを観ても、テレビの前からしばらく離れていても、大した違いはありませんでした」と彼は語る。「凄い圧力を感じていたので、悲しい映画を観たくはありませんでした」

友人のアドバイスを取り入れて、ニュースには関心を払わないようにした。ＳＮＳや「スマホにポップアップしてくるゴミ」さえ見ないようにした。怯えたダチョウが頭を砂の中に突っこむように、彼は故郷に流れる涙の河から自分を懸命に隔離した。数カ月経ったいまでも、彼は「後ろ向きのニュース」を避けている。誰の心にも刻み込まれている、多くの「武漢の瞬間」を彼は見ていない。感染した母親の治療を求めてホーロー製の洗面器を打ち鳴らした「敲鑼女孩《チアオルオニュイハイ》」や、感染した息子の看病を病院で四日四晩続けたあげく息子の死を知らされた九〇歳の母親を知らないのだ。

鋼城は「ＣＯＶＩＤ－19」や「新型コロナウイルス」といった言葉を口にすることも避けた。彼が使った言葉は「あの病気」や「これ」で、災難をもたらす黒魔術を避けるかのように見えた。こうしたタブーを守る人は、彼だけではない。数カ月が経ち、武漢での暮らしが通常に戻ったように思えた頃、人々は楽しそうに買い物に行き、湯気を立てる焼きそばを箸ですくい上げていても、「ＣＯＶＩＤ－19」や「新型コロナウイルス」といった言葉を口にする人はほとんどいなかった。もし誰かが口にしても、多くの人たちは静かに話題を変えるのだった。「あの話なんて止めて、食べようぜ！」と言いながら。

このためか、鋼城は中国政府の検閲が気にならなかった。それどころか賞賛さえした。「これが、わが政府の問題対処の方法です。それは……」と彼は手の甲で静かに頬を触った。「こうした取り組みは理解できます」

6

邵勝強が入っている微信のグループでも「後ろ向きのニュース」はほとんど流れなかった。「わが国のシステムは信頼できるが、現場での実施に問題がある」と、邵は四月のインタビューで述べた。「俺は国家を完全に信頼している」

武漢が最も苦しかった時期でさえ、彼は不満を微塵《みじん》も示さず、「！」（感嘆符）を多用し、広場の高い演壇で演説するかのような大言壮語ぶりだった。

「国家が苦難に直面しても、われわれの団結は動じない！」

「大人しく家にいることが母国への貢献だ！」

「党と国家を信じるのだ！」

この賞賛が心からのものか、それとも一種の処世術かを見分けるのは難しい。中国で成功する実業家はみなこのスキルを持っていなければならない。政府を批判することはまずなく、政府を代弁し、政府への賞賛さえ口にする。三一歳の邵勝強は、このスキルに非常に長けていた。少なくとも公の場では、決して不満を口にしない。彼は医師と看護師に感謝し、「党と国家」に感謝し、世界を揺るがせたロックダウンにすら感謝した。四月のインタビューで「政府が意図的にパンデミックを隠蔽《いんぺい》したことを、どう思いますか？」と質問された邵は「政府の隠蔽に怒る人もいるが、俺は怒っていない」と答えた。質問した人の眼を真正面から見つつ、彼は思っていることをはっきり言った。「結局、俺は一度死んだんだ。そうだろう？」

邵が赤十字病院に入院していた一二日間、医師や看護師の顔を彼は見ていない。個人用の防護服やビニールのレインコートを着て、その下はスカーフやゴーグル、厚手のマスクで顔と頭部は、しっかり覆われていた。その上にはバイザーを着用していた。お互い見分けをつけるため、自分の氏名や病院名、自宅住所さえも防護服の前か背中に書いていた。そのせいで彼らは過酷な戦闘に赴《おもむ》こうとする兵士のようだった。邵勝強の世話をしていたのは四川省から来た数人の看護師だった。この肥りすぎで意気軒昂な患者を彼女たちはとても気に入り、彼のことを「デブ兄ちゃん」と呼んだ。体重測定のために邵を引っ張っていくと、体重計が壊れた。邵は気を悪くすることなく「看護師シスターズ」を讃えた。彼女たちは「プロの看護師で、優しく熱心だ」と。誇張された毛沢東スタイルの台詞《せりふ》すら彼は持ち出した。「われわれは深い革命的友情で結ばれている」

7

邵勝強が体重計を壊していた頃、鋼城も同じ病院へ駆け込んだ。一月三〇日、再検査のために再訪するよう医師が指定した日だ。個人用防護服を着た男が彼の前に立ちふさがり、病院は閉鎖されたので直ちに立ち去るよう告げた。鋼城は「再検査のために来るよう、ここの医師に言われました」と説明したが、その男は「再検査で院内に入ることはできない。社区居民委員会に行って下さい」とにべもなかった。鋼城は困惑し「なぜ社区居民委員会に聞くのですか？　僕は医者に会わないといけないのです」。その男は苛立たしげに手を振った。「あんたが何を言おうと関係ない。いま外来はやってないんだ」

鋼城はその赤十字病院が「調整中」だったと知った。だが「調整」の理由は分からなかった。約二週間後に、報道記事が真相を明かした。病院には四〇〇人以上の新型コロナウイルス患者がいたが、医療資源が限られていたため、患者一〇〇名分の酸素しかなかった。記事はさらなる問題があったことにも触れていた。「患者の中に低酸素症で病状が悪化した者がいた」。どれほど実際の状況が悪かったかは想像に難くない。しかし何名が酸素不足の影響を受け、症状が本当はどれほど深刻だったかを知る術はない。中国では、知らないことは必ずしも悪いことではない。真実を追い求める人々――市民ジャーナリストの張展《ヂァンヂャン》や方斌《ファンビン》そして陳秋実《チェンチウシ》――は皆、深刻なトラブルに巻き込まれた。無知こそ幸せなのだ。

鋼城は代わりに武漢市中心医院の后湖分院に車で行ったが、到着した頃は夕刻になっていた。玄関の近くでは「白タク」バイクライダーの李が堂々と客引きをしていたはずだ。ロビーでは金《ジン》風《フォン》が夏邦喜に弱々しく身を預けていた。少し離れた病棟では李文亮医師が必死に呼吸しようとしていた。十数時間後、彼は悪名高い「懲戒書」をネットに投稿することになる（訳注・李医師が「インターネット上で虚偽の内容を掲載した」として一月三日に武漢市公安局から訓戒処分された際に署名させられた懲戒書をこの日ネットで公開した）。

后湖分院の外来患者用のビルには曲線状の建物がある。一月三〇日の夜、そこは治療を待つ感染患者で一杯になっていた。狭い場所なのに換気もされていなかった。鋼城は大勢の人々の真ん中に立っていたが、「恐ろしい環境」だと思っていた。「感染を拡げないための予防について、あの人たちは何も知らなかった。そこに僕は立っていましたが、できる限り人や物から距離を取るようにしていました。でも他の人は、ずっと僕にぶつかってくるのです」と、不機嫌そうに鋼城は語った。「どうしようもなく怖かった。再検査は止めておこうと思いました。もう、あそこにはいられませんでした」

彼は「感染者市場」から逃げだし、狂ったようにアルコール消毒剤を手と体にかけた。そして危険に満ちた旅を続けた。次の武漢市漢口医院に着く頃には暗くなっていた。明るい照明のビルの中には、果てしない人の流れがあった。その中に笑い顔は一つもなかった。白い自動車が病院の入り口に停まっていた。ドアが開くと、半分座って半分座席から崩れ落ちた人が点滴を受けながら、途切れ途切れに呻いていた。行列に並びながら鋼城が目にしたものは、二人の若い看護師相手に急に怒り出した中年男だった。大した理由もなく騒ぎ立てていると鋼城は思った。一時間後、やっと彼は医師にかかることができたが、検査結果は彼を深く落胆させた。「六日間も薬を飲んでも良くならなかった、むしろ悪化していました」。それでも医師は、彼の症状は軽いので家に帰り、薬を服用し続けるよう勧めた。

それが彼の人生で最も意気消沈したときだった。どうやって帰宅したか彼は思い出せない。政府の根拠のない統計数値によれば、その日に四三人が新型コロナウイルスで死亡した。うち三〇名が武漢の人だった。この数字を鋼城が目にしたとき、確かに多くのことを考えさせられた。鋼城にとって、武漢での感染拡大は衝撃だった。中国政府は日増しに近代化しており、社会に適応できると、彼は考えていた。「あんな状況になるとは本当に思っていませんでした」。思い悩んだ様子で言う。「SARSのときあれほど大きな被害を受けたのに、なぜ同じ過ちが繰り返されたのでしょうか？」

鋼城は薬を指定された時刻に服用していた。医師が処方したのはロシア製の抗ウイルス剤アービドール、抗菌剤のノルフロキサシン、そして鐘南山と中国政府が持て囃《はや》すパンデミック対応のカプセル剤（連花清瘟）だった。カプセル剤に含まれる一三の成分の中にはレンギョウ（訳注・イースターエッグを吊り下げるイースターツリーとして有名）、アーモンド（扁桃）、石膏そして大黄が含まれていた。これらの薬はSNSで「飲みすぎると馬鹿になる」と嘲笑されていた。

五月にはこの薬剤の輸入をスウェーデン税関が禁止した。「この薬剤の効能を実証する研究はない」のが理由だった。しかし鋼城は疑わなかった。彼は医師の指示に従った。一回に四カプセル、一日三回服用した。「食事をとるように薬を飲んでいましたし、薬を飲むように食事をとっていました」

彼は無理をしてでも食事をとるようにした。「一日に卵三個を食べ、コップ二杯の牛乳を飲みました。それに加えて野菜の決まった部分とご飯を食べるよう気を配りました。食欲がないときも無理やり食べました」。彼は、新型コロナウイルスに感染した看護師が「薬のようにチキンスープを飲んで」回復したという記事を読んだ。これは鋼城にインスピレーションをもたらした。その日から数日毎に、彼は鍋一杯のチキンスープを作るようになった。「鼻をつまんで飲み干しました」

彼の身内や友人が電話をかけてきた。中には邵勝強もいた。鋼城の同僚が助けの手を差し伸べ、マスクやアルコール消毒剤、食料そして高価な酸素濃度計（パルスオキシメーター）まで買ってくれた。こうした親切で寛大な行為で彼の心はあたたかくなったが、健康状態は改善しなかった。結局、頼れるものは自分自身だけだった。鋼城は「心構え」にさらに気を使うようになった。「前向きになることに集中し、後ろ向きの考えを避けました。スマホに出てくるクズ情報はすべて避け、見ないようにしました」

効いたのはチキンスープか薬か、もしかすると「心構え」のおかげか、鋼城は徐々に快方へ向かった。まだ熱に苦しんでいたが、発熱が続く時間は短くなった。二月三日、彼の娘の二歳の誕生日に、起きてシャワーを浴びた彼は、熱が三六度未満になっていると気がついた。間もなく父親が昼食をもって現れると、食欲も戻った。きれいに食事を平らげたのは久しぶりだった。同じ患者との会話で、これが「回復の明らかな兆候」だと彼は知っていた。しかし過大評価しないようにも注意していた。「この病気はまだ分からないことばかり」だからだ。「生理的には改善していましたが、心理面での苦痛は終わりからほど遠かったですね」というのが彼の観察だった。

鋼城はビデオ会議機能を使って娘と会話した。小さな天使は、ほとんど手の届く所にいるように思えたが、抱きしめることはできなかった。彼は幸せでもあり悲しくもあった。珍しくSNSの友人にメッセージを送り、何枚かの写真を添付した。家族写真と、顔を引っ張ってウインクしている娘の姿だった。「何年も経てば、この特別な誕生日のことを君は絶対忘れているだろうな」と彼は記した。

この日は彼が武漢第七医院で初めてPCR検査を受けに行った日でもある。医師は彼に、どんな結果が出ても電話で教えると言ったが、かかってこなかった。彼は怖くなって病院に電話する気になれなかった。二月五日、コロナ患者受け入れの臨時施設である武漢方艙医院が開院した。

この「壮大な計画」を宣伝する政府のプロパガンダに接した鋼城は、自分が強制的に入院させられるのではないかと恐れた。「あの頃、あの移動式の病院が僕は怖かった。寒い時期なのに空調も入っていない、ただの宿泊小屋でしたから」と彼は不敬なことを言い切った。「強制収容所と、どう違うでしょうか」。少し経ってから、その評価は不適切と思ったか、彼は呟くように言った。「僕だけじゃありませんよ、みんな、そう思ったのです」

共産党の用語では、鋼城と父親は「愛国大衆」に属する。体制を支持し、体制の行動をほぼ容認する。しかしその当時はナチス政権のやり方に似た「専制主義的な予防・統制の措置」を恐れていたことがあらわになった。

検査結果を知りたくない鋼城は、病院行きをずるずる先延ばしにしていた。「検査結果を知るのを一日遅らせれば、無理やり連れて行かれるのも一日遅くなるから」と彼は語り、家族と友人も同意した。それから数日間、ますます多くの人々が「無理やり連れて行かれた」

当局は最初、PCR検査で陽性になった人だけを捕まえたが、後になると新用語「四つの分類」が意味を持った。診断を受けた患者、その患者との濃厚接触者、感染疑い例の患者、そして感染した可能性を否定できない者である。この分類に当てはまる者はすべて「無理やり連れて行かれる」のだ。毛沢東の時代に「四つの分類」という用語が不吉な響きを持ったのと同じだった（訳注・「人民四階級」や「四清運動」など毛が四という数字をマジックナンバー的に使用したこと）。鋼城と家族は昼も夜も不安だった。ある日、彼の父親が言った。「お前が検査で陽性だったら、家族全員が終わりだ」。中国語で「終わり」とは、死か完全な挫折を意味することが多い。

二月三日になって、ようやく社区党書記の李瓊莉が電話してきた。鋼城の健康状態を尋ね、気づかいと励ましの言葉をかけた。鋼城はそれに深い感銘を受け、数分間にわたって李の真摯《しんし》さと社区への心温まる奉仕を讃えた。「この深刻なパンデミックの間、彼女は最前線に立っていました。一カ月間にどれだけ働いたことでしょう。どんな困難な状況と向き合ってきたのでしょうか？」「二月三日から李書記は毎日、僕と連絡をとってくれ、マスクを五〇枚買う手助けをしてくれました。彼女はとても親切で、誠心誠意、僕のことを気にかけてくれました。三月下旬、彼女のような立場の人は朝から夜一〇時まで働かないといけない状態でした。ならば二月はどんな忙しさだったか想像できますよね？」

鋼城の考えでは、「圧倒的多数の武漢市民」は彼と同じように、社区居民委員会と政府に感謝しているという。しかし全員が同意見ではなかった。二月下旬、一人の怒った女性が、「私たちはもっぱら自助努力でやってきました。もし社区居民委員会を待っていたら、餓死していたことでしょう」と社区居民委員会の怠惰《たいだ》と、委員会を讃え、擁護する人に憤《いきどお》る動画をネットに投稿した。怒りが頂点に達すると、彼女は下品な悪い言葉を使い始めた。彼女の動画はネットで拡散し、「武漢の義姉、レベル一〇の呪い」（武漢嫂子十級漢罵）と呼ばれた。彼女の言葉づかいの才能に、鋼城は感銘を受けたが、彼女の考え方には全然同意できなかった。

二月七日頃、鋼城の妻が倦怠感や高熱、ひどい下痢の症状を見せ始めた。鋼城は極度の不安に襲われた。彼女は二人の老人と二歳の小さな女の子のそばにいたからだ。「あの頃は苦しかった」と彼は溜息をついた。「ちょうど僕が少し良くなってきたところで、今度は僕が彼女を心配しなければならなくなりました」

同じ二月七日、政府は李文亮医師の死を発表した。この若き医師が耐えなければならなかった仕打ちと悲劇的な死は、深い同情を巻き起こした。夜になると武漢市民は窓を開け、夜の闇に沈む無人の街頭に向かって叫び声を上げた。

鋼城にもその叫び声は聞こえたが、はっきりとは聞こえなかった。「僕は一部の人たちのようには興奮しませんでした。僕はいつでも理性的で落ち着いているのです」と言う。彼は『歌唱祖国』を歌うような「前向きなこと」を思った。この曲は典型的な「紅歌」で、中国の高い山々や平原や河川を、五星紅旗や毛沢東や「勃興する東方の赤い太陽」と一緒に讃える歌だ。一九五〇年代以降、紅歌を聴きながら何世代もの中国人民が誕生し成長し、死んでいった。その日の夜、鋼城の家からそう遠くないところで、近所の人が歌っていた。

風に翻る我らが国旗
勝利への栄光に満ちた賞賛とともに
讃えよ美しき祖国
今日から栄えゆく日々に向けて

8

鋼城の家の窓の向かい側の超高層ビルに書かれたスローガンが、一晩中照らし出されているのが見えた。彼はそれを見てから眠りにつく。市全体が「一時停止ボタンを押し」、ほぼすべての工場と会社が閉鎖されると、政府は超高層ビルをスローガン用の看板に変えたのだ。夜が来るとビルは光り輝くが、見渡す限り誰もいないし、聞こえてくる音もない。まるで幽霊のための巨大なリビングルームのようだった。

二月に鋼城が外を見ると「進め武漢、中国は勝つ」というスローガンが掲げられ、その次は「白衣の戦士に敬礼」だった。三月になり、全国の他の省から応援に来ていた医療者が引き揚げると、ビルのスローガンは「白い鎧を持って、彼らは勝利の中、帰って行った」になった。ロックダウンが解除される直前になると、超高層ビルはライトアップされ、スローガンは「武漢、元気かい？」という、集会で気まずい挨拶をしているような響きに代わった。朝になると照明は消されたが、スローガンは目立った。人々が見落とさないように、どの通りやどの交差点にも体制の警告や脅しが見られるようになった。

社区居民委員会のロックダウン命令に従わないと、法によって厳しく処罰される！

食事中はしゃべるな、マスクなしでしゃべるな！

党に従え、常に党の言うことを守るのだ！

いまから全員が戦士だ。自宅で隔離されているのではない、戦っているのだ！　退屈かもしれないが、ウイルスに耐えて絶滅に追い込もう！


こうしたスローガンに反対する者はいなかったが、それほど重要とも考えていなかった。人々は、ただ通り過ぎるだけだった。スローガンを貼り出した労働者すら、気にしていないように見えた。四月に二人の若者が西北湖《シィベイホウ》広場の近くでスローガンを貼っていた。一つは「国家が安定しているとき、天下のすべては安定している。人民が安心しているとき、全世界は平和である」と書かれていた。聞いてみると若者たちは、このスローガンが誰に向けたものか、なぜこんなことが書かれているか知らなかった。「うーん」と一人の若者は戸惑いながら言った。「俺たちが貼り出してるものの意味なんて、本当は考えたことなんてなかった」。もう一人は少し分別くさく、手についた糊《のり》を近くのガラスの壁に注意深く塗りつけながら、顔を上げもせず答えた。「誰も気にしてないさ。指導者が俺たちに貼らせたがるから、俺たちは貼っているだけだ」

二〇二〇年三月頃から、多くの社区居民委員会はハンマーと鎌が描かれたソビエト式の旗を掲《けい》揚《よう》するようになった。中国共産党の旗である。鎌は農民を、ハンマーは無産階級を意味し、共産党は「労働大衆」の党であることを示していた。紙製の旗もあれば、綿と絹で作られたものもあった。党旗は市のいたる所に翻《ひるがえ》り、武漢市全体を赤く染めた。

中国といえども、このような風景は普通ではない。党旗の使用規則では、党旗は「厳粛で気品ある」もので、掲揚は厳密なガイドラインに合致しなければならない。そして複雑な申し込み手順が必要になる。しかし二〇二〇年春、なぜ党旗が涙にくれる都市に現れたか、誰も知らなかった。それは、まるで新たな「解放」が起こったかのようだった。血のような赤い旗は、ウイルスに対し共産党が勝ったことを世界に宣言する、党のやり方だった。それは医師や薬剤、数千万の従順な市民による勝利ではない。あちこちに貼られたスローガンが宣言したように、「党の旗が翻るところならどこでも、パンデミックは終わる」のだ。

党旗と傲岸不遜《ごうがんふそん》なスローガンの下、街頭には哀愁を帯びた庶民の日常生活の名残《なご》りがあちこちに見られた。破産した美容サロンのドアには手書きのお知らせが貼られていた。いつのものか分からない内容が黒いインクで殴り書きされ、字はかすれて薄くなっていた。「パッケージを買って下さった皆さまへ、申し訳ありません。こんなことにならなければよかったのですが、もう続けていけません」

その近くには、古くなったセロリがシェアサイクルのカゴ一杯に放置されていた。野ざらしで数カ月経っても葉には緑色が残っていたが、茎は腐っていた。歴史ある崇真堂《チォンヂェンタン》（訳注・武漢最古のキリスト教堂）の近所の商店の軒先には風鈴が吊されていた。一つ一つの風鈴の下に願い事を書いた小さな短冊がぶら下がっていた。「将来楽しく暮らせますように」「二〇一九年が穏やかに過ぎて二〇二〇年は万事滞《とどこお》りないことを願います」。ロックダウンが解除されても、その店は閉まったままだった。風鈴は埃《ほこり》にまみれ、願い主は戻ってこなかった。願い事が書かれた短冊は静かに揺れ、夕刻の微風のなかで風鈴に当たり、音を立てた。それははるか昔に忘れ去られた夢のようだった。

9

鋼城は丸一週間ぐずぐずしていたが、ついに二月一〇日に第七医院へ行き、ＰＣＲ検査の結果を受け取った。陰性だった。完全には信頼できないものの、彼は大いに安堵した。「もう、捕まる心配をしなくてよくなったのです」と彼は含み笑いをしたが、すぐに表情を改めた。「つまり、すぐに連れて行かれることはなくなったということです」

武漢市政府は毎日、新規の感染者数を発表していたが、鋼城は自分がその統計にカウントされないと考えている。自分は「感染疑い例の疑い」であると彼は度々言った。一四日間、下痢と微熱に苦しんだが薬を全く服用しなかった彼の妻ですら「感染疑い例の疑い」とされたからだった。

第七医院は以前ほど混雑していなかった。鋼城は一連の検査を受けたが、医師に面会するには長時間待たなければならなかった。医師は死亡診断書を書くのに忙しいと、ある看護師は彼に告げ、同僚のほうへ歩いて行った。消毒剤の臭いで充たされた病院の寒い廊下で、看護師たちは宇宙人のような装いで歌い、楽しげな音楽のリズムに合わせて踊っていた。中国版ＴｉｋＴｏｋである抖音《ドウイン》向けの動画を撮影していたのだ。

鋼城は、その光景をよく憶えている。一方では医師が死亡診断書に署名し、少し離れた所には直前に死亡した人のまだ温かい遺体が安置され、もう一方では若い看護師たちが楽しげに歌い踊っていた。「理解できない人もいるでしょう。そばで誰かが死んでいるのに看護師たちはなぜあんなことをしているのかと、思うかもしれません。僕は、抖音の動画を撮影していた看護師たちが不謹慎とは思いませんでした。僕はただ……」、彼は一瞬考え込んでから口を開いた。「正直なところ、自分でもどう考えているのか分からないのです」

それからの数日間、鋼城は都会の隠者の生活を送った。滅多に自宅を離れず、ゴミ出しと郵便を取りに家から出るだけだった。そんな少しの出入りの際も、マスクを着け手袋をはめることを忘れなかった。ポケットにはアルコール消毒剤か殺菌剤を常に入れて、必ずスプレーしていた。社区がロックダウンされた後の二月一五日、住人の中には自宅を抜け出して建物の周りをぶらつく者もいた。しかし、そうした人たちに鋼城は加わらなかった。「心配事が二つありました。病気になったことを近所の人に知られたら、間違いなく僕は無理やり連れて行かれたでしょうし、それで家族を傷つけたくなかったのです」

鋼城は近所の誰とも会話しなかった。しかし用心深い隣人は騙し通せなかった。微信のアパート所有者のグループで彼は時々、病人を暴露する報告を目にしていた。「ひどい咳をしているのを聞いた」、すると鋼城は必死に咳込まないようにするか、何回かに分けて咳をするようにした。

まず半分だけ咳をして、少し経ってから残りの咳をするのだ。その最中も最善を尽くして、音量を絞っていた。

邵勝強はある日、電話越しに患者を涙ながらに「治療した」。その人はすでにウイルスから回復していたが「外出するのが怖いんです」と言う。「いつも、近所の人が陰で私のことを話しているような気がして。私の姿を見ると隠れるし……」。邵は落胆し溜息をついた。「あの人たちの気苦労は気の毒と思うよ。同時に、こうした心ない差別をどうすれば避けられるかとも考えてしまうな」

しかし鋼城は、自分が差別されているとは感じなかった。彼はそれを「区別した扱い」だと説明した。「近所には極端な反応をする人もいました。しかし、それについて話すのは適切ではないかもしれません」。ロックダウン下の生活を懐かしく思い出すこともある。「あれは武漢が一番和気あいあいとしていたときでした。人々はとても仲が良く、誰もが思いやりに溢れていました」。そう言ってくすくすと彼は笑った。

集まって交流できない日々、彼は大学の同級生の微信グループによく参加し、自分の病状を話していた。同級生たちは心配して祈りを捧げてくれた。しかし二月一三日、北京が武漢市党書記の解任を命じたとき、この問題について話そうと彼が書き込むと、反応がなくなった。数日間の沈黙の後、鋼城はグループがブロック（閉鎖）されているのを発見した。

そうしたことは珍しくない。パンデミックの間、微信は虎のように働く部隊を配置して、政府と密に協力しながら情報検閲していた。不眠不休で、あらゆる個人とグループ、全ニュース記事に目を光らせた。数千のアカウント、家族や友人や同級生そして職場のグループがブロックされた。その理由について一言の説明もない。自分や同級生が何か政治的に微妙なことを書き込んだか、鋼城は思い出せない。みな快適な暮らしを送り、怒りを表明したり不満を言うこともほとんどない。彼らの思いは「厄介事を起こしたくない」だけだ。しかし知らず知らずのうちに一線を越えてしまい、「法律で処せられる」意味を味わう羽目に陥るのだった。

「僕たちのグループがブロックされた理由は、本当に分かりません。推測ですが、ある同級生が――彼のガールフレンドは街道委員会（訳注・街道は行政単位の一つ）で働いているという話で――何か街道委員会の内部事情に触れたのかもしれません」。ただ、その同級生が何を書き込んだか、鋼城は思い出せなかった。もしかすると思い出したくなかったのかもしれない。思い出す行為は彼の「心構え」に相反するからだ。同級生でブロックに異議を唱える者はおらず、新しいグループを立ち上げ、再度参加を呼びかけることになった。それからバーチャルのパーティーを開いた。鋼城はいちはやくネットに入り、馴染みの顔が一つ一つポップアップするのを眺めた。それは長い戦争を生き抜いた親友たちの再会のようだった。「みんな我先に話そうとして、誰もが笑っていました。本当に嬉しそうでした」と鋼城は言う。「実際、微信のグループが閉鎖されたのは四、五日のことでしたが、僕らは皆、何年間も離れていた親友のような気分でした」

彼らのブロックされた微信のグループは長年の思い出が詰まっていた。お互いからかったり、議論したり挨拶を交わす場所だった。鋼城は当時の会話の記録を一つ一つ読み、何度も吹き出していた。

そして彼は、自分では痛快に思う無意味なことをやってみた。「法律によって処され」、閉鎖された昔の同級生グループに質問を投稿したのだ。「今日ロックダウンは解除されたかい？」と。反応が返ってくるとは思ってはいない。まるで窓越しにお菓子を見つめる頑固な子供のように、彼は何度も書き込んだ。今日ロックダウンは解除されたかい？

鋼城はこの行動を、抵抗とは考えていなかった。「ただ、自分のしたことに意味があると思っただけです」。彼の考えでは微信のブロックは武漢のロックダウンと同じ意味を持っていたのだ。愉快ではないが、受け入れることはできた。「国がやったこと、その理屈は理解できます。西側の人は、いわゆる自由を崇拝します。しかし、ここ中国では自由が上手く行くとは限らないのです」。彼は静かに語った。「西側が中国より優れているとは思いません。そう一括りにはできませんよ」

鋼城は言う。「パンデミックを経験した多くの中国人は大きなショックを受け、欧米に対する認識や理解も大きく変わったのです。中国政府の業績については、単独で見てはいけないと思います。国際的な文脈で見ていく必要があります。似た国と比較すべきです。わが国には高得点が与えられるべきだと考えています」

二月の二二日か二三日、鋼城は二回目のＰＣＲ検査を隔離用ホテルの玄関で受けた。検査カウンターに着くまで約四〇分間、彼は行列に並んだ。看護師が綿棒を喉に差し込んで拭《ぬぐ》い、その綿棒をガラス瓶に入れた。綿棒と喉を拭った代金は一八〇人民元（約三四〇〇円）だった。武漢のような二線城市（訳注・中国における都市のランクで、一線・新一線に次ぐもの）でも、それは安い値段ではない。林晴川《リンチンチュワン》の市民病院では、多くの看護師の月給は六〇一一人民元（約一万一〇〇〇円）だ。この検査で一週間分の収入が消えることになる。誰が価格設定したのか、どのようにして決まったのか、誰も知らない。疑問の声を公の場で上げる者もほとんどいない。それから数千万人の中国人が、この信頼性の低い検査を受け、費用を支払うよう命じられた。なんとも幸いなことに、こんなビジネスにも勝者がいた――中国政府は検査によって数十億元（数百億円）を稼いだのだ。

鋼城が帰ろうとすると、彼の後ろにいた中年女性が検査カウンターで受付した。彼女はすでに回復した患者だった。寒く風の強い日の午後、彼女は憔悴《しょうすい》して不安げな表情だった。彼女が身分証明カードを渡すと、看護師はカード番号を登録し、彼女へ返した。その女性はカードを怖がり、思わずそれをアルコール消毒剤で拭おうとした。同時に看護師に不快感を与えたのに気づき、一瞬立ち尽くして途方に暮れた。看護師は彼女を見て言った。「そんな風にしてはいけません。あなたは回復したのです。生きていかないといけないのです。そういう態度は良くないですよ」

その言葉を思い返して「生きていかないといけないのです」と穏やかに言う鋼城は、それまでの多くの出来事を思い出している様子だった。「生きていかないといけないのです」

10

邵勝強は自分の苦労についてほとんど話さない。ロックダウンが始まると、彼の所有するレストランは次々と閉店していった。邵の言い方では、それは「生き残るために腕を切り落とす」ようなものだった。二五万人民元（約四五〇万円）に及んだ彼の医療費を補償する者もいなかった。数週間にわたって彼は多くの窓口と多くの政府事務所を訪れたが、すべて時間の無駄だった。「もう何の希望もない」と彼は微信に書いた。「生きているだけで十分だ」。そんな失望も、彼の政府への愛には影響しなかった。数日毎に彼は微信で堂々と、党と政府への感謝を表明した。「ありがとう、湖北省党委員会事務所」「ありがとう、統一戦線工作部」「ありがとう、婦女連合会」

三月一〇日、習近平が武漢を訪問した。邵はただちに、SNS上の友人に向けて一枚の写真を投稿した。それはマスクを着けて手を振る習近平だった。この偉大なる指導者への忠誠を、彼は韻を踏んで表現した。「現世で中国人であることに悔いはない、来世でも俺は中国人だ」（此生无悔入华夏，来世还在种花（中华）家！）

この若き実業家の人柄に、欠点はほとんどない。SNSの投稿を見る限り、彼は道徳的に完璧な人物なのだろう。愛国心が強く、家族を愛し、部下を愛し、見ず知らずの人さえ愛してしまう。一四日間の自宅隔離の後、数多くの慈善活動の集まりに参加した。病院を訪問し、医師や看護師に様々な形の色とりどりのパンや小さなビスケット、ケーキを差し入れた。電話はいつも話し中で、ボランティアの相談で二月の終わりまでに一〇〇〇回以上も電話をかけたという。患者から聞く話は特に心に響き、「これがいま俺にできる最も意味のあることだ」と彼は言った。「普通のことが一番感動的だ」

桜の花がいつ咲き始めたか、鋼城は思い出せなかった。しおれた花びらが風に舞っていることにも気づかなかった。邵勝強が普通の人々の話を聞いて感傷的になっていた頃、鋼城は隔離の孤独な生活に徐々に慣れていった。彼は少し楽しんでさえいた。「あの頃はかなりリラックスしていました。武漢ではパンデミックがほぼ制御されていましたし、事態はどんどん好転していましたから」。彼は頬を手首でまた拭った。「最も苦しい段階は終わったのです」

二月にはウインストン・チャーチルの有名な演説をまねた一節を微信の友人へ投稿した。「我々は最後まで戦う。我々は病院で戦う、我々は隔離病棟で戦う、我々は盒馬《ヘマ》アプリ（訳注・アリババ傘下の宅配アプリ）で戦う……我々は決して降伏しない」

「これがチャーチルの一番有名な演説だと知っている者も、知らない者もいました。でも、みんな笑ってくれました」と鋼城は語る。

「盒馬《ヘマ》鮮生」という、生鮮食品を配達してくれる会社がある。ロックダウンの物資不足の間、この会社は数百万トンの食品を武漢で販売した。毎晩、九時五五分になると——鋼城はアラームをセットしていた——全作業を中止して腕まくりし、戦闘モードに入るのだ。五分後に盒馬鮮生が新商品をネットに出品する。鋼城と同級生をはじめ、街中の人たちがアプリにログインして、鶏肉や牛肉、野菜そして香辛料を手に入れていく。たった数分で何もかも売り切れるので本物の戦場のようだった。この戦場で鋼城はよい戦績だったが、敗北も味わった。「牛肉を食べたくて、すじ肉を四カティ（二キロ）と四川花椒《ホワジャオ》などの香辛料と一緒に注文しました。その日は香辛料は買えましたが、牛肉は駄目でした」

「パンデミック後、多くの武漢市民は盒馬鮮生に特別な愛着を感じていました」と鋼城は熱心に語る。彼の中流階級の生活で、「盒馬を利用する」ことは面白く、プライドにすらなっている。病院の清掃員である金風や「白タク」バイクライダーの李にとって、盒馬は自分たちの生活と全く関係がない別世界だった。彼らが住むのは盒馬鮮生のない、貧しく粗末な武漢であり、牛のすじ肉など全く存在しなかった。こちらの武漢の方が感染者や死者数がはるかに多いと推測するのが理に適っているだろう。彼らは「高級な武漢」を見上げるしかない。それは食べ物について何の心配もない特権階級の武漢である。欲しいものは何でも手に入り、感染する者も少ないのだから。

鋼城の二回目のＰＣＲ検査は、再び陰性だった。社区居民委員会によると、それは「自宅観察措置」を終えていいことを意味した。もっとも（感染疑い例の疑いだった彼は）実際に通知を受けたことはなかったが。武漢は当時、大規模なスクリーニングを実施していた。鋼城はそれを大規模な「人狩りと粛正」と呼んだ。多くの感染疑い例の人間が方艙医院へ「連行」された。鋼城は二度、陰性の検査結果を受けていたが、まだ外出を恐れていた。自宅にいる家族の元へ帰ることは、もっと恐かった。彼は何度も不安に襲われ、懲役刑の判決を待つ罪人のようだと思った。

三月一二日の夜、新たな盒馬戦闘の三〇分前、鋼城は李文亮医師についての記事をスマホで読んだ。その頃までに李医師の微信のアカウントには五〇万以上のコメントが付いていた。人々は追悼の気持ちで自分の心情を吐露《とろ》していた。「李先生、天国で幸せになって下さい」「李先生、夢の中でお会いしましたね」。その記事で引用されていた多くのコメントに、彼自身も深く心を揺さぶられた。「気がつかない間に涙が顔を流れ落ちていました」。そして彼も、とても悲しいコメントを付け加えた。「李先生、春が来ましたよ」

人々のコメントを読み終えると、鋼城の心に無数の感情が流れ込んできた。李文亮医師を気の毒に思い、人々が残したメッセージに悲しみを感じた。彼が泣いたのは、自分自身の経験を思い出したからかもしれない。本来なら数百万本の桜の花が雪のように地上へ舞い落ちる、武漢で一番美しい季節のはずだった。

自分の気持ちを表現することは得意ではないのに、突然、鋼城は自分の心情を吐き出したくなった。閉じ込められていた感情に追い立てられるように、彼は李文亮医師の微信のアカウントを開き、投稿した。「李先生、僕の二回目のＰＣＲ検査が陰性になって一四日が経ちました」。涙が頬を流れ落ちて、途切れ途切れにすすり泣いた。「これで今日、自宅隔離を正式に終えてもよくなりました」

「それが隔離中最後となる情緒不安定でした。完全に回復していたので、また情緒不安定になるとは思っていませんでしたし、李先生のせいで不安定になるとも思っていませんでした。ああいう記事で、あんなに強い衝撃を受けるとは思いもしませんでした」

「完全に回復」とは正確ではない。三月二五日、鋼城は初の抗体検査を受けた。IgM（訳注・感染時に最初に作られる抗体）とIgG（訳注・IgMの後で作られる抗体）の両方が陽性だった。それは、まだ体内にウイルスが残存していることを意味した。

政府は人々に職場に復帰するよう奨励し始めた。鋼城も職場に復帰し通常の生活に戻ることを熱望していた。しかし検査から数日の間は復帰をためらった。三月末か四月初め、彼は李瓊莉の携帯に再び電話して、規則を確認した。李の声は枯れ、疲れているようだった。「私の同僚の一人に連絡をとって下さい」と彼女は言った。「ここのところ埋葬の問題で忙しくて」

社区居民委員会が忙殺された「埋葬の問題」は悲しい仕事で、実際の埋葬より悲しいものだったはずだ。なぜなら李書記の仕事は、遺族を説得して、急いで埋葬するために遺灰を引き取らせることだったからだ。彼女のさらに重要な仕事は「遺族が平静を保っている」ようにさせねばならないことだ。前述した金風の話で、この仕事の驚くべき性質が分かるだろう。李瓊莉は見習うべきロールモデルだ。この電話で少し悲しくなったと、鋼城は言う。「二つの意味で悲しかった。

第一にその仕事そのもの。第二に李書記が、パンデミックが始まった瞬間からその日まで、わずかな休息もとれなかったと知ったことです」。彼は溜息をついた。「実際、草の根レベルの人々は本当に大変なんです」

数日後、邵勝強は彼の経営する「カササギベーカリー（喜鵲麵包坊）」でインタビューを受けた。この店は「聴覚障害のある人のための企業」で、聴覚障害のあるスタッフを多数雇用していた。新聞記事によると、「愛の言葉で語るパン屋」だった。家具や装飾はとてもモダンで、同時にオーナーの強い愛国心が表れている。本棚には『毛沢東伝』や『習近平談治国理政』といった書籍が、『求是』や『党的生活』といった共産党の雑誌とともに並べられていた。中には何度も読み返して、ページの隅を折ったものもあった。

インタビューのために邵勝強は共産主義青年団の輝くメダルを着け、居住まいを正して座っていた。彼はすべての質問に気軽に答えた。パンデミックについて話すとき、この一〇年以上共産党員である若者は穏やかに頷《うなず》いた。「結局、俺は一度死んだのだ。そうだろう？　命の危機を逃れたという経験だよ」と、少しつっかえながら話した。「それで共産党への忠誠心が、さらに強くなったね」

四月一七日、鋼城は二回目の抗体検査を受け、回復が確認された。武漢のロックダウンはすでに終わっていたが、帰宅して家族に会う気にはなれなかった。いつもの通り眠りにつく前、彼は通りの向こう側にあるビルを見た。通常生活が復活する兆候がビルの窓に現れ始めていた。人々の心を煽った照明と壁面のスローガンは、もうなくなっていた。鋼城は落胆し、混乱した。何かを失ったような気がしたが、それが何かは分からなかった。

「本当はロックダウン終了について、疑問を感じていました」と鋼城は言う。「というか、少し怖くて。多くの人が感染しても無症状だと知っていましたし、病院から患者を追い出すための緩い基準のことも聞いていましたから。多くの人はロックダウンが終わり、外出して買い物や食事をしていいと思います。だから終了と共に街へ繰り出したのです。その段階を終えて時間が経っていると僕は思います」。彼は黙り込んでから、付け加えた。「このパンデミックは、自然が人間に教訓を与えたのです。それは終わっていません。まだまだ終わりではないのです」

彼はさらに八日間の自己隔離を続け、四月二五日になって家族の元へ帰った。彼は三カ月も、妻や娘と直接会っていなかったのだ。この三カ月は、まるで一生のことのように感じられた。彼は静かに自宅に入っていった。幸せそうに笑いながら、娘が駆け寄ってきた。「あの子はずっと笑い続けて、笑いすぎて眼が細くなっていました。『お父さん、お父さん』と言い続けて。自分はまず手を洗わなければいけないのだと言うと、娘は私のあとについてきました」

鋼城は水の中に手を沈めた。胸に熱いものがこみ上げるのを感じた。彼は泣いているところを娘に見られたくなかった。「近づいちゃ駄目だよ」と彼は優しく言った。「お前に水をかけたくないからね」

「大丈夫よ、お父さん」。小さな天使が、くすくすと笑った。「少し離れて立っていても、お父さんが手を洗ってるのは見えるから」

第八章　私は説明がほしいだけ

1

二〇二〇年一月一七日、武漢の街は冬の寒さに包まれていた。しかし楊敏《ヤンミン》は元気一杯で、妹たちとその子供一同が楽しく集まれるよう、家族水入らずの宴《うたげ》を準備していた。テーブル一杯の料理を注文し何本もワインを開けて、お祭りさわぎのようにおしゃべりしていた。よい一年ではなかったが、危険や悲劇はすでに去った。文句は言えないと楊敏は思った。四カ月前に一人娘の田雨曦《ティエンユィシィ》が乳ガンの診断を受け、楊敏は娘を最高の病院である武漢協和医院に入院させて腫瘍を切除し、数回の化学療法を受けるよう手配した。手術は成功し、九八パーセントの可能性で助かると医師は話した。あと四回化学療法を受ければ、ガンは取り除かれるはずだった。もう少し回復したら、娘を旅行に連れて行き可愛い服を買ってあげると約束した。

最も重要な祭日である春節が近づき、武漢の街頭はその準備で行き来する人々で賑わっていた。新型コロナウイルスは静かに拡散していたが、楊敏と田雨曦は気がついていなかった。

「警察が李文亮さんを譴責したニュースを見ました」と楊敏は言った。「インターネットも法の手の届く範囲にあり、デマを広げれば罰されると。政府がデマと言うなら、それは本当に嘘なのだと思っていました。いつでも政府のことは信じていましたから」

楊敏と大部分の中国人にとって、政府を信頼することは単に優れた選択肢であるだけでなく、唯一の選択肢なのだ。強力な防火長城と厳格な検閲に加え、あらゆる新聞とテレビ局は共産党と中国政府の所有物だ。当局が隠蔽すると決めたならば、真相を知る術は人々には何もない。二〇二〇年一月の危険な一カ月間、すべての新聞とテレビ局は上層部の指揮の下に行動し、一つのフレーズを何度も繰り返していた。危険はない、危険はない。楊敏は自分と娘は安全だと信じ込んでいた。

雨曦は一月一八日に化学療法を受けた。翌日、彼女は高熱を出した。楊敏は悲しんだが、希望を持っていた。自分と娘が荒れ狂う嵐のただ中に入っていることを、楊は知らなかった。あの危険な春、武漢協和医院は中国で最も危険な場所の一つだったのだ。パニックを避けるために、政府は医師と看護師が個人用防護具を着用するのを禁じ、ウイルスに関する発言を厳しく禁じた。娘の発熱と同じ一月一九日、政府高官が記者会見で新型コロナウイルスの「感染性は高くない」と発表したことを、楊敏は知らなかった。「リスクは小さい」と高官は述べた。「予防可能で制御下にある」

雨曦の高熱は治まらなかった。食欲はなく、「水をすするだけでも苦しそうでした」。ナイフで胸を切り裂かれるような苦しみを味わいながら、楊敏は言う。中国の多くの親がそうであるように、人生において子供は唯一無二ではないとしても、一番大切なものだ。「私の人生の前半で娘は希望であり、後半では私の人生の糧《かて》であり、人生そのものでした」

何日も眠れない夜を過ごし、娘の世話を続けた。一月二三日、医師が彼女に告げた。「熱が下がらないようなら、娘さんは亡くなるでしょう」。楊敏はどうすればいいか医師に尋ねると、「娘さんを発熱の専門医院に連れて行かないといけません」と言われた。

それは武漢がロックダウンされた日だった。そのことを知っていたとしても、楊敏には関係なかった。娘が命を賭けて戦っている、それだけが重要だったのだ。

その夜、楊敏は雨曦を連れて赤十字病院へ駆け込んだ。そこで彼女が見たのは、患者で満杯の病院であり、疲れ果てた医師と看護師の姿だった。彼女は呻き声と哀願、泣き叫ぶ声を聞いた。「そこには何もありませんでした。食べ物も飲み物も、何もなく、酸素もありませんでした。それから娘は下痢を起こして、また高熱が出ました」。言葉を止めた楊敏の顔を涙が流れ落ちていった。

「かわいそうな娘。寒気に震えて熱が出て。寒気がくるとあの子は『ママ、とても寒い』と言って。私は何もできず、あの娘を抱きしめるだけでした。熱が下がると『とても熱い』と言う。やっぱり私は何もできませんでした。私は体を拭いてやり、入浴を手伝いました」。彼女は泣き出した。

「もう駄目です。本当にもう……」

悲しみと怒りで、楊敏の語りは度々中断した。特定の出来事や、細かい記憶、娘の発言などを思い起こすだけで嘆きや悲しみが噴き出した。悲嘆が治まるのを待ち、話を続ける気力を取り戻したが、数分もすると別のことが思い出されて再び涙にくれた。

一月二四日、楊敏は雨曦を車椅子に乗せてCTスキャンの部屋に入った。雨曦の両肺は白い影で覆われ、医師は雨曦が新型コロナウイルスに感染していることを確認した。彼女は重態だったが、病院は何の治療もできなかった。武漢の他の全病院と同じように、赤十字病院は薬剤も物資もほとんどなくなっていたのだ。楊敏は高熱を出している娘を連れて別の病院を探すしかなかった。

CCTVが春晩を全世界に放送していた頃、武漢では冷たい雨が降っていた。セレブが歌い踊り、共産党を讃え、偉大な中国の新時代を喜んでいた北京から一二〇〇キロ離れた武漢は、死んだように静まりかえっていた。一台の自動車が人気《ひとけ》のない雨に濡れた街を通り、武漢市金銀潭《ジンインタン》医院の玄関で停まった。雨曦は自力で歩けなくなっていた。楊敏は必死に娘の腰を抱きかかえ、苦しげに呼吸する娘を苦労して病院へ運び込んだ。テレビでは春晩がクライマックスに達していた。「叫ぼう、大声で」とジャッキー・チェンが光り輝くステージで歌っていた。「問我國家哪像染病(わが国が病気に見えるかい?)」

まさにそのとき、武漢市金銀潭医院は世界中で最も悲惨な場所になっていた。この病院を中国メディアは、爆心地の中の爆心地と呼んだ。市内のあらゆるところから来た重症の感染者が咳と高熱を発し、病院の全フロアと部屋を埋めつくしていた。自分たちも感染している多くの医師と看護師が、悲嘆と呻き声の中を行き来した。冷たい海上に投げ出され、浮き沈みする乗客を、沈みゆく船上から見つめる船員のように、他者を助けるには彼らはあまりに無力で、自分のことすらどうにもできなかった。

あの年の旧暦の大晦日は悪夢だった。娘と一緒に中に入ることができなかった楊敏が玄関で震えていると、ぱらぱらと冬の雨が降ってきた。「お医者さんは『ここは被災地だ。身内が介護者になることは許されていない』と言うのです」。病院にはいられなかったが、彼女の自宅は金銀潭医院から一四キロ離れた所にある。寒さと空腹で疲れていたが、タクシーも、病院の近くに留まっていられる場所も見つからなかった。彼女は結局、老田《ラオティエン》に電話した。それは彼女が愛情を込めて言う、夫の呼び名だ。

田氏は自動車を借りようと、あちこちに助けを求める声をかけた。三時間後、やっと彼は物惜しみしない一人の友人を見つけた。雨の中を数キロ歩いて友人の家に行き、自動車のキーを借りると、金銀潭医院へ走った。その頃には真夜中になっていた。CCTVの春晩の司会者は中国経済の偉大な成果と「貧困低減の目標」を達成したことを熱烈に讃えていた。そして新年の鐘が鳴り、皆が立ち上がると楽しそうに喝采した。ハッピーニューイヤー!

楊敏は金銀潭医院の濡れた床の上に、手足を投げ出して座っていた。「私は死にそうだと感じました」。病院に一人残された雨曦は、狭い寝台に力なく横たわっていた。弱り切って寝返りも打てない。彼女は全く治療を受けられないまま、母親へ続けざまにメールを送った。「寒いよ」「関節が痛い」「息ができない」。絶え間なく咳が続き、何も食べられずに自分の排泄物の中に横たわっていた。「どこもビショビショ」「濡れてる」「耐えられない」。彼女の汚れたベッドを見た看護師が叱りつけた。「排泄物で遊んでいるの？」

「娘は内気で、看護師が怒鳴ったら、何も言えなかったでしょう」と楊敏は涙ながらに言う。「本当に怖くてナースコールのボタンも押せなくて、私に言うのがやっとだったのです」

帰宅すると楊敏は娘が送ってきた写真を見つめ、ビデオメッセージを見た。娘の苦しげな呼吸を聞いていると、胸が張り裂けそうだった。自分がいつ感染したか、楊敏には分からなかった。彼女は頻繁に咳が出て微熱もあった。それから数日間、離れた場所から見守り慰める以外、何もできなかった。「そこで頑張るのよ」と彼女はメールを送った。「気を強く持って」「お母さん、あなたのことを愛しているから」

一月二八日午前一〇時、雨曦は微信で母に話しかけた。「また吐血しちゃった」と、彼女は自分の手の写真を送ってきた。指先が真っ黒になっていた。翌日、医師が電話してきて、雨曦の病状は「あまり良くない」（不蛮好）と告げた。それは武漢の方言で、「重態」を意味していた。

「とるものもとりあえず、私は病院へ駆け込みました」と楊敏は言う。夫が彼女を金銀潭医院へ連れて行ってくれた。彼女は警備を抜けて雨曦の病棟に忍び込んだ。すぐに数人の看護師と警備員が近づいてきた。「あの人たちは私に出ていくよう言いました。『追い出そうとするくらいなら、ここで死なせて。娘は私の命なのです。あなたたちは娘に何もしてくれない。だから娘の世話をする私を止める権利はない』と私は言いました」

「命を賭けても、ここに残る」と、楊敏は看護師と警備員に告げた。一人の男が、彼女を引っ張っていけと警備員に叫んだ。楊敏は必死だった。激怒していた。「そんなことをするなら、屋根から飛び降りて目の前で死んでやるわ！」と彼女は叫んだ。その男は厳しい口調で彼女を諭《さと》そうとした。「あんたのためなんだぞ」。楊敏は言い返した。「余計なお節介よ！」。男は言った。「ああ、あんたが病気になっても責任はとれんよ」。楊敏は顔を上げた。「責任など、とってもらわなくて結構です！」

それからの七二時間、楊敏は一〇分以上の睡眠を取れなかった。病院は鉄製のフレームのベッドを持ってきたが、横になる機会はほとんどなかった。人工呼吸器につながれているのに、雨曦の病状は悪化する一方だった。依然として吐血は続き、残された時間が少ないのを実感しているようだ。彼女は絶え間なく母親を呼んだ。「とにかく娘は休ませてくれませんでした。痛い、苦しいと言い続けていました。ここを撫《な》でて、そっちをさすってと頼んできて」。声を詰まらせて楊敏は語る。「お母さんを少し休ませて。そうすれば、もっと良く世話ができるからと私は言いました。でも駄目でした。娘は眠らせてくれませんでした」

楊敏はその光景をいつも思い出す。大切な娘が病院のベッドでもがき苦しみ、必死になって口を開いて呼吸しようと喘《あえ》いでいるのだ。「水からすくい出されたばかりの魚のようでした」と楊敏は言う。雨曦は夢を見て、目覚めると楊敏の腕に抱きついてきた。「ママのことを夢で見たのに姿が見えなかった」と彼女は泣きながら訴えた。「ママに会えなくなるのが怖い」

楊敏は泣き出した。「あの言葉、『夢で見たのに姿が見えなかった』を忘れることはないでしょう」

二月一日の正午、重態になった雨曦は集中治療室に運び込まれた。見えなくなるまで彼女は楊敏から目を離さなかった。それは傷ついた羊のような、必死に縋《すが》りつく視線だった。「私に必死に救いを求めていると思いました」と楊敏は言う。しかし娘が何を求めているのかは分からなかった。楊敏は一分後に意識を失った。「必死に気力をふりしぼって持ちこたえていましたが、娘が集中治療室に運び込まれた瞬間、私は倒れました」

2

楊敏自身によると、彼女の人生はシンプルなものだった。「一九七〇年に誕生、一九八七年に就職、一九九二年に結婚、一九九五年に娘を出産」、そして娘を育てるのにどれだけ全力を尽くしたかという話に一気に飛んだ。

楊敏の夫の田氏は共産党員で、警官である。夫婦は貧しくはなかったが、裕福でもなかった。高校卒業後に楊敏は、父親の国営鉄道での仕事を「相続」した。それから一〇年間、家族に目立つことはなかった。「出勤して帰宅して、食費を切り詰めて子供を育てました」と楊敏は語る。「あの頃はそんな風でした。子供のためです。子供がすべてでしたから」

共産党支配下の中国で「子供」という言葉は長年、複数形の意味を持たなくなり、実際には「一人っ子」のことを指す。若い頃に見た『超生遊撃隊』という短編のテレビ映画を、楊敏は思い出す。それは中国で、最も苛酷な家族計画が行われていた頃の作品だ。毎年、数え切れないほどの妊婦が強制的に堕胎《だたい》させられた。そして公式に認められない子供を生んで科せられた罰金で、数え切れない家族が困窮した。その短編映画は国営テレビで放映され、中国人は皆、筋書きを知っていた。農民夫婦が子供を生んだ罰金を避けるため、中国最南端の海南島から北西部のトルファン市へ、そして中部の山岳地帯から東部の海辺へと逃げる。逃避行は一万キロ以上に及んだ。その映画は夫婦のみすぼらしい衣服や貧しさ、無知を、放浪中の暮らしと共に嘲笑し馬鹿にしていた。それはすべて、数百万の中国人に家族計画が正しいだけでなく賢明で重要だと教え込むためだった。一人っ子政策の背後にいる共産党も同じく賢明で重要だということだ。党は決して間違わないのだ。

　雨曦が生まれたのはそんな時代だった。そこら中に貼られていたスローガンを楊敏はいまも覚えている。「一人っ子は良いことだ。老人の世話は政府がする」

「いつも私は法律を守り、政府の言うことに従いました」と彼女は語る。「子供が生まれてすぐ、私は一人っ子の証明書を受け取り、避妊リングを入れました」。政府のプロパガンダでは、大部分の女性は「自発的に」避妊リングを挿入する。しかし楊敏は、それが事実ではないと知っていた。「政府は私を仕事のことで脅迫しました。もし二人目の子供ができたら、老田と私は仕事を失ったでしょう」。「仕事なしに、どうやって暮らしていくのですか？」

　雨曦の三歳の誕生日から、数えきれないほど多くの稽古事に連れて行った。バイオリン、中国将棋、習字、ラテンダンス……成績は常に優秀で、バイオリンはプロのレベルに達し、ステージで何度も演奏した。特権階級の出身ではない子供は早く大人にならないといけない。雨曦は両親の苦労をよく知っており、いつも老後は自分が両親の面倒を見ると言っていた。楊敏は娘が成長したことにほとんど気づいていない。娘の食べる物や着る物、どんなボーイフレンドがいるかに気を配った。彼女は雛《ひな》の面倒を見る母鶏のように愛情を込めて、「小伢《シアオヤア》」「小娃娃《シアオワアワア》」「小雨宝贝《シアオユィバオベイ》」といった赤ちゃんの呼び方をした。

二〇一二年、雨曦は大学入試を受け、バイオエンジニアリングを専攻した。二〇一六年に大学を卒業すると、雨曦は香港の対岸の深圳《シンセン》に行った。楊敏は娘のキャリア選択に反対した。給料は良いが、きつい仕事で男性が専門にする分野だと言うと、雨曦は言い返した。「ママ、私はお金を稼ぎたいのよ。そうすればママが病気になったとき、私は手術室の外で泣かずに済むから」

3

二月二日に雨曦が集中治療室に入った後、楊敏は懸命に娘にテキストメッセージを送った。「頑張るのよ。そこで頑張って、小伢。あなたのことを母さん、愛しているわ」

そして楊敏は再び気を失った。数時間にわたる救急治療を受け、ゆっくり意識を取り戻した。そして震える手で、新たなメッセージを書いた。「あなたのことを母さん、愛しているわというメッセージは届いた？　あなたの返事を母さんは待っています。もちろん分かっているでしょうけれど」

楊敏は金銀潭医院で三二日間にわたり治療を受けた。「肺が割れたガラスで一杯になっているような苦痛を感じました。呼吸を一回するだけで、体中のエネルギーがなくなるようでした」

しかし病気で一番苦しかったときも、娘のために何をしてあげられるか考えていた。「自分に言い聞かせ続けていました。治療を受けてできるだけ早く良くならないといけない。そうすれば、あの娘の世話ができる元気が出ると」。二月一一日、楊敏の病状は安定した。彼女は新しいメッセージを雨曦に送った。「小伢、頑張ることは勝つことよ。母さんは必ず、あなたのそばにいるようにするから……頑張って、母さんも頑張っているから」

楊敏はすぐに異変を察知した。夫が娘のことを話すとはぐらかしたり、医師と看護師が視線を合わせなくなった。彼女は無理やり考えないようにした。「携帯電話が鳴ると怖くなりました。振動すると心臓が一瞬止まるようで、親戚からの電話にも出なくなりました」。ビデオメッセージに映る田氏は、打ちひしがれ歳をとったように見えた。しかし「とにかく病気を治すことに専念しなさい。心配するな、便りがないのは良い報せだ」と夫は妻に語りかけていた。

楊敏はある人から、回復した元患者の血液が重症患者の助けになるとの話を聞き、希望が生まれた。「無理やり姿勢を正して座り、急いで治すと決心しました。そうすれば私の血を抜いて娘を救える」。まだ彼女は雨曦にメッセージを送っていた。「早く良くなって」「頑張って。母さんは、あなたと話したいの」

二月一九日、楊敏は起き上がって、まだ自分は退院できないと雨曦に微信でメッセージを送った。CTスキャンでは病状の回復は見られなかったが、具合は大分よくなったと彼女は感じていた。「まだ七、八日はかかるでしょう。そうしたら母さんが、あなたの世話をしてあげるわ。頑張ってね、小伢」

雨曦は何日も前に亡くなっていた。彼女は二月六日、人生最後の瞬間を金銀潭医院の集中治療室で孤独に過ごした。亡くなるとすぐ火葬場へ搬送されて灰になっていた。死の前に雨曦が何を見たのか、何を言ったか、悲しく苦しい道をどのように歩んだか、誰も知らない。一二日後に田氏の兄である彼女の叔父が治療の甲斐なく、新型コロナウイルスのために病床で息を引き取った。

楊敏は、こうしたことを何も知らなかった。

「頑張ってね、小伢」という微信のメッセージを送った後、楊敏は夫に電話した。自分の血液を抜いて雨曦の治療に使えないか医師に尋ねてもらうためだ。最初、田氏は病気を治すことに専念するよう彼女に言い続けていたが、やがて理由もなく激昂《げっこう》し、楊敏を激しく怒った。「まだ病気が良くなっていないのに、その血がどうして役立つんだ？」

田氏の反応は彼らしくなかった。楊敏は何かおかしいと感じた。「何かあったのね」。病床に起き上がり、携帯で病院に電話した。彼女は医師に尋ねた。「田雨曦は私の娘ですが、病状はどうなっていますか？　私の血液を抜き取って、あの娘の治療に使えませんか？」。医師は記録を確認し、感情のない声で答えた。「田雨曦さん？　そういう人は当院にはいませんが」

楊敏は震えた。もう一度田氏に電話して問い詰めた。「あの娘はどうなったの？　いますぐ教えて」

電話の向こう側で田氏は泣き崩れた。「あの娘は六日に亡くなった。僕の兄も一八日に」。五〇歳になる田氏は大声で泣いた。「君がもう少し聞かないでいてくれたら、忘れていられたのに。君とはまだ毎日顔を合わせなければならない。僕が最近どんな思いで生きていたか分かる？」

楊敏は長い間、身じろぎもしなかった。徐々に手足の感覚が戻ってきた。まだ田氏は電話の向こう側で泣いていた。ゆっくり体の向きを変え、一歩一歩ベッドに戻った。そして座り込んだ。「鼻も耳もズキズキする」。彼女は携帯電話を投げ捨て、泣き叫び始めた。

それから数日がどのように過ぎていったか、楊敏は思い出せない。「混乱して、ぼんやりしていました」。食事もできず、電話にも出なかった。いつも泣いていた。二月二九日の午後五時四〇分、楊敏は雨曦にメッセージを送った。「あなたは私をそんな風に捨てるのね？　母さんを何だと思っているの？」

彼女は携帯電話を霞《かす》んだ目で見つめ、雨曦が別世界から返事をしてくるのを待った。三時間ほど経つと、彼女はもうこの世にいない娘に命令した。「今夜、帰ってきなさい。もう一度、顔を見せて」

「最後に一度も会えなかった」と楊敏は言う。「もっと早く分かっていたら、娘を集中治療室には行かせなかったでしょう。娘のそばにいてあげられたのに……」

娘の死で楊敏は打ちひしがれた。ベッドに横になって娘の写真を眺め、ボイスメッセージの声を聞いた。そうすればするほど、彼女はもっと泣いた。当時の自分の状態について、完全に麻痺《まひ》していたと彼女は言う。「まるでイモのように何も感じませんでした」。ネットで「墓場からの帰還」や「再誕」についての情報を狂ったように探した。たとえどれほど見込みがなくても、大事な娘に一目会えるのを願ってのことだった。「一目会えるだけで良かったのです。少しだけでいいから」

三月四日、病院は、楊敏が回復したので湖北大学の隔離施設へ移るよう指示した。彼女は退院を拒否し、ベッドの手すりにしがみついて、医師にもう数日だけ入院させてくれるよう懇願した。その病院は居心地が悪かったが、出ていきたくなかった。そこで娘が亡くなったからだ。病棟と狭いベッドから離れたくない。そこにいる限り、彼女は外の世界、娘がもういなくなった世界から離れていられる。彼女の最後の逃避場所だったのだ。

楊敏は結局、湖北大学の学生寮に設けられた隔離施設へ移った。そこで一四日間を過ごし、その後は自宅でさらに一四日間、自己隔離しなければならなかった。桜の花が咲き散る頃だったが、楊敏は静かに咲く花に気がつかなかった。彼女はいつも泣いていた。「ほとんど気が狂いかけたことが二回ありました。私は心理学者に電話させられました。三時間も泣いていました」と彼女は思い出して語る。「心理学者も私と一緒に泣いてくれました」

楊敏は夢で娘に会いたかったが、雨曦が出てくることはなかった。夢の中で死者の霊魂に会うには線香が必要だと、教えてくれた人がいた。彼女は毎夜、線香を焚《た》いたが何も起こらなかった。伝統的な中国の忌は四九日間にわたり続く。人が死んでからの七日間の七倍だ。それから親戚や友人が葬儀を催し、死を正式に認める。それによって死者は新たな世界へ旅立ち、つまり転生することができる。しかし、あの年の春に死者の孤独な霊魂に手間をかけられる者はほとんどいなかった。楊敏は雨曦の来世での暮らしが心配だった。「あの娘は集中治療室で亡くなったので、服を着ていなかったと思います」と、彼女は再び泣き出した。「来世に着いても、あの娘は何も着ていない……」

三月一八日、楊敏は自宅に戻った。雨曦が亡くなってから四一日が過ぎていた。楊敏は家を見渡し、急に喪失感を覚えた。まるで娘がどこかにいるようだった。彼女のブレスレットはテーブルの上に置かれ、衣服もラックにかかっていた。しかし彼女はいない。娘が死んでから四二日目、楊敏は簡素な祭壇を設けた。六回目の忌の七日間に当たる日だ。娘の写真を見ていると、一生続く悲しみと痛みが心に流れ込んできた。床に崩れ落ちて、涙にくれた。

その夜、娘に会いたいという楊敏の願いがかなった。雨曦が夢に現れたのだ。彼女は部屋に入ってきて母親を見つめ、そしてクローゼットの扉を引っかいた。それが現実ではないことを楊敏は分かっていたが、臆病な霊魂を驚かせないよう、物音一つ立てなかった。ゆっくりと雨曦はベッドに歩いてきて毛布を持ち上げると、楊敏の脇に横たわった。それは彼女が臆病な高校生だった頃にしていたことと同じだ。母と娘は並んで横になり、果てしなくしゃべり続けた。雨曦の頭痛のこと、友だちのこと、行ったことのある所すべてについて。

楊敏は突然目が覚めて、ぼんやりしながら暗闇を見つめた。娘が死んだことを思い出すまで、かなり時間がかかった。果てしない静寂に向かって彼女は泣いた。

4

二〇一九年の春、楊敏と雨曦はタイ旅行に出かけた。ツアーバスの中で二人は、中国国歌『義勇軍行進曲』を同じツアー客と共に歌った。「立ち上がれ！　奴隷となることを望まぬ人々よ！　我らの血と肉で築こう新しい長城を！」。七〇年にわたる共産党支配で、国歌と共産党は固く結びついていた。この曲を外国の地で歌うとき、楊敏の意図は明確だった。彼女は自分の国を愛し、中国共産党へ忠誠を誓っていたのだ。

楊敏は「愛国愛党」の経歴を隠さない。彼女はこれまでの人生すべてで、国家の訴えることに応え、共産党の仰々《ぎょうぎょう》しいプロパガンダを一瞬も疑うことなく、応援さえしてきた。

二〇一九年一〇月一日は中華人民共和国七〇周年の建国記念日で、習近平は天安門で前代未聞の規模の軍事パレードを行った。それをテレビ中継で観た楊敏は、あまりの誇らしさに涙を流した。同じ場所で三〇年前に発生した悪名高い虐殺について、彼女は忘れていた。SNSのグループで、彼女は強大な軍事力を絶賛した。「凄いわ、私の国、誇りに思う！」。一方、香港では市民が大規模なデモで国家安全維持法に抵抗していた。こうした「香独分子（香港独立派）」は国家分裂を図っていると楊敏は非難し、その行動を「憎むべきもの」とすら言った。

雨曦が亡くなり、楊敏は体制と至近距離で向き合うことを余儀なくされた。まるで夢から覚めるように、「賢明で偉大で正しい」という言葉の本質が、徐々に分かってきた。「私も中国人です。共産党にも政府にも従ってきました。政策を守り、子供は一人だけでした。しかし政府が真相を隠したせいで、娘は無駄死にしました。これからの人生、私はどうすればいいのですか？　私の人生に価値はないのですか？」「後から、それ（党は賢明で偉大で正しい）がすべて偽りだったことを知ったのです」

楊敏は、娘が無意味に犠牲になったように感じた。「もし政府が少しでも早くパンデミックを公表していれば、私は娘を病院へ入れなかったでしょう。病院が私に感染予防に注意をするよう呼びかけてくれていたら、娘は死なないで済みました。あの娘はものすごく苦しんだのです」と、彼女は啜り泣いた。「娘は大手術には耐えたのに、助かりませんでした。誰の落ち度なのですか？　私は説明が欲しいだけです。説明さえ受けられないのですか？」

数分後、彼女の糾弾《きゅうだん》は自己憐憫《れんびん》と失意に変わった。

怒りと悲しみのせいで、彼女が非合理的になったわけではない。あるジャーナリストが彼女のSNSへの投稿を見てインタビューを申し込んだとき、彼女は断っている。彼女は然《しか》るべき窓口を通じて「正規の手順」に従いたかったのだ。三月中旬、社区居民委員会――共産党と政府にとり最下層の組織――に彼女は口頭で異議を申し立てた。しかし何の回答もなかった。ロックダウン解除後の四月上旬、彼女は書面で正式に異議を表明し、再び正規の手順に従った。まず書類を社区居民委員会に提出した。それを委員会は地区、市そして省に手渡していかなければならなかった……どこまで彼女の異議が届くのか誰にも分からなかった。彼女はまだ、共産党と中国政府を信じていた。「わが共産党と政府が正義を行ってくれると信じている」と彼女は微博に書き込んだ。

四月七日、近隣地区委員会は彼女を会議に招いた。金《ジン》という名の共産党書記がお悔やみと同情を述べ、彼女が何を望んでいるか質問した。楊敏は異議を書いた書類を示し、パンデミックを隠蔽した官僚による「人道に対する犯罪」への調査と経済的・感情的損害への賠償を望むと告げた。

金書記は彼女に同意しなかった。彼は咳払いして笑うと、政府が隠蔽したとは思わないと述べた。二〇一九年一二月三一日には、政府は早くも流行が発生していることをネットで発表していたというのが、その理由だった。

これに楊敏は激怒した。「恥知らずとはどんなものか、やっと私は分かった。恥とは何かが分からないのだ」と後に微博に書き込んでいる。彼女は金書記に反抗した。「発表したというなら、なぜテレビで噂を否定したのですか？　なぜ李文亮先生は譴責されたのですか？　あなたは自分自身に平手打ちをしているようなものでしょう？　それで責任を負っていると言えるのですか？」

こうした辛らつな言葉は的を射ていたが、金書記は動じなかった。彼は含み笑いをすると、はぐらかしてきた。「これはおそらく、私たちが受け取った情報が違っていたようですな」

共産中国には悪名高いキャッチフレーズがある。安定はすべてに優先する。災害の規模や死者の数にかかわらず、新聞やテレビのニュースでは必ず同じ言葉が伝えられる。『遺族は平静を保っています』。この言葉が数え切れないほどの死と血と涙を覆い隠す。悲しむ遺族に安らぎを与えないし、亡くなった大切な人にも何も与えない。

会議後、政府は仲裁役を送ってきた。仲裁役の姜《ジアン》氏は六〇歳を少し越えた元教師だった。彼は正規の公務員ではなかったが、この災厄後、姜氏のような人間が武漢に大量に現れた。彼らは政府と緊密に協力し、楊敏のような遺族に陰険な消耗戦を遂行した。楊敏との最初の話し合いから、姜氏は卓越した意思疎通の力を見せつけてきた。彼は楊敏を「小敏」と呼び、自分のことは「兄さん」と呼ぶように言った。しばらく雑談をしてから、ゆっくり本題に入った。異議申し立てをする際に小敏が正規の手順を受け入れるよう、姜兄さんは望んでいた。「申し立てを上へ持って行くのは問題ないし、訴訟に持ち込むという試みも受け入れられるよ。でも外国メディアのインタビューを受けてはいけないね」と彼は楊敏に告げた。「君は中国人なんだよ、小敏。だから敵である反中勢力を警戒しないといけない。連中に利用されちゃいけないね」

楊敏は微博で、「泣き叫ぶ死霊」という悲しいハンドルネームで、自分の悲惨さや雨曦の思い出、鋭い論調の不服や苦言を書き連ねた。「正当な説明がなければ死者は納得しないし、生者はもっと納得できないに決まっている」。当然ながら、すぐに警察から電話がかかってきた。警察官はとても穏やかに「ネットで問題のある発言をしない」よう注意を促しただけだった。「そうした発言は国に悪影響をもたらす」というのが理由だった。

楊敏には警察の考えが分かっていた。その頃、新型コロナウイルスは世界中に広まっていた。一方で中国政府は自国の対ウイルス戦勝利を力強く自慢し、中国の経験を学ぶよう世界中の国に呼びかけた。「外国メディアのインタビューを受ける」ことが何を意味するか、楊敏はよく分かっていた。彼女の人生の大部分で、外国メディアは不吉で陰険な描かれ方をされ、野生動物のように避けるべきものと言われてきたからだ。「『肉は鍋で煮崩れたままになる』（肉爛在鍋浬、訳注・損も得も部外者には及ばない）と、ずっと信じてきました。私は紅旗の下に生まれ、紅旗の下で育ったのです。だから外国人に中国のことを話す必要はありません。わが国が正当な扱いをしてくれる限り、大騒ぎして世界中に知られるようなことはしません」

四月一〇日に数人の身内と、雨曦の遺灰を受け取りに葬儀場を訪れた。楊敏は微博にログインし、雨曦の明るく元気な様子と、普段の親子の会話を記した。それはもはや思い出すこともつらくなっていた。「ママ、出かけて熱い鍋料理を食べようよ」「ママ、携帯電話のケースを買ってあげたわ」「ママ、水を飲むのを忘れないで」。書いていると、楊敏の頬を涙が流れ落ちた。「すべては避けられたはずです。それを誰に言えばいいのですか？　娘を返して！」

彼女の微博への投稿は二〇〇〇件ものコメントを集めた。ある者は主流の社会主義的価値観に合わないことを書かないよう注意を促してきた。すべては国益を考慮しないといけない。厳しい警告を送ってきた者もいた。政府は良い仕事をした、彼女が書いたことは外国の反中勢力に刃物を与えるようなものだと。死んだ娘にこれ以上の重荷を背負わせるなという残酷なものもあった。

証拠はないが、こうした人間は政府が動員していると楊敏は確信していた。政府に雇われ、政府に都合のいい投稿や反体制派への攻撃を行う「五毛」のことは、誰でも知っていた。彼らは高校生や定年後の公務員で、中には囚人もいる。囚人にとっては手柄になり、刑期が短縮される。一投稿ごとに〇・五人民元（約九円）が支払われると言われる。楊敏は激しい怒りを感じた。「私が微博に書き込んだのは、私の悲しみであり私の痛みです」と彼女は叫んだ。「しかし政府は五毛を送り込んで私を中傷しました。私が祖国を理解していないと言ったのです。もちろん私は自国に思いを寄せていますが、国は私に思いを寄せてくれているのでしょうか？」

新たな悪夢が始まった。自分がSNSに投稿した血まみれの言葉が消去されるか「執筆者のみ閲覧可能」へと設定変更されていることに彼女は気づいた。そして悪意のある嘲笑や罵倒がエスカレートしていった。「裏切り者！　馬鹿！　中国から出て行きやがれ！」。同時に警察や役人からの「慰めの」電話がかかってくる回数が増え、内容も短気なものになった。彼女が会う役人は、もはや笑っていなかった。「自分がやっていることに気づかれないと思っちゃいけない」と、ある役人は脅すように言った。「お前のすべては国家安全部がお見通しだ」

楊敏が自分をとりまく新しい状況に慣れるには時間がかかった。彼女はもはや「共産党に従い、共産党にとって無害」な従順な被支配者ではなくなった。彼女は猜疑心《さいぎしん》を持ち、不安定をもたらす分子になったのだ。しかし、どこへ行っても「共産党を転覆させることは望みませんし、国家を分裂させたいとも思いません。私は正義が欲しいだけです」と断固とした口調で語った。

この種の「穏健な抵抗」は政府を動かさない。あえて異なる意見を口にする人々に残酷な手法を用いるのは得意だ。穏やかで自制された言葉に、政府はめったに動じない。トラブルが何を意味するかは明らかで、トラブルはトラブルなのだ。

ロックダウンが解除され、武漢は暖かくなったが、楊敏にとっては冷たくなるばかりだった。姜兄さんだけは変わらず親切だった。毎日のように尋ねてくれ、電話をくれた。「反中勢力に利用されるなと注意する以外に、進んで彼女の問題解決に協力してくれた。「書類の記入欄を埋めて、二万人民元（約三九万円）を請求するんだよ」と彼は楊敏に促した。

姜兄さんは雨曦の入院費用について話した。「新型コロナウイルス患者のすべての医療費は補償する」と政府は約束していたが、楊敏は二万人民元以上を支払っていた。楊敏が弁済を受ける申し込みができるよう、姜兄さんは一カ月にわたり奔走《ほんそう》したが、駄目だった。彼は言い訳ばかりした。手続きが間違っていた、書類がなくなっていた、責任者が外出中だった、と。「共産党と政府の優しさ」を彼は度々口にしたが、実際のところ、その優しさは分かりづらいものだった。「娘さんの遺灰を葬ってあげなさい。そうすれば、お金が手に入るよ」と彼は楊敏に告げた。「それが、あなたのためなんだから」

政府が恐れたのは、遺族が棺を街頭に持ち出すことだ。その危険なイメージは、体制が懸命に取りつくろっている隠しごとを崩壊させる。楊敏は怒り心頭で切り返した。「そういう入れ知恵は私への侮辱です。はした金で私の娘を買えると本気で思っているの？　言っておくけど私も私の娘も、そんなに安っぽいものじゃないのよ！」

彼女の異議申し立ては、彼女が願っていたほど上層部には届かなかった。四月末、楊敏は柯《クァ》という名の役人に連絡し、回答が得られない理由を尋ねた。責任者の柯は彼女に告げた。「いま、あなたが義捐金を申し込めるようにする手続き中です」

楊敏は「私は正義を求めているのです！」と言うと、責任者の柯は返答した。「あなたの娘さんは病院で感染しました。病院を訴えることを考えましたか？」。そして柯は「あなたの質問に回答したり問題を解決する権限は、私たちにはありません。私たちにできることは上層部に伝えることだけです」と言った。再び、楊敏は正規の手続きを行うよう指示されたのだ。「いいですか、正規の手続きを踏めば書類を上層部に渡せるのです」

楊敏はようやく理解した。正規の手続きなんてものはないのだ。すべては行き止まりだった。金書記、姜兄さん、責任者の柯、警察、五毛の全員が、彼女の道に立ちはだかる障害物だった。彼らが彼女に正義をもたらすことはないし、そうするつもりさえなかったのだ。

「もういまでは、『肉爛在鍋浬』なんて考えません」と四月末に楊敏は言い切った。「これからは、私の悲しみを出会った人すべてと分かち合います。聞いてくれるかどうかは気にしませんし、返ってくる反応も関係ありません。娘のために正義がなされないのなら、私にあの娘の母親でいる価値はないからです」

5

「今朝目が覚めると、枕が涙でいっぱい濡れていました……雨曦、あなたは母さんの涙を感じる？あなたに会いたい私の気持ちを感じる？　そちらで、お母さんのことを懐かしがっているかな？」

五月一〇日に、楊敏が微博に投稿した言葉だ。その日は母の日だった。娘は生前、毎年この日に楊敏のためにカーネーションの大きな花束を買ってくれた。花束を受け取るとき、娘が浪費していると楊敏は笑顔でぼやいた。しかし二〇二〇年の母の日に楊敏が感じたのは、痛みと怒りだけだった。

「もう耐えられない。幸せに生きられないし、死ぬこともできない。毎日、苦しくてつらくて目が覚めるのです。ある日、夫と喧嘩をしました。あの人は私に『普通の暮らしをして欲しい』と言うんです」。深く傷つきながら、楊敏は語る。「でも普通の暮らしって何ですか？　私の人生がもう一度普通になれるとでも？」

彼女は自殺を図った。夫の田氏が彼女を強く抱きしめ、部屋の窓から引き離した。懸命に妻を慰めようとしたが、少し話しただけで彼も泣き始めた。そして夫婦で一緒に泣いた。

あの災厄で、どれだけの武漢市民の生活が破壊されたかは分からない。二〇二〇年八月末から九月上旬の間、奇妙な香りが毎夜、市中に漂っていた。それは中元（訳注・中国の行事で死者が子孫に会いに下界へ帰ってくる）の時期で、亡くなった身内を祀《まつ》る。住民は少人数で集まり、外へ出てくる。多くは子供と老人だ。彼らは地面に輪を描いて、死者への贈り物として冥幣を燃やした。あるブロガーの観察によれば、「ここ数日、中元の（追悼）儀式をする人々を、いたるところで見かける。夜に散歩していると、次から次へと集団に出くわし、そこら中で火が焚《た》かれ灰が舞っている。どこを歩いていても灰の臭いがした」。この投稿にはネットで多くのコメントが寄せられた。

武漢で長年暮らしているが、こんなに多くの人が冥幣を燃やしているのは初めて見た。
歩道に輪が沢山描かれていて。今年の武漢は亡くなった人に会いたいと思う人がとても多いに違いない。
時は過ぎても、痛みが遠ざかることはない。この都市と同じように、それは痛ましいものだ。でも前へ進むことが唯一の選択肢だ。

これは楊敏が感じていたことと同じ――悲しみ、怒り、失望だ。しかし彼女には前に進む以外の選択肢はない。なにか違う方法を試してみようと、占い師に相談し僧侶を探し出した。やり直すために孤児を養子にすることとさえ考えた。しかし、それは愛した娘を捨てることと同じだった。今生でも来世でも、終わりのない悲しさと後悔を娘に引き起こす。

すべては運命に行き着くのだと、自分に言い聞かせようとした。自分と娘の関係は不運な宿命にあったのだと。何世代もの前世で、娘への不義理があまりにも大きく積み重なったのかもしれなかった。だから今生では、心を折られ涙とともに報いを受けねばならないのか。

無駄だった。そんな宿命を受け入れることはできない。ましてや政府の無関心や残酷さには納得できない。彼女の怒りは日増しに大きくなった。怒りのおかげで生きていけるのかもしれなかった。それは陰鬱なトンネルの終わりに見える灯りのようで、前へ進むよう彼女を導いてくれた。失望の中で自殺するよりはましだった。

「私の子供は亡くなりました」と、義理の姉である張艶萍《チャンイエンピン》に彼女は告げた。艶萍の夫も新型コロナウイルスで二月一八日に亡くなっていた。「もう何の楽しみもありません。だから私は戦い続けないといけないのです。義姉さんの考え方は違うでしょうから、仲間になっていただかなくても結構です」

艶萍も政府の隠蔽を嫌悪していたが、彼女は楊敏ほど強くも頑固でもなかった。インタビューの間も、彼女は柔和《にゅうわ》に話し、何度も涙を拭った。時折、彼女は楊敏に「そんなこと言わないで」とか「そんな風に考えないで」と言った。楊敏は自分たちの義理の母に触れた。八〇代になる雨曦の祖母だ。「まだ、お義母さんには話せないままでいます。お義母さんは娘を育ててくれました。

もし聞かれたら何と言えばよいでしょう？」

艶萍は息が詰まるような声で、「やめて、お願い」と哀願した。「お義母さんが何日か前に電話してきて、息子はどうしているか聞かれたわ。『元気です、元気ですよ、元気です……』と言ったけれど」と彼女は顔を上げて大声で泣いた。長いこと押し殺していた涙が滂沱《ぼうだ》と流れ落ちた。「『元気です』以外、何を言えばいいの？」

楊敏が娘のために正義を求めると誓ったのと同じように、艶萍も夫のために何らかの正義を願っていた。しかし、それがどれほど困難な道になるかも分かっていた。「私は心配です」と彼女はためらいながら言った。「私には子供がいますから」。彼女は力なく楊敏を見て繰り返した。「私には子供がいるのです」

彼女たちは常に怯えていた。歩くときは尾行されているのを感じた。微信では「問題を起こしそうな言葉」を努めて使わないようにした。インタビューでは部屋中を何度も見渡した。楊敏が「ここは監視されているかもしれない？」と言うと、艶萍は小声で「もし盗聴されていたら……」。彼女たちは互いに見つめ合った。艶萍は立ち上がり、目に見えない悪魔に向かうように言った。「何があっても、私たちは共産党を転覆させたいとは思いません。中国を分裂させたいとも思いません。ただ正義が欲しいだけなのです」

楊敏は抵抗の代償を知っていた。五毛からの嫌がらせや中傷は怖くないと語った。「無視すればいいですから」。役人の脅迫や警察の叱責も恐れていなかった。「精神病患者」に分類されることも怖くなかった。「そういうことは考え抜いていましたから」。ただ逮捕と処罰の可能性については躊躇《ちゅうちょ》した。「ええ、もちろん嫌なことです」。一瞬、彼女は黙り込んだ。「でも恐れてはいません」

全く怖くないというのは正しくなかった。楊敏にとってそれは「夜の口笛」のようなものだ。正義を求める苦難の道に踏み出そうと決めたとき、暗闇の中で何が待っているのか、その道がどこにつながっているのか、彼女には分からなかった。その不安に打ち勝つために、彼女は何度も何度も自分に言い聞かせる。私は怖くない、怖くないと。

五月一一日、楊敏は娘の肖像写真を持って街頭を歩いた。ロックダウンが解除されて一カ月以上が経っていた。一般の市民は散歩や買い物、公園で遊びを楽しんでいた。まるで生活が元通りになったかのようだった。その中へ歩んで行った楊敏は、マスクと青いサンバイザー、白いシャツとブルージーンズの姿で、体の前後には自分で作った段ボール製のプラカードが吊り下げられていた。

前面のカードには「政府はパンデミックの真実を隠蔽した——私の娘を返して」と書かれ、背面には赤字で一語だけが書かれていた。「不正」と。

彼女は共産党武漢市委員会の建物に歩いて行き、満開のベゴニアの花壇の前で座り込んだ。そうして雨曦の写真と「私の娘を返して」と書かれたプラカードを自分の前に置いた。そうして自分の事情を通りすがりの人々に話し始めた。

それはあまりに危険な行動だった。すぐに四人の男が共産党委員会の玄関から走り出て、一人の警官が彼女の座っている所に来た。もう一人がプラカードをつかんだ。「正規の手続きに従わないといけない」と男は告げた。黒い服を着た役人は何度も手を振って、「行け、行くんだ」と命令した。楊敏は飛び上がって、警官の手からプラカードを奪い返した。「私の物に手を出さないで。これは私の私有財産よ」。彼女は役人のほうを向いた。「この男が、私の私有財産を盗った！」。役人は指さして言った。「あっちへ行け！」。楊敏は問い続けた。「どうして私が、あっちへ行かないといけないの？　どうして？」

この戦いで楊敏が負けることは最初から決まっていた。しばらく揉めていると、さらに数人の警官が表玄関から出てきて、彼女を小さな待合室に連行した。それからの光景は想像に難くない。彼女は叱責され嘲笑された挙げ句、私有財産を押収された。約二時間後、彼女は釈放されたが、立ち去るのを拒んだ。彼女は地面に座り込み、声が枯れるまで泣き叫んだ。そうしていると通行人が集まり、周りに立って見物するようになった。

役人と警官は再び、自分の任務を遂行せざるを得なかった。彼らは楊敏を何度も叱りつけ、追い払おうとした。彼女は動こうとせず、通行人に叫んだ。「なぜ政府は感染を隠したの？　数千人が死んだのに。どうして政府は責任をとらないの？」

一人の女性が歩み寄ってきて言葉をかけた。彼女に、重い病で苦しんでいた雨曦のことを楊敏は話して、再び悲嘆にくれた。「天よ、目を開いて。もう、この世界には正義はないの？」

市民ジャーナリストの張展《ヂャンヂァン》が逮捕される前、楊敏についての動画を数多く投稿していた。「私は楊敏の行動を支持します」と彼女はＹｏｕＴｕｂｅの動画で語った。「彼女と共に立ちあがる覚悟はできています」

翌日、張展と楊敏は党委員会の玄関横で待ち合わせた。張展は一時間近く待ったが、楊敏の気配すら見つけられなかった。彼女は楊敏が「自宅軟禁」されたことを後になって知った。政府は数人の警備員を楊敏の居住地区に派遣して、他人が彼女の自宅に入れないようにすると同時に、彼女が外出できないようにした。彼女は固く閉じられた鋳鉄製の門の後ろに立ち尽くしていた。まだジーンズとサンバイザー、「不正」と書かれた白いシャツを着けていた。彼女は門の鉄棒にしがみ付いて遠くを見つめていた。それは、決して釈放されることのない抑留者のようだった。

その日の動画で、こうした自宅軟禁の措置は受け入れられないと張展は語った。「本当に悲しいことです……政府の反省を求めます」。聖書の一節を楊敏のために読み上げることさえしたが、大した助けにはならなかった。落胆したことを張展は認めている。「どうやって慰めてあげればいいのか、分かりません」

おそらく、これが張展が逮捕された理由の一つになったのだろう。数日後、警察が楊敏に電話し、張展をどうして知ったのか、何を話し合ったか尋ねてきた。楊敏は正直に答えた。「彼女のことは知っていますよ。私が彼女に聖書を読んでくれるよう頼んだのです」。彼女の答えを聞いた警官は、明らかに不快感を覚えた。さらに数日後、日本人ジャーナリストを名乗る者が電話してきた。張展が釈放されたので楊敏にコメントするよう頼んだのだ。楊敏は、釈放されたなら私に電話するよう彼女に言ってくれと答えた。電話をかけるのは張展にとって不都合だと「日本人ジャーナリスト」は返答した。楊敏は聞き返した。「電話をかけるのがなぜ不都合なのですか？」「もう誰が本物で誰が偽物か分からないので、ジャーナリストのインタビューを受けるのは気が進まない」と、楊敏は暗号アプリの「シグナル」で、友人たちに語った。

これほどの強い圧力、役人からの威嚇や警官の脅し、自宅軟禁や監視を楊敏は経験したことがなかった。「あの人たちは加減というものを知らないから、何でもできるのです」と彼女は静かに語った。「彼らはいま、私は頭がおかしくなっていると皆に言っています」

かつて体制の力を賞賛していた女性は、ついに体制は自分の暮らしを良いものにするために存在しているわけではないと理解するようになった。それどころか、そうした理解のほうが苦しみよりもはるかに強い力を彼女に与えた。「いま一番心配なのは、闘争を続けて夫が巻き添えになることです」と彼女は電話で語った。「あの人は確実に巻き込まれますよね？」

彼女は夫の田氏と離婚について話し合った。「あなたは普通の暮らしに戻って。私は娘のために正義を求めます」。しかし老田は妻に語りかけた。「もう私たちは二人きりなんだよ。お前にもしものことがあれば、僕はどうすればいい？」

彼女には身内――兄と姉、そして夫がいた。彼らは楊敏に「普通の暮らしを送る」よう熱心に説いた。いまも悲しみと怒りを感じる彼女は、時々考えるようになった。「いずれ私は死ぬ。苦しむより最後まで戦い抜くほうがましだ」。しかし落ち着くと、この先の道がはっきり見通せる。それは険しく果てしない、危険な道のりになる。最後までやり通せるか、彼女には分からなかった。

彼女の決意は次第に揺らいだ。五月一九日、彼女は雨曦の遺灰を武漢から遠くない山地に埋葬した。それは以前の彼女が拒否していたことだった。彼女は微博に書き込んだ。

いつも自分の家を欲しがっていたけど、いまは持つことができたのね。雨曦、幸せなの？　あなたが仕事を見つけたときの夢をみたわ。それを私に話すあなたは有頂天だったわね。雨曦、幸せなの？　いまあなたがいる世界は素晴らしくて楽しいに違いないわ。もう病気で苦しまなくてもいいのよ。雨曦、幸せでいるの？

この言葉の裏にあるのは、彼女の折れた心と涙だけではない。骨壺を持って玄関から出た瞬間から、八人の男が楊敏の真後ろに付いてきた。墓地に着くと、墓地の管理人がさらに数名を追加した。十数名の男はまるで兵隊のようだった。娘の写真を撫でる楊敏を彼らは見守り、泣きながら地面に倒れこむ様子も見つめていた。彼女の悲しみを男たちも感じたかもしれないが、それは大したことではない。この悲しみに沈む母親は、彼らにとって敵なのだ。国家の敵なのだ。

その日以降、楊敏が家から自由に外出する機会はほとんどなくなった。尾行者は偽装した者もいたし、していない者もいた。穏健な者もいたし、荒っぽい者もいたが、いずれも絶対に彼女のそばから離れない。そしていつでも彼女を攻撃できるようにした。数日後、活力を使い果たした楊敏は「シグナル」を使い、気落ちした様子で友人に告げた。「私はいま、閉じ込められています。社区から出られません。ゲートに行くこともできない……外に出て彼らと議論することすら無理」

「ここは安全ではないけれど、逃げる方法もない」と彼女は小さく溜息をついた。「いま目指していることは……とにかく生き残ること。誰にも迷惑をかけたくない。何か良い案があれば教えて下さい」

一番つらかったときは、怒りが彼女の生きる支えだった。しかし徐々に怒りが鎮まっていくと、残ったものは失意と絶望だけだった。苦しんで泣いて、一度は娘のために正義を実現すると彼女は誓った。しかし結局は他の「平静を保っている」遺族と同じように、悲しみと怒りを押さえ込んで大人しく生きていくことになった。

ある霊能力者が、この世を去った雨曦の霊魂は苦しんでいると楊敏に告げた。雨曦は地獄に行くことになると、ひどく心配になった。そして寺院に行き、雨曦の魂に平安が訪れるよう祭祀を行った。「祀ることで、あの娘はとても落ち着きました。私も同じです」と彼女は呟くように言った。

六月の熱波が武漢の人々を萎《な》えさせる頃、花が咲き誇る。楊敏はいまも監視と自宅軟禁の下で暮らしていた。政府はＱＲコードによる統制を開始した。それは全国各地のショッピングモール、スーパーマーケット、駅や空港で、誰もが自分の健康状態、移動の記録、移動手段をスキャンしなければならない。楊敏は、携帯電話が改ざんされたのではないかと疑っている。「私のＱＲコードはスキャンできないのです」と彼女は言う。「他の人は一回スキャンすればいいのですが、私がやると空回りするだけで、何もディスプレイに表示されないのです」

　ほとんど聞き取れない声で彼女は言う。「たとえスキャンできたとしても、政府は私に外出させないでしょう。ましていまはスキャンすらできないのですから」

　その後、彼女は見ず知らずの番号の電話には出なくなった。シグナルのグループで不満を言うこともなくなった。彼女の身内の一人によると、もう彼女は街頭で抗議活動をするつもりはないという。街頭へ出て行くことができないからだ。彼女が計画しているのは、「正規の手続きによる」訴訟だという。

　彼女の微博のアカウントへの投稿はめっきり減った。投稿されても他者には見えないようになっているのかもしれない。六月二七日に彼女はコメントを再投稿《リポスト》した。ただ一語、「憎い」と。それを数人が再投稿したが、その回数は以前とは比べものにならないほど少なくなっている。そのためか、もう五毛はわざわざ彼女を荒らすこともなくなった。

　約二カ月後の八月二〇日、彼女は新たなメッセージを投稿した。短い言葉だった。「私の娘を返して」

このとき、コメントは一個もつかなかった。中国の多くの人にとり、あの災厄ははるか昔に終わったことなのだ。思い出す必要はないし、思い出すべきでもない、秋がやって来ると国営テレビは告げた。秋は収穫の季節だ。

おわりに

この本の出版が近づくと、新型コロナウイルスには数種類の変異株が生まれた。武漢は、ほぼ正常に戻った。廃業した店舗もあれば、改装され再開した店舗もあった。ロックダウンの最中に生まれた子供は言葉を覚えるようになり、死者は徐々に忘れられていった。時には賑やかで時には寂れていた街頭に、この本で知ることになった人々が折に触れて姿を現すようになった。皆かつてのように仕事をしていたが、多くは上手くやっているとは言えなかった。

林晴川はいまも、小さな市立病院で奮闘している。まだ独身で、将来への不安という重荷を背負ったままだ。夜間勤務することが多く、時に新たに建設された隔離施設に派遣されている。過去一年の間に、同じような隔離施設が多数設置された。そこには多くの地元住民だけではなく、日本や香港そして他の国からの旅行者が収容されている。彼の勤勉さは必ずしも報われていない――彼の給料はわずかで、遅配も多い。出勤の途中で「ほうれん草が一カティで一二元か（五〇〇グラムで約二三〇円）……」と溜息をついていた。

金風は田舎に引っ込んでから、滅多に武漢を訪れない。無口になり、自分の話を他人にすることは稀だ。自分が生きているうちに息子に障害者証明が出ることをいまも強く望んでいる。

バイクタクシーの運転手である李はいまも、漢口駅で客待ちをしている。過去一年間で彼の客はますます減った。借金しなければならないことが多いが、上手くいかないこともある。おそらく非合法の仕事を、もうすぐ止めざるを得ないだろう。

劉霄驍はいまも武漢で代理教師をしている。過去一年間で何人かの女性とつき合ったが、結末はすべて残念なものとなった。オンラインで何度もギャンブルをして少し負けたが、最終的には全額取り戻した。自分自身については、「聖人ではないです」と語った。友人の夏倫穏は帰郷したが、安定した職には就いていない。しかし夏は詩作を止めない。二〇二一年の暮れに中国最南部の海南へ放浪し、シリーズとなる叙事詩を書いた。それは共産党と習近平、そして奇跡的な効果の漢方薬を讃えている。ある詩篇では牛糞がヘルニアに効くと書いていた。

黎学文は過去一年落ち込んでいたが、何とか多くの記事を書き上げた。張展について社会に訴えかけ、多くの政治犯に代わって抵抗活動を行った。彼が書いた記事の大部分は検閲を受けた。二〇二一年の暮れ、映画の脚本を執筆し目利きのプロデューサーに売り込もうとした。「世界は懸命に活動する人々を見捨てることはない」と信じていると、語った。

王鋼城と邵勝強の暮らしは、ほとんど昔のままだ。心配事はないが、もしあったとしても表だって口にすることはないだろう。

楊敏が微博に投稿することはほぼなくなり、外の世界と接触することも少なくなった。いまの彼女が置かれている状況を知る者は、いないように思える。
　張展の体重は四〇キロを割った。ハンストを続けており、中止することはなさそうだ。二〇二一年の暮れ、彼女の兄が、「張展の余命は長くない」という心が折れるようなメッセージをツイッターに投稿した。川辺に立って笑っている彼女の写真が添付されていた。写真の中のかつての彼女は、若く活力に満ちていた。「もし妹が亡くなったら」と彼は書いている。「私が望むのは、昔はどんな姿だったか、世界中に覚えていて欲しいということです」

ロンドンにて　二〇二二年一月

編集後記

クライブ・ハミルトン

武漢に奇妙な新型ウイルスが出現した最初期から五カ月間、私は発生した出来事を同時進行で日誌に記録し続けてきた。情報源は西側と中国のメディア、政府のウェブサイトや専門家のコメント、科学誌である。以下はその日誌に編集を加えたバージョンで、本書に登場する人物の証言を理解するために有益な背景を知ることができる。情報源へのリンクを記録した詳細版は、tinyurl.com/4mua48ykで閲覧可能にしてある。

二〇一九年一一月一八日、武漢ウイルス研究所が博士研究員職への応募を呼びかける通知を投稿した。コウモリを使った実験を行うチームに参加するもので、エボラ出血熱やSARSに関連するコロナウイルスを研究することが目的だった。

一二月八日、原因不明の肺炎症例を初めて確認したと武漢市衛生局が発表したが、それ以上の情報は伝えていない。この初の患者の症状が始まったのは一二月一日。一二月一二日には新型コロナウイルス初の症例を武漢市衛生健康委員会が特定している。同委員会は必要な行動を決定し、指示を待つあいだ、そうした情報を公表せず、医師にも伝えていなかった。

一二月一五日までにＳＡＲＳに似た疾病の患者二七名を武漢市当局は把握していた。翌日、南京路医区から武漢市中心医院の救急医療部へ六五歳の患者が移送されてきた。両肺に感染が見られた。この患者が武漢市の華南海鮮卸売市場で働いていたことが間もなく判明した。一二月二二日になっても、その患者は治療の効果が見られず呼吸器科へ移された。二日後に検査標本が様々な試験所へ分析のために送付された。

武漢ウイルス研究所が二回目の博士研究員職の募集を投稿した。研究対象は病因学で、コウモリやげっ歯類に見られるコロナウイルスの伝染についてだった。その一部は米国立衛生研究所（ＮＩＨ）が資金拠出するものだった。

一二月二五日に中国青年報（共産主義青年団の公式紙）が、武漢市にある二つの病院の医師が原因不明のウイルス感染疑い例のために隔離されていると報じた。同紙は患者からの感染と考えており、初のヒトヒト感染の兆候だった。医師たちは呼吸器科で勤務し、感染防護対策は徹底されていた。そのため同紙は、このウイルスが「非常に感染性が高いかもしれない」と伝えた。

一二月二六日、ＳＡＲＳに似たコロナウイルスの新たな株の発見に衝撃を受けたと武漢からの検査標本を試験所で分析した技術者が発言した。翌日には広州のゲノム科学企業である微遠基因が武漢市中心医院の医師に電話し、新型コロナウイルスを特定したと述べた。記録によれば一八〇人以上がすでに感染していた。武漢市中心医院は緊急かつ極秘の調査を開始した。

一二月三〇日、武漢市中心医院救急医療部の責任者である艾芬《アイフェン》医師が、別の遺伝子配列検査企業である博奥検験からの検査報告を受け取った。それは別の患者から採取された標本についてだった。その患者に海鮮市場との接触はなかった。報告には「ＳＡＲＳコロナウイルス」という語句が含まれていた。「冷や汗」が噴き出したと、後に艾芬は語っている。その語句に赤いペンで囲み描きをして、彼女は報告書の該当ページをスマホで写真に撮り、微信の医療グループに投稿した。海鮮市場に行かないように、艾芬は同僚の医師に警告した。自分の部門の医師にも同じ内容を送り、新形態のコロナウイルスに注意するよう呼びかけた。

数時間のうちに、その報告書は武漢中の医師に回覧された。武漢市中心医院の眼科医である李文亮医師は艾芬が撮影した報告書の写真を医学部の同級生に向けて再投稿した。同僚には極秘にするよう頼んだが、すぐに彼のメッセージのスクリーンショットは拡散していった。

艾芬医師は自分の病院の公衆衛生部に検査報告の結果を伝えた。武漢市衛生健康委員会は「原因不明の肺炎」について多くの病院に通知し、全症例を報告するよう命じた。午後一〇時二〇分、艾芬は中心医院からのメッセージを受け取った。それは今回の流行拡大は衛生健康委員会が管轄することになり、いかなる情報も公表してはならないというものだった。「人々がパニックを起こさないように」という理由だった。

その夜遅く一二月三一日の午前一時三〇分、李文亮医師は武漢市衛生健康委員会の会議に呼び出された。「デマを広げたあやまち」について尋問を受け、自己批判を書面にするよう命じられた。

衛生健康委員会は、「原因不明の肺炎の症例が武漢市の華南海鮮卸売市場で断続的に現れている」との声明を発表した。この声明では「ヒトヒト感染の明確な兆候」はなく医療従事者への感染もないと述べていた。武漢市の住民は新たに安全が確認されたことに安心して、いつも通りの生活を続けた。同委員会は二七の症例が確認されたとしたが、政府の他の極秘文書は確認された症例が二六六件に達したとしている。

その海鮮市場は、北京や上海そして香港に向かう高速鉄道のハブである漢口駅から一キロ離れた場所に立地していた。一二月の一カ月間に、数万人が武漢から海外へ旅行してもいた。海鮮市場は営業中で混雑していたと記者は伝えている。

台北では台湾の疾病管理予防センターの副センター長が武漢の医師のオンラインチャットに気がついて、同僚に報せていた。台湾は武漢からの航空便のスクリーニングを開始し、世界保健機関（WHO）へ警告しようと試みた。その警告は、この新型コロナウイルスがヒトヒト感染の能力を備えているというものだった。

一二月三一日、武漢市当局はWHOの中国事務所に原因不明の肺炎の症例が市内で発見されたと通知した。北京にある国家衛生健康委員会の専門家チームが武漢に到着した。

中国国内でSNSへの検閲が開始され、感染に関連する数百の単語や語句がブロックされた。その中には「武漢海鮮市場」や「SARSの変異株」といったものが含まれていた。

二〇二〇年一月一日、華南海鮮卸売市場は整然と閉鎖された。「規則に沿って実施した」と当局は述べる。冷蔵庫の中身を残したままで退去するよう、商店主は強制された。

艾芬医師は自らの病院の監査部門に呼び出され、「デマを広げた」という理由で譴責《けんせき》された。同僚や夫に対しても、このウイルスについて何も言わないよう指示された。彼女は後に雑誌のインタビューで告白している。「どうなるか分かっていたら、譴責なんて気にしなかったでしょう。誰でもどこでもいいから思っクソ話していたでしょうね」（武漢の人は中国の中でも華やかな言葉遣いで有名なのだ）

李文亮医師を含む八名の医師が、尋問のため武漢市公安局に連行された。公安局が発表した声明では、八名は「取り調べを受け、法によって処された」とされる。このメッセージは、すぐに恐ろしい効果を発揮した。

ＷＨＯは原因不明のインフルエンザについての、さらなる情報提供を求めた。

湖北省衛生健康委員会は新型コロナウイルスを検査している試験所に連絡をとり、検査標本を破棄し試験を止めるよう命令した。武漢ウイルス研究所の研究院はすでに病原体のゲノム全体の配列を確定させ、それが新型コロナウイルスであると確認していた。同研究所がＷＨＯに情報提供する権限が与えられる三日前のことだった。

翌日、中国最高位の保健衛生当局である国家衛生健康委員会が、武漢ウイルス研究所を含む全研究機関に命令を下した。この新しいウイルスについて一切の発表を行わず、全検査標本を破棄するようにとの内容だった。

警察署に呼び出された李文亮医師は、始末書と譴責文書に強制的に署名させられた。それは自分が法を犯し虚偽の情報を発表したことを「後悔している」とし、当局への協力を約束するものだった。

一月三日に中国当局は、原因不明の肺炎を患っている四四人の患者の報告を受けており、うち一一人は重症であるとWHOに通告した。

台湾の保健衛生当局は医師に警戒を呼びかけ、シンガポールは武漢からの来訪者の体温検査を開始した。新型のウイルスがヒトヒト感染する可能性が非常に高いと、香港大学の感染センター長は示唆し、厳格な監視体制の実行を呼びかけた。

一月五日、このウイルスのゲノム配列検査を依頼されていた上海の試験所は「衝撃」を受けた。この新型ウイルスはSARSに似ている。そして「公共の場での予防措置とウイルス治療を強く推奨した」

WHOは、状況を注視しており中国との往来の制限に反対するとの声明を発表した。米疾病管理予防センターは、疾病と拡大範囲を特定するための中国への専門家の派遣を申し出た。北京は断り、後の同様の申し出も拒否した。

一月七日の政治局常務委員会の会合で、習近平総書記はウイルスの封じ込めを命令した。しかし同時に、情報統制も決定した。旧正月（春節）の準備でウイルスが拡散する中、指導者たちはいかなる緊急対応策にも反対していた。「そんなことをすれば祭日の雰囲気が損なわれ大衆がパニックになる」のが理由だった。「誤った報道でパニックを起こさない。推測を書かない。外国のニュースメディアを引用しない。SARSと関連づけない」という指示を、プロパガンダ担当の官僚が中国メディアに行った。

一月九日、中国の保健衛生当局とWHOは、2019－nCoVとして知られることになる新型コロナウイルスが武漢での流行の原因であり、ゲノム配列分析は完了していると発表した。中国の国営メディアが運用するツイッターとインスタグラムの多くのアカウントが協調して、武漢での流行について初めて言及した。そうしたアカウントが強調したのは、中国の透明性とウイルスの拡大が限定的であることだった。党傘下の環球時報のツイッターは、このウイルスが「武漢起源」だと述べていた。

一月一〇日、「一月三日以降、新たな症例は見つかっていない」「ヒトヒト感染するという証拠はない」とニューヨークタイムズが報じた。

一月五日から一七日にかけて中国当局は新型コロナウイルスの症例を全く記録していなかった。実際には武漢や中国の他の地域で数百人の患者が病院に押しかけていた。呼吸器科病棟は満員で防護具が不足し、患者は治療の準備ができていない他科の病棟に溢れ出していた。

一月一一日、武漢市衛生局は「正体不明のウイルス性肺炎」による初の死者を発表した。六一歳の男性で、華南海鮮卸売市場で頻繁に買い物をしていた。同衛生局は四一人が感染したが、一月二日以降新規症例は見つかっていないと述べた。第二の専門家チームを率いる、北京大学第一医院の呼吸器・急性医療科主任の王広発《ワングアンファ》が武漢市民に対し、流行は「予防可能で制御下にある」と再び請け負った。王自身が間もなくウイルスに感染した。

　復旦大学のチームが、新たな病原体の遺伝子配列を、公開データベース上で発表した。これは初の試みだったが、翌日には「調整」のため閉鎖を命じられた。

　このウイルスのゲノム情報を国家衛生健康委員会がＷＨＯに伝えたのは一月一二日だった。ＷＨＯは、今回の流行は単一の海鮮市場のみに関連するもので医療従事者は感染していないと発表した。「ヒトヒト感染の明確な証拠はない」とも述べている。

　台湾は武漢へ技術チームを派遣して調査したが、中国当局は調査対象を制限した。

　一月一四日、新型コロナウイルスの初の海外症例がタイで報告された。中国の政治指導者はついにこのウイルスを真剣に考え始めた。北京にある中国疾病管理予防センター（中国ＣＤＣ）が症例の全国調査を開始し、湖北省の交通中枢での体温チェックと大規模集会の縮小を命令した。しかし一般社会には、このウイルスの深刻さと感染性は知らされないままだった。

　武漢ウイルス研究所の最高位ウイルス学者で、コウモリのウイルス研究で「バットウーマン」と呼ばれる石正《シィチェン》麗《リ》によって、この新たなウイルスがヒトの間で伝染すると判明した。しかし、この情報は隠蔽《いんぺい》された。ＷＨＯのコロナウイルス主席専門家であるマリア・ヴァン・カーコヴ博士は、「現時点で持続的なヒトヒト感染が発生していないことは明白である」と述べていた（「最初から」ヒトヒト感染を疑っていたと、三カ月後に博士は認めることになる)。台湾の技術チームは武漢を退去する際に、「ヒトヒト感染はすでに起きている」と確信していた。WHOはツイッターで、中国当局の調査では「ヒトヒト感染の明確な証拠は見つからなかった」と述べた。

一月一五日、北京の疾病管理予防センターがレベル1の緊急対応を開始した。北京は世界中にある中国の大使館・領事館に指示を出し、中国の在外組織を含む華僑を動員して可能な限り大量の防護具を購入させた。以降の数週間で倉庫や小売りの薬局を洗いざらい探して、二四億個の防護具が中国に送られた。それには二〇億枚のマスクが含まれていた。

一月中旬、中国軍トップの疫学者・ウイルス学者が軍の科学者チームを率いて武漢に到着した。彼らは武漢ウイルス研究所に本拠を置いた。中国が現時点では三〇〇人の患者しかいないと主張する一方で、インペリアル・カレッジ・ロンドンの専門家による分析では適切な推測による新型コロナウイルスの症例数は一七〇〇件だと報告している。これは多数のヒトヒト感染が起こっていることを示唆していた。

一月一八日、武漢協和医院は緊急会議を招集し、職員に厳格な隔離の実施を指示した。数千の家族が市開催の「万家宴」のために、武漢の百歩亭区に集まった。市長の周先旺《チョウシアンワン》は、この多くの批判を受けた決定を擁護した。その理由は、「流行の拡大は限られた範囲の人同士の感染にすぎない」というものだった。

北京の国家衛生健康委員会が送り出した、新たな上級専門家のチームが武漢に到着した。リーダーはウイルス学者の鍾南山教授で、彼は二〇〇三年のSARSウイルス対策で国家的英雄とされていた。国営放送CCTVのインタビューで鍾南山は、ついに新型コロナウイルスがヒトヒト感染すると認めた。また一人の患者を治療中だった一四人の医療従事者が感染したことも語った。その効果は即座にあらわれ、武漢市民は蚊帳《かや》の外に置かれていたことに激怒した。

習近平総書記は国務院に対し、高レベルの統制と予防の対策をとるよう指示した。

人民日報は長らく武漢での出来事を無視してきたが、一月二一日付の紙面でついに感染流行を取りあげた。そして習近平総書記の「人民の健康と安全を最優先に」という指示を伝えた。共産党の最上層部は、感染流行の隠蔽に責任を負う者は「永遠に恥の柱へはりつけられる」と警告した。

習主席がWHO事務局長のテドロス・アダノム・ゲブレイェソスと北京で会談したと報道された。習はテドロスに協力を拒否すると脅し、圧力をかけて公衆衛生上の緊急事態宣言を遅らせたと、西側の情報機関は後にリークした。このとき二七八の症例が中国で確認されたとWHOは報告したが、すでに日本やタイ、台湾、韓国、米国でも症例が確認されていた。

一月二二日の早朝、武漢市の役人は、レベル2の公衆衛生上の緊急対応を実施した。市民は公共の場でマスクを着用するよう求められた。武漢市第五医院には患者が殺到し、混沌とした光景が展開した。家族に感染させないために、多くの医療従事者はホテルに移り住むようになった。

「新型コロナウイルスCOVID－19」（以前は2019－nCoVと呼ばれていた）のヒトヒト感

染だけが武漢での感染拡大の規模を合理的に説明できる」とインペリアル・カレッジ・ロンドンはWHOにアドバイスした。

翌日、「中国は懸命にコロナウイルス封じ込めを行ってきた。その取り組みと透明性を合衆国は大いに評価する。万事問題なく進むことだろう。とりわけ習主席には米国市民に代わって感謝したい！」とトランプ米大統領がツイートした。

一月二三日午前二時、武漢市政府は市のロックダウンを命令した。ある者は駅や空港に駆けつけて市を離れる最後の列車や旅客機に乗った。市長は三日後に、感染流行から逃れようと五〇〇万人が武漢市から出て行ったと認めた。ウイルスは恐るべき速度で拡散し、「病院には数千人の患者が溢れている」と、ある武漢の医師は述べた。別の放射線科医は財新のジャーナリストに、二〇〇〇人の同僚のうち一四三人がすでに感染し、その中には自分の妻も含まれていると打ち明けた。

中国の感染流行への対処を信頼するとして、「国際的に懸念される公衆衛生上の緊急事態」を宣言しないとWHOは述べた。事務局長のテドロスが最終的な意志決定者だった。

四万人以上の医師と看護師が国中から武漢へ集まってきた。数百名の労働者を動員して臨時病棟が武漢郊外に建設された。六日間で工事は終わり、一〇〇〇人の患者が収容可能とされた。武漢市共産党書記で最も権力を持つ官僚である馬国強《マアグオチアン》は国営メディアに、もっと早い時期に予防措置を命令すべきだったと語った。「私は罪悪感と恥、自責の念を覚えている」と彼は述べた。現地の官僚が非難を引き受けたことで、北京は安心した。

権威ある科学雑誌ランセットに、中国人科学者によるヒトヒト感染を示唆する研究結果が掲載され、ウイルスの起源を華南海鮮卸売市場とする主張には疑問が投げかけられた。

一月二四日、告発者であり新型コロナウイルスに感染していた李文亮医師が病床で中国青年報のインタビューに応じた。

春節の一月二五日、心に傷を負った病院の医師が倒れて泣いている姿を写した動画が出回った。「(コロナウイルスの) デマに反論するため、プロの第三者デマ消去組織」を展開させていると、SNSの微信が発表した。

一月二六日、李克強首相が武漢を訪れ、現地の官僚と病院労働者を「視察し指導」した。また新たな病棟の建設工事を監督した。中央政治局常務委員会が李克強首相率いる最高レベルのグループを形成して危機管理にあたると、国営メディアは報じた。グループには「習近平のプロパガンダ長官」である王滬寧《ワンフウニン》と党中央宣伝部部長の黄坤明《ファンクンミン》も参加していた。

武漢の人気作家方方《ファンファン》が、マスクが品薄で、豚肉に代わって最も欲しがられている新年の贈り物になったと書いた。ネット民は武漢を訪れない習近平を「根性なし」と批判し、禁止されている習近平のニックネーム「蒸し饅頭」にちなんで「饅頭は精神障害」と書いた。そうした投稿は検閲者に削除された。国中の活動家や弁護士を警察が訪れ、ウイルスについて投稿すれば投獄すると脅迫した。

一月二八日、武漢の病院は患者で溢れかえっていた。病床は廊下に並べられて、患者は待合室で死んでいった。苦悩した医療従事者は支援と物品供給を求め、絶望の叫びを上げた。WHO事務局長のテドロスは習近平と人民大会堂で会談した。中国政府の政治的決意と透明性、そして時宜に適った効果的な行動をテドロスは賞賛したと報じられた。

一月二九日、浙江大学の王立銘《ワンリイミン》教授が微博で、北京の疾病管理予防センターが「早くも一月一日にヒトヒト感染の明確な証拠を持っていた」と指摘した。どの時点で情報は隠蔽されたのかと、彼は疑問を述べた。彼の投稿は瞬く間に拡散した。

武漢市第四医院で死亡した患者の遺族が医師を襲い、医師のマスクを剥ぎ取って叫んだ。「私たちが病気なら、一緒に病気になるのよ。死なきゃならないなら、一緒に死にましょう」。脳性麻痺の一七歳の少年が飢えと寒さのため死亡したと報道された。一人で世話をしていた父親が連れ去られ隔離されたためだった。この話に失望した方方は、官僚による「社会の病」の方が「コロナウイルスより深刻で執拗だ」と記した。

中国の国家衛生健康委員会は、検査結果は陽性だが無症状の患者を感染者のデータから除外し始めた。

感染流行について現地で報道していた湖北省の市民ジャーナリストが行方不明になった。警察がアパートの自室に踏み込んだとき、最後のビデオメッセージを送信していた。

一月三〇日の時点で、このウイルスは一八カ国に拡散していた。WHO事務局長のテドロスは、国際的に懸念される「公衆衛生上の緊急事態」を宣言せざるを得なくなった。しかし各国に中国への旅行と対中貿易を制限しないよう推奨していた。

イタリアがコロナウイルスの症例を初めて確認したと発表した。一週間前に到着した二人の中国人旅行者だった。中国との間の旅客機便は停止された。数日後、駐中国イタリア大使は外交部副部長の秦剛《チンガァン》に呼び出され「過剰反応」と叱責された。

一月最後の日、在北京のWHO代表ガウデン・ガレアは外交官向けのビデオブリーフィングを開催した。中国の対応を讃えた後、他国に「WHOの推奨を踏み外さないよう」呼びかけた。WHOの推奨を超える対応措置をとった国はすべて、そうした措置を「科学的に正当化」しなければならず、そうした正当化を公表するよう彼は警告した。

米国は、非市民の中国からの入国を限定的に禁止した。北京は不快感を表明した。二月一日、オーストラリアは自国市民以外の中国からの入国者をすべて拒否すると発表した。自国の市民の場合でも、入国には二週間の隔離期間を義務とした。この禁止令はあまりに早急すぎると、在豪中国大使館は批判した。

微博や微信で、武漢ウイルス研究所の研究員が一番最初に新型コロナウイルスに感染していたとする投稿が回覧された。ウイルス学者の石正麗は激怒し否定した。

李文亮医師は病院のベッドから財新に語った。「たった一つの声しかない健康な社会などあり得ない」

「最前線の医師が使い捨ての医療用マスクでしのぐ一方で、テレビのニュース番組に出演した高級官僚が高品質のN95マスクを着用していた」とき、武漢市民の怒りは一層燃え上がった。報道によると最前線の医療従事者は大人用のオムツを着用しているとされた。「そうすればトイレに行ってバイオハザード対応の防護服を脱いだり着たりせずに済む」

二月三日に四名の中国人科学者による記事が、クリニカル・インフェクシャス・ディジーズ誌に掲載された。それは、コウモリから感染した野生の哺乳類が新型コロナウイルスを保菌し、武漢の海鮮市場で売られていたというものだった。

習近平は政治局常務委員会の会合で演説した。それは感染流行における自らの指導者としての役割を説明し、すべてを間違いなく処理している党中央委員会を讃えるものだった。さらに「プロパガンダと……世論への正しい指導」を行う必要性を強調した。

中国との貿易と旅行に何らかの制限を課した国は四二カ国となった。中国当局はウイルスの拡散を防ぐため、さらに多くの市と省をロックダウンした。

「国家間の旅行や貿易へ不必要に干渉する対策を行う理由はない」と、ジュネーブでWHO事務局長のテドロスは発言した。そして中国政府を賞賛した。

習総書記と共産党の感染流行の対応を圧倒的に批判する許章潤《シィチャンルエン》の投稿が公表された。彼は北京の清華大で教授を務めていた。「こうした事態すべての原因は、最終的には『車輪の軸』（習近平のこと）とその取り巻きにある……体制全体の（官）僚（最初の文字を意図的に抜いて書いてある）

は現在進行中の危機の責任から意識的に逃げる一方で、上司の言いなりのままだ」。すぐに許は沈黙を強いられた。

二月五日、権威あるニュース誌中国新聞周刊が四名の調査報道ジャーナリストによる長文の記事を掲載した。それは一二月一日から一月二〇日の間に行われた新型コロナウイルスに関する隠蔽工作を暴いたものだった。その日のうちに、記事は消えた。

武漢から届いた二人の科学者による短い論文の査読前原稿は、「殺人的なコロナウイルスは恐らく、武漢の研究所が起源である」と結論づけていた。

告発者だった李文亮医師の死が微博に漏れ出て、かつてない怒りと悲しみ、嘆きの波が巻き起こった。この出来事は「これまでなら開放性と安定感のトレードオフを疑問もなく受け入れていたような世代が、幻滅する転機となるだろう」と分析されている。李医師の死亡をどう報道するかについて、北京の検閲担当者は中国メディアに指導を行った。

弁護士で市民ジャーナリストの陳秋実《チエンチウシ》が対応不能に陥った病院と落胆している地元民の動画を投稿した。この動画は数百万回アクセスされたが、消えた。

二月八日になると、中国紙は李文亮医師の件について記事の書き直しを始めた。警察による尋問と侮辱は削除された。人々の英雄は共産党の英雄へと再形成されていった。

日曜日の二月九日、実業家から市民ジャーナリストになり感染流行の中心地から報道していた方斌《ファンビン》が失踪した。

翌日、WHOは今後この病気の公式名称をCOVID－19、原因ウイルスをSARS－CoV－2とすると発表した。COVID－19という名称は、いかなる集団にも悪印象を与えず発音しやすいという理由で選ばれたと事務局長のテドロスは述べた。

二月一三日、湖北省で報告された確認症例数が一万四〇〇〇から六万超へ急激に増加した。これは症例数の統計方法が変わったためだ。一七一六人の医療従事者が感染し少なくとも六名の医師が死亡したと当局は認めた。

武漢市の共産党書記であった馬国強が更迭《こうてつ》され、王忠林が引き継いだと新華社が報じた。湖北省の共産党書記だった蔣超良《ジャンチャオリャン》も更迭された。

広州と武漢の科学者が提出した記事の査読前原稿は、新型コロナウイルスが海鮮市場から人に感染した可能性は低いと結論づけた。「つまり誰かが2019－nCoVコロナウイルスの進化に巻き込まれたのだ。自然界での遺伝子の再編成と媒介となった宿主の起源に加えて、この殺人的なコロナウイルスはおそらく武漢の研究所で発生した」。記事は、あっという間に取り下げられた。

習近平は「研究施設でのバイオセキュリティ」の新法導入を最優先にすると発表した。この新法は「国家の安全を害する可能性のある」病原体の使用を特に対象としている。翌日、科学技術部が「新型コロナウイルスのような先端的なウイルスを扱う」研究施設でのバイオセキュリティを強化する命令を発表した。

二七人の中国人科学者の徹底的な研究がランセット誌に発表された。これは流行の初期段階に入院した四二症例を再検証したもので、そのうち一四例（一二月一日にSARS－CoV－2と診断された初の患者を含む）は海鮮市場との接触がなく、遠く離れた所で生活していたと確認された。「第一号患者」である黄燕玲《ファンヤンリン》は武漢ウイルス研究所の研究員だったとするメッセージが微信と微博に出回った。黄燕玲は二〇一五年に武漢を離れており全く健康だという声明を同研究所は発表した。彼女の写真と略歴は同研究所のウェブサイトから削除された。

五一一件の感染流行に関する「虚偽で有害な情報を作成し意図的に広めた」案件を警察が取り扱ったと、公安部が声明で報告した。

WHOと中国の合同調査隊の選抜メンバーは一二日間にわたり中国の他地域を回った後、二月二二日にようやく武漢へ到着した。合同調査隊の報告書はすでに草稿が出来上がっていた。武漢では丸一日を費やして、付き添いと共に二つの病院を訪れた。報告書（二月二八日発表）では、WHOのチームは習総書記を賞賛し「中国が実施した疾病封じ込めの取り組みは、史上最も意欲的で迅速かつ積極的なものかもしれない」と結論づけている。

二月二三日、北京は研究と医療以外の目的による野生動物の摂取と取引を永久に禁止すると発表した。

二月二六日、共産党組織が初のコロナウイルス危機の展開についての書籍を出版した。書籍名は『大国戦疫』で、習近平の使命感やはるか未来を見通す戦略眼、際立つリーダーシップを賞賛している。

中国におけるＣＯＶＩＤ－19の第一人者で党のお気に入りとされるウイルス学者の鍾南山が記者会見で、初の感染例は中国で報告されたがウイルスの起源は中国ではないかもしれないと語った。

二月二八日、かつてＣＣＴＶで働いていた市民ジャーナリストの李沢華《リズエファ》がアパートでの四時間にわたる押し問答の末に国家保安部に連行され取り調べを受けたようだと中国伝媒研究計画が報じた。

三月最初の日、北京は各国の中国大使館に、ツイッターと外国メディアを利用してコロナウイルスの起源について人々に疑いを持たせるよう指示した。そこで示されたメッセージは「コロナウイルスが武漢から伝播《でんぱ》していったのは確かだとしても、その本当の起源は不明である。ウイルスの正確な出自は調査中だ」

三月三日、サザンプトン大学の専門家の研究が、渡航禁止やソーシャルディスタンス、感染者の隔離が武漢で一週間早く実施されていれば症例数は三分の一になっていたと結論づけた。

三月五日、武漢を訪問した副首相の孫春蘭《スンチュンラン》が視察中に住民に野次られ、新しく武漢市共産党書記になった王忠林は当惑した。現地の役人が彼女を隔離された居住区に案内していたとき、住民が窓から「嘘だ、嘘だ、みんな嘘だ」と叫んだのだ。王忠林は役人に、武漢の人々は「感恩教育」を受ける必要があると語った。そうすることで、共産党と習近平の感染管理に適切な形で感謝を表明できるという。彼の呼びかけはネットで嵐のような批判を巻き起こし、ひどい逆効果を生んだ。三月七日の中国共産党内部でのプロパガンダ会合の報告書は、「感恩教育」事件に言及し、この事件が李文亮医師の死後の騒動に匹敵する「世論の激怒」を触発したと述べた。この事件への言及を全部消去するよう共産党メディアは命令を受け、最初に王の発言を伝えた長江日報紙は処分を受けた。

三月七日、FOXニュースのアンカー、タッカー・カールソンがドナルド・トランプと非公式にマーラーゴで会談した。この会談でようやく、状況の深刻さを否定する「トランプを覆っていた幻想は吹き飛ばされた」ようだった。

三月九日、一月二三日のロックダウン直前の二週間で八三四人のSARS‐CoV‐2ウイルスキャリアの旅客が、武漢から世界中の空港に飛んだと推定する新研究が発表された。

三月一〇日、習近平は感染爆発後初めて武漢を訪問した。発症している患者の一部が突然、隔離施設から解放されたと現地の最前線の医師が訴えた。これは習の訪問のために見かけ上の患者の数を減らすためだったという。

数週間にわたる圧力の高まりと一一四カ国で一一万八〇〇〇人以上の感染者が発生した末に、WHO事務局長のテドロスが、コロナウイルスの流行をパンデミックと宣言した。WHOは理に適わない恐怖を巻き起こしたくなかったのだと、テドロスは弁明した。

イタリアでは、コロナウイルスによる死者数が四八時間で倍増し二一五八人となり、全土でロックダウンが実施された。三月一二日、三〇トンの医療物資と九名の医療専門家を乗せた中国東方航空のエアバスＡ－３５０が上海を出発してローマに到着した。#forzaCinaeItalia（頑張れ中国とイタリア）と#grazieCina（ありがとう中国）というハッシュタグを宣伝するツイッターのボット活動が頂点に達した。これらのボットは、イタリア人がバルコニーに出てきて中国国歌を歌う動画をシェアしていた。一週間後、この動画はフェイクだと分かった。

「煽動屋」である中国外交部スポークスマン趙立堅《チャオリィジェン》が、六〇〇万人近いツイッターの自分のフォロワーに対し、「武漢に感染を持ち込んだのは米国陸軍かもしれない」と語った。

三月一七日、ネイチャー誌が発表した論文は明確な結論に達していた。「われわれの分析では明らかに、ＳＡＲＳ－ＣｏＶ－２は研究室で作られた物でも目的を持って操作されたウイルスでもない」。他の専門家は直ちに、そうした結論に証拠に基づいて達することはできないとコメントした。

ウイルスの起源は米国かもしれないという噂を北京が流布した後の三月一八日、香港の著名な微生物学者である袁国勇《ユエンクオックユン》が「武漢コロナウイルス」と呼ぶのが正確だという記事を発表した。その日の夜遅く、彼はあるメディアに「私ほどこの国を愛している者はいないかもしれない」と語り、記事を取り下げた。

北京はニューヨークタイムズやワシントンポスト、ウォールストリートジャーナルで働いている一三人のジャーナリストを中国から追放した。彼らは外国人ジャーナリストの中でも優れた情報源と中国への深い洞察力を持つ人たちだった。

数週間にわたり他国に追随していたカナダが、ついに国境を封鎖した。それまでパティ・ハイデュ保健大臣はＷＨＯの推奨に従い、渡航禁止の効果を示す「証拠はない」と語っていた。ＷＨＯのデータは信頼できるのかと質問された彼女は、そのジャーナリストが「陰謀論に加勢している」と非難していた。

三月一九日、中国の国家監察委員会が李文亮医師の取扱いに不備があったとして武漢市公安局を批判したと報道された。この共産党最上位の規律担当組織は、李医師を逮捕した警官が処罰され「真摯《しんし》な謝罪」が李の遺族に対して行われたと述べた。

二〇〇〇人近くがＣＯＶＩＤ-19で死亡したイタリアのロンバルディア州、その中でも最もひどい被害を受けた街の一つベルガモでは「わずか二週間余りで一世代が死んでしまった。こんなことは初めてで、泣くしかない」と葬儀会社の人は語った。権威あるイタリアの薬理学教授はインタビューで、ロンバルディアの開業医が「見知らぬ肺炎に……一二月か一一月にも気づいていた、それは中国で流行していると我々が認識する前のことだった」とコメントした。北京はさっそく「イタリアウイルス」と呼称するよう、欧州にいる外交官に示唆した。スペインの病院では防護服を必死に求める医師と看護師が、代替としてビニールのゴミ袋を腕や足にテープで貼り付けるようになっていた。

三月二一日、中国共産党のメディアで大層なファンファーレとともに、一一万枚のマスクと七六六着の防護服を乗せた「新シルクロード」列車が浙江省の義烏《イーウー》駅をスペインに向けて出発したと報じられた。

三月二二日、フィリピンの新聞に掲載された記事で「国家責任の国際法ではCOVID‐19に関する重大情報の中国による隠蔽は国際保健規則（IHR2005）による国際的な義務への侵害である。この規則はWHOの賛助の下に締結された条約だ」と国際法の専門家が述べた。

隔離状態にされたにもかかわらず、約四万三〇〇〇人の無症状感染者を中国は公式の症例統計から除外したと報じられた。

三月二三日、EUの国際問題担当の最上級スポークスマンであるジョセフ・ボレルは「世界規模で物語の闘いが展開している」と記した。ドイツは、中国による不本意な買収で苦境に立つ自国企業を守るために動いた。三月二五日、ファーウェイが二〇〇万枚のマスクをヨーロッパに寄付すると報道された。主な対象はファーウェイの設備・装置を5Gネットワークに使うのを検討している国だった。

三月二六日、悲しみにくれる家族が愛した者の遺灰を受け取るため、武漢の葬儀場前に長い行列を作った。その数は、葬儀場の用意した骨壺を入れる箱の写真と共に、武漢市当局が公表した死者数が実際より大幅に少ないことを示していた。

三月二七日にトランプ米大統領は習主席に電話し、ツイートした。「中国はウイルスについて多くの経験を経て、強い理解を持った。両国は緊密に連携していく。ありがとう！」

三月二八日、WHO事務局長上席顧問のブルース・アイルワードに香港の放送局RTHKがインタビューした。WHOが台湾の加盟を検討するか質問されたアイルワードは、その質問を聞かなかったふりをしてビデオ会議の接続を切った。この動画は拡散した。

各国が国境を封鎖し「中国を孤立させた」と怒りの声をあげた後、北京は全外国人旅行者の入国を禁止した。ヨーロッパでは北京が感謝を要求しているとの記事の見出しが対中感情を悪化させ、中国から送られた粗末な防護具が北京のマスク外交を蝕《むしば》んだ。

三月二九日、武漢市中心医院救急医療部の責任者で「SARSに似たインフルエンザ」を同僚に警告し譴責を受けた艾芬医師が失踪したと報道された。

三月三一日、台湾はWHO加盟の許可を訴え、台湾のウイルス制御における目覚ましい成功を全世界が学ぶのをWHOは妨害していると述べた。

四月上旬、情報を隠蔽したうえ世界の救世主を気取る中国への怒りがインドで拡がった。四月五日、ロンドンのテレグラフ紙が、調査の結果と称して中国を賞賛し米国を攻撃する出所不明の広告がフェイスブックとインスタグラムに溢れかえっていると報じた。

かつて共産党に忠誠を誓った不動産王の任志強《ロエンジーチアン》が友人に向けて（すぐに世界中に拡散した）習近平への手厳しい批判をシェアしていた。共産党のWHOに対する欺瞞《ぎまん》をこき下ろし、自らへの阿《あ》諛《ゆ》追従《ついしょう》と儀式のように真実から逃避し続ける党を馬鹿にした投稿だ。それらはすべて「皇帝役を演じ続けると決心している裸の道化師」に象徴されていると書いた。三日後、任は姿を消した。

英国のボリス・ジョンソン首相がCOVID‐19で入院した。二日前には「いまも誰とでも握手しているよ、コロナ患者を治療している病院でもね」と冗談を言っていた。

武漢の華南海鮮卸売市場は今なお塀で囲まれていた。冷凍庫の中で腐った食料からの「耐えられないほどの悪臭」が周囲の街頭に漂っていた。

四月七日に名門科学誌のネイチャーが「誤って」コロナウイルスを武漢と中国に関連づけたと謝罪した。出版元のシュプリンガー・ネイチャーは過去に、自社のジャーナルが中国で検閲を受けるのを容認していた。

ワシントンではトランプ大統領が武漢の流行発生時におけるWHOの反応の鈍さを酷評していた。米国のWHOへの資金拠出を再考すると示唆した。

四月八日、武漢は一一週間におよぶロックダウンを終えた。中国共産党のタブロイド紙である環球時報の、攻撃的なことで有名な編集者はツイッターで呟いた。「本当に世界をダメにしたのは、米国によるパンデミック封じ込めの失敗だ」

北京では、コロナウイルスに関する全科学論文を厳密に管理するよう大学に求める命令が国務院から出された。特にウイルスの起源を扱った論文が重要とされ、発表許可の前に、政治的な検討が必要とされた。

中国の嘆きの壁ともいわれた李文亮医師のネット聖地は、四月一三日までに八七万件以上の追想、愛と感謝を表明するコメントを集めた。

武漢の作家、方方《ファンファン》によるロックダウン日記は幅広い賞賛を受け、英国で出版計画が持ちあがった。この計画は愛国主義的な憎悪を巻き起こした。環球時報編集長の胡錫進《ホウシイジン》は、方方の日記は外国の政治勢力に利用され、中国国民は「西側国家での方方の名声の代償を支払わねばならないかもしれない」と書いた。共産党員の方方は、中傷のひどさに文化大革命を思い出すと述べた。

ワシントンポストのジョシュ・ロギンが、二〇一八年に武漢ウイルス研究所を訪れた米国大使館職員が他のウイルスと共にコロナウイルス研究の安全対策が手ぬるいと公式に警告していたというスクープを報じた。

四月一五日、トランプ米大統領は米国がWHOへの資金拠出を中止すると発表した。米国からの資金はWHO全予算の約一五パーセントを占めていた（中国の拠出額の六倍）。

四月一四日、中国におけるアフリカ人の拠点である広州のマクドナルドが黒人の出入り禁止を示す看板を掲げたことを謝罪した。これは、アフリカ人がコロナウイルスを拡散しているという噂がネットで広まったため、数百人のアフリカ人がホテルやアパートから追い出されたことに続くものだった。北京駐在のアフリカ諸国の大使は共同で中国外交部に書簡を送った。「アフリカ人を特別視して強制検査や検疫を行うことに科学的・論理的根拠はなく、中国にいるアフリカ人への人種差別と同じだと我々は考えている」

四月一六日までに全世界の感染症例は二〇〇万件を超え、少なくとも一三万人が死亡した。コロナウイルスの損害を賠償するよう、多くの国が中国に呼びかけた。オーストラリアの外務大臣マリス・ペインは、コロナウイルス流行の起源と初期の対応について独立した国際調査を行うよう呼びかけた。中国は断固としてオーストラリアの提案を拒否し、そうした考えは「中国人民の多大な努力と犠牲を」軽視するものだと述べた。間もなく一連の（牛肉や石炭、ワインなどの輸入を制限する）懲罰的な貿易禁止措置が始まった。

武漢市衛生局は、市内でのCOVID－19による死亡者数の多くがカウントされていなかったと発表。修正後の数字は三八六九人となり、前回の発表よりも五〇％増加した。

四月二〇日、北京の朝陽区という巨大地区でクラスター感染が発生した。同区には北京商務中心区もある。

共和党議員が米国政府に対し、国際司法裁判所で中国を、国際保健規則（IHR2005）違反で追及すべきだと呼びかけた。

二月二六日から失踪していた市民ジャーナリストの李沢華が姿を現した。強制的に隔離措置を受けたが取扱いはよかったとYouTubeで述べた。

環球時報は武漢日記を書いた方方の信用失墜を図るキャンペーンを強化した。西側の出版社と契約したことで「作家としての威厳を失い必死になっている『ネットセレブ』」だと、彼女のことを決めつけた。

環球時報はまたコロナウイルスは米国起源であり、それを隠蔽しているという話を広めた。これはウイルスが米軍の生物化学研究所から漏洩《ろうえい》したという考えを植えつけようとするものだった。

またオーストラリアによる国際調査の呼びかけを「中国と中国文化への全面戦争」だと非難した。

カナダでは、中国の業者から調達した少なくとも一〇〇万枚のN95マスクと、コロナウイルス検査キットで使用される数千本の綿棒が安全基準を満たしていなかった。

四月二八日の人民日報は西側メディアを強い言葉で攻撃し「COVID-19の流行が始まって以降、新型コロナウイルスは世界中のどこからでも発生し得たと世界保健機関（WHO）は繰り返し強調してきた」と書いた。中国がコロナウイルスの起源だという主張は人種差別で、現代文明に対するあからさまな挑発だとした。

ホワイトハウスは米国の情報機関に、中国とWHOがコロナウイルスの起源について証拠を隠蔽していないか調査するよう依頼した。同時にこれらの機関は「武漢の研究室が集団感染の原因だとする証拠は見つからなかった――ただし否定できないいくつかのシナリオのうちの一つである」とも報告している。米国の情報機関は四月三〇日に短い声明を発表し、COVID-19は人工でも遺伝子操作を受けたものでもないとの幅広い科学的総意に同意すると述べた。

駐米英国大使は新型コロナウイルスの起源とウイルス対応でWHOが果たした役割の調査を支持すると表明した。スウェーデンがEUに新型コロナウイルスの起源の調査を依頼する計画中だと報道された。

オタワでは、武漢でのWHO調査団を率い、台湾加入を認めようとしなかったカナダ人医師ブルース・アイルワード博士が、議会保健委員会への出席要請を拒否した。

五月の最初の日、ピッツバーグ大医学部でコロナウイルスを研究していた劉兵《リウビィン》がアパートで射殺された。

五月三日、方方の武漢日記の出版を中国で支持していた二名の学者が大学当局の取り調べを受け、ネットで中傷被害を受けたと報道された。

五月四日、全世界でのＣＯＶＩＤ‐19による死者は二五万人を超えた。その中には米国の死者六万八〇〇〇人が含まれる。

コロナウイルスの遺伝子組成の発達に関する新たな研究が、最初にヒトへ感染するようになったのは一〇月六日から一二月一一日の間のいずれかの時点である可能性が高いと示唆した。

Change.orgで、ＷＨＯ事務局長テドロスの辞任を求める請願が一〇〇万通以上の署名を集めて終わった。

危機の武漢で支援活動を行ったボランティアの多くを、湖北省で秘密警察が尋問していると報道された。容疑は、死亡者数についての外国人への情報提供だった。

また武漢で新たなクラスター感染が発生し、一〇日以内に一一〇〇万人の全住民の検査を行う計画があると当局は発表した。専門家は、それは不可能だと言っている。

五月一四日、弁護士から市民ジャーナリストに転じ、ブログで武漢の出来事を書いていた張展が逮捕された。上海の浦東新区収容所に連行され「尋衅滋事」の容疑で国家秘密警察に追及されたという。当局の許可を得ていない報道への規制である。

方方の武漢日記の翻訳者であるマイケル・ベリーは、数千通の脅迫メールを受けたと語った。中には「殺す」というものさえあったという。

五月一五日、WHO事務局長であるテドロスは一月末に、中国のコロナ対応と習近平に対する大袈裟な賞賛を控えるよう側近から忠告を受けていたと報じられた。

ロンドンでは五月一六日付のタイムズ紙の社説が、西側諸国は中国と対峙し、「意識的なデカップリング」を追求するよう呼びかけた。オーストラリアによるコロナウイルスパンデミックの起源と対応についての国際的な調査の提案は、EUがWHO会合で調査を求める動議の署名を集めるなど、国際的な支持を集めた。WHOの行動も調査対象となるだろう。

中国東北部の吉林省で一〇〇〇万人以上の住民がCOVID−19の流行でロックダウン下に置かれた。

五月一九日、世界保健総会は満場一致でコロナウイルスの起源とパンデミックへの対応についての調査を開始すると決議した。全世界でCOVID−19の感染者は五〇〇万人を超え、三四万人が死亡した。

【著者略歴】
慕容雪村（ムロン・シュエツン）
本名・郝群【ハオチン】。中国で人気のある現代作家の一人。小説や物語スタイルのノンフィクションを通じ、政府や組織から独立して中国内の声を伝える稀な存在だった。1974 年山東省生まれ。2002 年、初の小説『成都、今夜請将我遺忘』は中国に衝撃を与えた。2010 年にマルチ商法を題材にした『中国、少了一味药』で人民文学奨を受賞。しかし当局によって公の発言を禁じられ、2011 年からニューヨークタイムズ紙に執筆、13 年から 16 年までオピニオンコラムを連載した。2020 年 4 月から武漢で取材。当局の脅迫を受け 2021 年 8 月に亡命、本書を出版した。

【編集者略歴】
クライブ・ハミルトン
オーストラリアの作家・批評家。著作に『目に見えぬ侵略・中国のオーストラリア支配計画』、『成長への固執』（Growth Fetish）、『反論への抑圧』（Silencing Dissent・サラ・マディソンとの共著）、そして『我々は何を求めているのか・オーストラリアにおけるデモの歴史』（What Do We Want: The Story of Protest in Australia）、『見えない手 中国共産党は世界をどう作り変えるか』（マレイケ・オールバーグとの共著）などがある。オーストラリアのチャールズ・スタート大学で公共倫理学部の教授を務めている。オックスフォード大、イェール大そしてパリ政治学院の客員教授でもある。

【訳者略歴】
森孝夫（もり　たかお）
翻訳家。1962 年、大阪府生まれ。大阪大学工学部大学院を卒業。工学修士号を取得。

禁城 死の沈黙の武漢で、本当に起きたこと

2023 年 3 月 31 日　第 1 刷発行

著　者　ムロン・シュエツン
編　者　クライブ・ハミルトン
訳　者　森 孝夫

発行者　大山邦興
発行所　株式会社　飛鳥新社
〒 101-0003　東京都千代田区一ツ橋 2-4-3　光文恒産ビル
電話　03-3263-7770（営業）　03-3263-7773（編集）
http://www.asukashinsha.co.jp

装　幀　bookwall
印刷・製本　中央精版印刷株式会社

ISBN 978-4-86410-948-2

編集担当　工藤博海